食在四方

建蓁華文飲食文選

海風吹降一片片潔白的鹽田。沿路的魚塭翻騰銀白色的鱗片，日照強烈，我總把自己想像成鄭成功初見海岸的情景。**呂政達〈鹹鹹的雨，下在南方的甘蔗田〉**

家人把飛魚去頭去內臟之後，浸泡「鹽露」，然後撈起來吊在稻埕的竹竿上，不是為了曝日，而是讓落山風一夜吹乾……。**林剪雲〈鄉味 · 鄉韻〉**

筷箸撈起一葉菜，吃進嘴裡的滋味卻各人不同。
有人吃的是健康、有人吃的是鄉愁。**楊依璇〈野菜，部落不可缺的味〉**

野菜不全然是綠色的，橙色的野生小苦瓜，大紅色與青綠色的苦茄，金黃色麵包果實，黑色樹豆與野生木耳、草綠色山蘇嫩梢，紫色的鵲豆莢，採集不易的白色的黃藤心……。**柯春伎〈馬太鞍濕地的野菜歲月〉**

淡淡的紫色，芋頭的香氣伴著些許的香菇飄散而出。和媽媽挖了一口不怕燙地送進嘴裡。**廖昀靖〈看媽媽的厲害！芋頭與愛的料理法〉**

辦桌團隊收拾好所有物品已近黃昏，熬煮過的菜尾散發陣陣誘人味蕾的濃郁香氣，主人家會再次登門邀請左鄰右舍，與住在附近的自家親戚來吃菜尾……。**凌煙〈溫菜尾〉**

表面凝結形成豆皮，就撈起來，像晒衣服一樣，晾在上方的竹竿。瀝乾的豆皮折疊成豆包，入油鍋炸使其酥脆，稍加調味，點出豆香。**吳家恆〈年度限定：豆皮捲和炸蝦〉**

娘家的桶柑長得黑黑小小的，不好看但是扎實，當果肉在嘴裡迸裂開來，一陣酸味蕩漾，瓣瓣回甘。**徐彩雲〈用熱騰騰的回音擁抱彼此〉**

黐，黏也。指魚蒸到魚身一筷子夾下去，魚肉黏著椎骨，必須稍微用勁剝離。這火候魚肉最鮮嫩；基本熟白，但略帶透明、有粉紅絲。**陸之駿〈蒸魚的最高境界〉**

隔著玻璃蓋便得觀看魚的動靜——瞧那貼鍋魚身於熱油逼剝聲中微微抖顫、吸收熱能，魚身如入秋之葉漸呈金黃色……。**方秋停〈煎烤與蒸鮮〉**

外婆像女巫一樣，從櫥櫃裡、院子裡，摘點葉子摘點果實，切點什麼蔘，再丟點什麼的根，等大家上桌吃晚飯時，就有鍋高深莫測的老火湯。**湯長華〈命中帶湯〉**

涼冷的小森林裡，一移動，窸窸嗦嗦踩在乾脆的落葉上，更下層一點保留了夏日的水氣，也就是各式蕈類出沒的地方了。**SOPHIE 李淑瑜〈野菇鹹派，攬一把驚喜節氣味〉**

市場的野菜，除了野地採集，也有來自海邊的採集，帶著新鮮的海潮味。也有來自山邊的蛋白質，像是處理好的蝸牛肉。**Miru〈做一碗海葡萄丼飯〉**

理想的家宴自有魔力，來賓在美味食物及故舊談笑間，逐漸融化成一種鬆軟的姿勢。**洪愛珠〈明亮的宴席〉**

在歐洲的假期和沙發上的饗宴裡，壽司開始成為耀眼的東方歌姬。**張讀行〈焦慮會過去，米會留下來〉**

她說不想做不能吃的形狀美麗的比賽品，也無意在這樣的競爭裡拿到好處，就很簡單，想做普通人的工作，烤出人人能買得到的美味甜點就行。**袁朝露〈那龍貓引領的甜點女兒〉**

長桌上唯有一鍋沒用什麼湯頭熬煮的火鍋，將所有火鍋料丟下鍋，等待鍋中熱水滾燙，但似乎也燙不熟彼此情感溝通。**黃思綺〈滾燙不了的火鍋〉**

要還原一杯不受人為藥劑汙染的純淨茶湯，背後需要給予的支持或堅持，是來自一份單純的、尊重自然的意願。**汪彥君〈還原為茶〉**

謹慎切割著盤裡的法蘭克福香腸，蘸一些黃芥末，送進嘴巴。黃芥末在舌尖上點了一點，無聲的酸鹹香辣漸次甦醒，在口腔裡闖來闖去，蹓著牠們纖巧的足趾。**林薇晨〈花・貓・黃芥末〉**

每年蕗蕎只會陪伴你一個春天，蕗蕎一旦下市，代表夏天也等在門口了。春天離去，只剩醃漬品可吃。**張健芳〈蕗蕎的眼淚〉**

我將發酵領域無限擴大，從醃梅子、醃橄欖……到自己發酵做米麴、鹽麴和味噌，家裡上上下下擺了幾十個從公賣局蒐購回來的老酒甕……。**鄧美玲〈我的釀造桃花源〉**

遊逛於一整座農村就是美術館的土溝，雙眼所見識的豐富，市鎮所蘊蓄的力量，恰恰飽滿如一早所食鹹粥。**周姚萍〈鹹粥的召換〉**

鮮果給予我們以爽朗甜美，果酒賜予香醇讓人放懷，果醬濃縮觸發味蕾以愉悅，而果醋，我將之視為轉化後的脫胎換骨。**胡燕倫〈時間之美——濃縮與轉化〉**

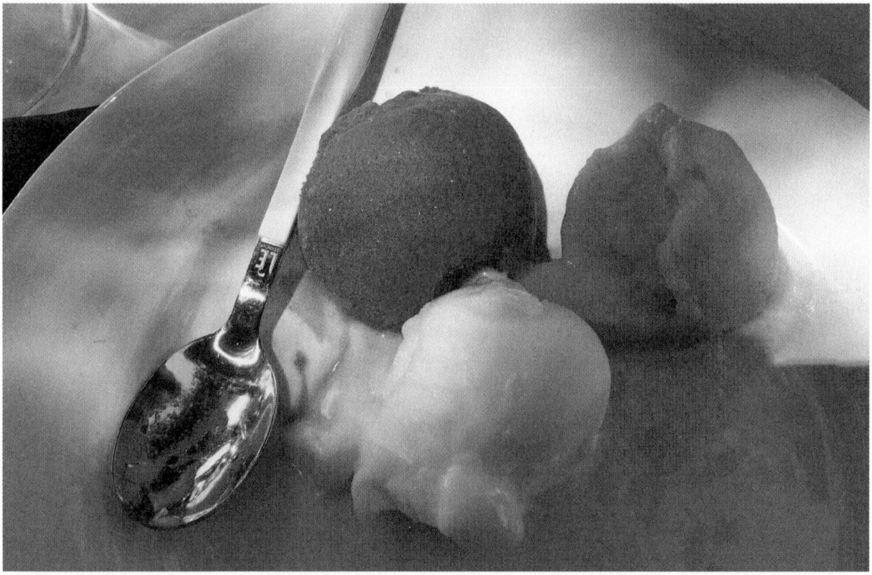

沒錯，就是白米飯，你家電鍋的剩飯即可，但要盡量攪打得夠細緻，飯粒才有辦法跟水果產生乳化效果。**簡國書〈我的撩慾食物〉**

古早方法製作粉圓，將番薯粉加水搓揉後，以竹簍過篩，耐心慢慢搓揉，到顆粒大小分明後，再晃動過篩，搓出來煮後，是透明無色的古早冰品色的濱海了一個個聚落。**吳比娜〈黑糖粉圓冰，濱海鹽工消暑土方〉**

像這種吃巧而非吃飽的海鮮零嘴，時常是飯後才會開吃的一道尾菜。**李盈瑩〈退潮之際，鮮甜濃郁的海洋零嘴〉**

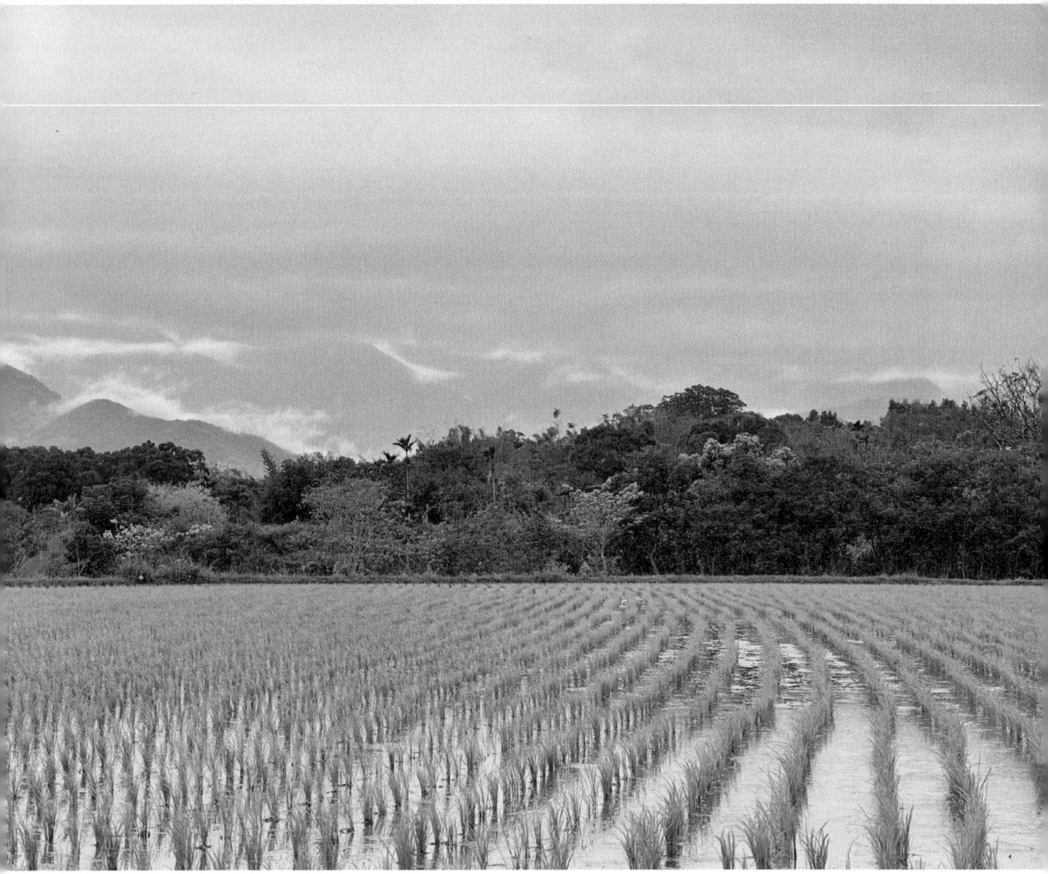

老闆寫著帳單邊說：「這麼好的天氣，要趕緊準備雨天需要的糧食。」彼時天氣真好，節氣是大暑，夏季的最後節氣。**陳煥中〈好天著存雨來糧〉**

就像情人相處之後才知適不適合。器皿也一樣。使用買來的器皿後，更加能察覺藏在細節裡的用心。**徐銘志〈器皿控的養成之路〉**

我的母親大人總是喜歡耳提面命，到菜市場買菜要跟著季節走，如果不是當季的食物，它太貴，而且不好吃。在某種程度上，冰箱是旬味追尋的調節器⋯⋯。**包子逸〈關於永凍層的二三事〉**

建蓁

華文飲食文選

食在四方

古碧玲——主編

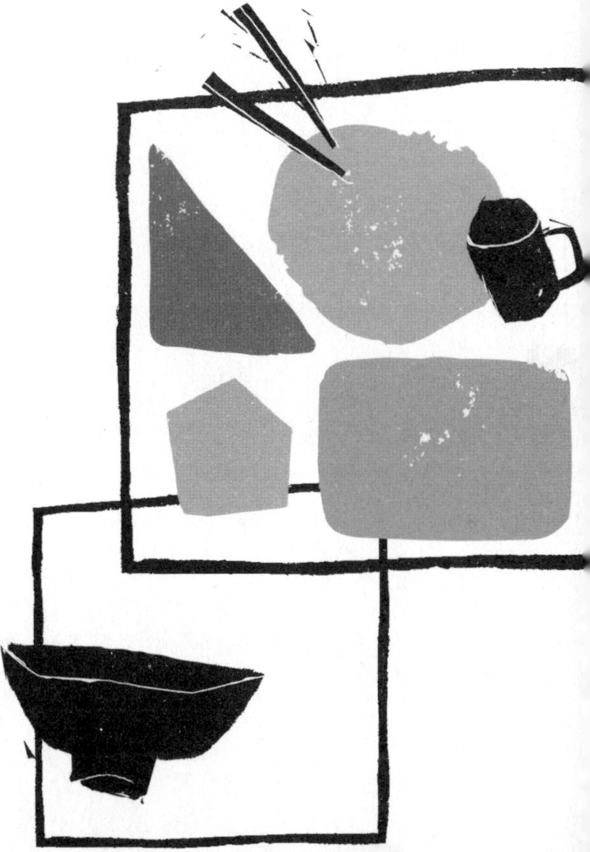

輯一　鄉滋家味

推薦序

叨擾了，我今天是來蹭飯的

——王浩一

公視頻道有個節目《誰來晚餐》，這是從二〇〇八年就開播的資深節目，每一集記錄著一個臺灣家庭，邀請他們夢幻的貴賓到家裡作客，內容是賓主一同分享人生、生活、經驗、意見等，重要的是節目中所包含那一桌的家庭食物……其實，我喜歡「參觀」那些不同家庭的餐食，因為我總能看到那一桌豐盛菜餚裡，有說出來的和沒有說出的「家庭密碼」，像是臨床心理學的熱門課題「家族排列」，有代代回溯的根源，有生命方向的動力，有家人情感的流動。

地方食物之間存在著邊界，而不同家族、家庭除了邊界，有更多的故事與記憶。進一步發展，當這些的紀錄數量夠多，隱然形成社會人類學的部分。這些紀錄與書寫，開始建構所謂的「族群文化」，跟你我有關與連結。

這也是爲什麼我喜歡看「飲食文選」的原因之一，透過作者們娓娓說著各自家庭或是地方的美食經驗，會有更多理解與滿足。閱讀中，理解的是那些家傳，「都是對回憶的一種不捨與貪戀」，滿足的是它記錄了社會變遷的痕跡。舊建築的紋理可以形成地標的辨識，百年老樹可以凝聚鄉人的世代記憶，而餐桌上滋味萬千，則刻畫著族群文化最美麗的印記。

《食在四方》有些作者從已社會化自己的自省，開始梳理「曾經的孤僻和疏離」，然後整理出成長過程時的「慢味」，濃濃的鄉韻、鄉味溢於紙外。有些作者則是眷眷深情回味曾經滋養過他的一道道家鄉美食印記。

像是作家鍾永豐、廖昀晴的芋頭有客家文化和家人的愛；寫著原住民野菜文化的柯春伎、楊依璇，她們說苦甘的野菜是遊子的心靈羈絆；寫出時代的曾經，有呂政達的南部甘蔗田、凌煙的滷尾菜等等。當然，引我好奇的徐彩雲的桶柑製作、吳家恆的豆皮捲、吳鳴的客家瓜封……還有湯長華的廣東煲湯、簡香靜的越式炸餃子、海外的新井一二三的桃花節散壽司……都讓我多了視野與嚮往。

「鄉滋家味」篇章，訴說著長大了，我們總多了各地生活的場域經驗，然而在一些歲數之後，又會在不知名的時刻裡，從記憶裂縫中萌發一種「味覺鄉愁」。於是我們回溫，也回味著年輕歲月的味蕾記憶，嘗試揣摩母親的本事、複製老菜廚藝的流程，總想留住往日的彩虹。像是呂政達在〈鹹鹹的雨，下在南方的甘蔗田〉的文字，外祖母用蒼老而依依的聲調：「讓我多看一眼吧！」

喜歡「灶間時光」篇章，我自己也曾經動筆也寫過這樣時光的食記，發現這些作者也跟我一樣，字裡行間多是歡愉樂趣經驗，香味四溢，繞樑三日的回味。總覺得，我們每個人真應該多多動筆紀錄「自己曾經的灶間時光」，再將它存放在自己的「幸福存摺」。

這些私我的烹調經驗，充滿著濃郁的歲月美好：像是陸之駿的年菜與蒸魚、方秋停的烹魚實戰紀錄、Miru 的海葡萄飯、杜盈萱的樹薯湯、Sophie 李淑瑜的野菇鹹派等。

當炙熱湯品上面，漂泛著那些漂亮的油花，也開始泛起了「愛」，有濃郁家愛、親愛、鄉愛、友愛或是邂逅的愛，作家們便成了超商試吃促銷員，他們喊話著：萬般滋味中，最棒的佐料是「愛」，最香的是「情」，是傾力的烹調之美，是闌珊處的食材，是人間不滅的甘美感受。

「寓食載情」篇章，有張讀行離鄉念鄉的米食焦慮、陳洲任的廚師任務、汪彥君的九芎坑的茶農、洪金珠的毛豆小甜粽。也有洪愛珠說母親的〈明亮的宴席〉、黃思綺所說遺憾的〈滾燙不了的火鍋〉、袁朝露則說女兒與甜點、古碧玲懷念父親與桔餅、蘇紋雯談了阿澤與油桶雞、劉怡伶念念不忘W友與煲湯。

而林薇晨說花、說貓、說黃芥末，這是我喜歡的極短篇小說，或是說它是精緻散文。作者從大學時期的一間德國餐廳的芥末黃牆壁說起……文字中情感非常輕巧、討喜，也有不俗的滋味描繪。我以爲作者是一位「無可救藥的黃芥末上癮者」，她如此形容著黃芥末滋味：「小小幾滴黃芥末，滴在舌尖上，整隻舌頭立刻成了一座向上爬伸的樓梯，一階一階一階，每一階都臥著一隻芥末色的貓。所有的貓忽然移動了步伐，在樓梯與樓梯之間跳上躍下，踩過這裡，那裡。」

第四輯「漬物釀食」這類的文章，永遠是我的「有待學習」的課題，讀著作者們的釀造經驗，我同意酸甜苦辣鹹五味之外，第六味「時間」，是無以倫比的享受。但是，我也自覺「漬與釀」不會是我的寫作素材，自知之明，那個需要天分！我純欣賞即可，當大快朵頤時我會是忠誠的啦啦隊。

至於第五輯「小吃小點」則是我的強項了，精神抖擻地閱讀文章，成了我的「開心小鎮旅食」。作者們細膩地描述家鄉的街頭小吃，有深刻的地緣關係，這些小吃們承載了一方鄉鎮的風土滋味，非常迷人。文字之間，總呼喚著來吧！來吧！請你前來體驗品嚐！

於是，旅行的動機就顯得理直氣壯。陳淑華從她一碗彰化的煎菜頭粿談起，再到南部林立的煎粿攤，細細地述說臺灣有一道隱形的美食界線，那是北部人不能理解的世界。至於阿江的鱔魚意麵、南投的秋天紅薯球滋味、府城經典的鹹粥、基隆廟口的滷豬腳與原汁豬腳、黑糖粉圓冰……呼喚你，地方美食永遠是旅行理由。

我自詡是「農產品促銷員」，當看到第六輯「農耕漁獲」裡，陳煥中的稻穀收成的艱辛、楊富民的木瓜上的蝸牛、程廷的山蘇栽培、陳臙心的豐富草藥之旅……總親切地瀏覽與學習。至於，漁獲部分則是我心虛的地方，「尊敬」地閱讀是我的態度，海鮮是我的美食小三，不必懂，享受即可。

最終篇「利其器」，眞好的收尾。想像，當冰箱塞滿的食材，如何有源源不絕的好料理？在健康又新鮮的食材之外，要有美好的食譜與盛盤，也要有良善的料理工具。

《食在四方》以最大化收羅了這些精采文章，成就了大價值。隨性開卷，盡興掩卷。

（學數學的作家、旅行家）

編者序

釀造一缸靠時間轉化的漬物

——古碧玲

彷彿釀造一缸需要時間轉化的漬物，選集自五十四位作者的《食在四方——建蓁華文飲食文選》，逾十萬字。係由從事環境教育相關事務的財團法人建蓁環境教育基金會贊助《上下游副刊》稿費，經過五年的邀稿與挖掘民間高手，積累書寫出各種飲食的風貌，捏塑出當代諸家的吃食流脈，輪廓立體，眉目清晰。

文選，永遠只是選，總有疏漏，無法具備絕對代表性。散文，看似寫作容易，看似品類富繁，少有拘泥，文體最自由；正因爲其容易，欲出類拔萃，益發困難。散文爲文可以修辭精湛，詞藻瑰麗，步步緊湊，抑揚曼妙，結構完備，每個字句都埋著哏，曲折彎轉，令讀者仰視作者的擅寫，還得字字拆解，若攀爬於山峰峽谷間。

亦可清澈若水，用字不見奇巧華麗，若信步漫步於坦徑間，讀者尾隨其素朴無華的行文，初讀可能淡然寡味，深讀後方覺察其抒情內斂，情感汩汩流洩，其共同點爲非虛構。

飲食，於人之間可謂交流之最大公約數，本就承載每個人的成長路徑，與其家庭經濟甚至地方風土多所關聯，家道之富貧豐儉必左右其見識，也見證了族群之殊異及時代的遞嬗。如近三十年來或因婚姻或因工作或因依親等因素，從東協各國移民臺灣者，帶來種種植物與食物，以及一九四五年的大移民潮所帶來的飲食文化，擾動交融出此間獨有的食方飲譜，俱係時代的產物，也潛移默化了此間的常民生活及文化。

五年來，以創建一飲食生態農林漁牧的副刊平臺，繫盼能挖掘擅寫之手，藉此平臺循序寫作。於是，一方面邀深具文名的熟手引路，並藉此培育新手，一方面趁機梳理臺灣五光十色的多元飲食地圖。

於《食在四方——建蓁華文飲食文選》選文從輯一的「家滋鄉味」起始，涵蓋不同族群的家鄉飲食方寸：南部鍾永豐、中部徐彩雲、東部吳鳴的客家粄、桶柑餅、無瓜不封；出身屏東的林剪雲寫承襲日治時期製法的飛魚一夜干，竟是當地講臺語族群的尋常家味：臺南呂政達的甘蔗鹽田與虱目魚；嘉義東石的凌煙寫閔南人家漚菜尾；桃園大溪長大的廖昀靚自家種芋的芋槐芋頭粿；阿美族柯春伎與排灣族媳婦楊依璇的原住民野菜文化；父母自江浙移民的吳家恆之豆皮捲與炸蝦年菜；湯長華寫香港外婆傳下的粵式煲湯；曾詩琴想念馬來西亞吉蘭丹的野菜飯；新井一二三寫日本人年節的桃花散壽司；此外，開版以來始終尋覓的新住民飲食書寫，礙於新住民以華文寫作仍有隔閡，透由帶著新移民孩子煮食的年輕老師簡香靜，書寫新住民媽媽做的越南大餃子。此輯記敘母祖和家鄉滋味有之，也呈現出各個族群家庭滋味背後的文化光譜。

輯二的「灶間時光」特收選擅烹擅寫的陸之駿兩篇文章──燉三仙及蒸魚的最高境界，以紀念開版以來即供應稿件，卻已於二〇二二年中年遠行的陸之駿，其煮食叮嚀與不藏私的撇步，音容猶歷歷眼前；深怕煮魚的方秋停挑戰煎魚百轉千迴終至達陣；從西臺灣遷徙東臺灣的 Miru 寫一入花蓮菜市場的五感全開，以海葡萄丼飯敬謝大海的慷慨給予；杜盈萱寫從未嘗過的樹薯味；而 Sophie 李淑瑜告訴我們法國森林所採的野菇認證者居然是西藥房。迴轉逗留於灶間的時光總是從容閑散，閃亮暢快。

食物，所寄的情往往在遠離一地或斯人已遠時，才知其「銘印現象」之深。輯三「寓食載情」記敘各種親緣與無親緣者之間的相與，飲食催化了眞摯的情感。寫思念遠方的母親；已辭世的母親；一家團聚卻無滋味的年菜；離婚母親帶出愛做甜點的女兒；女兒尋覓復刻先父的藥膳；爲非親非故的被判極刑受刑人阿澤定時送食物，冤獄釋出後帶他尋親；出任大廚爲已逝摯友張羅一席的回憶；辭別不知何時可再相見的香港友人；與移民臺灣的港人共訪茶農；從黃芥末寫大學時期相交之人；結於日本人藉毛豆揮劍斬情絲。

本輯包括：落腳荷蘭以爲自己絕不會想念臺灣食物的張讀行，放下焦慮，於米食裡坦然面對思念；洪愛珠宛如畫筆似的細描病中母親，輕揮指揮棒看著女兒演奏出一桌宴席；黃思綺寫過年團聚四口人家的毫無滋味，若一鍋始終無法沸騰的火鍋；袁朝露以困窘單親，養出喜歡做尋常人吃得起的甜點女兒；古碧玲描摹揣想已逝父親的調理家人配方；「一人社會局」的蘇紋雯與鄭性澤的送食情誼；陳洲任出任悲喜參半的廚房任務；劉怡伶送走要返回香港、共赴時代命運的友人，猶日日念念；汪彥君在尋訪茶農時，憬悟茶與自身的意義；林薇晨是文字精靈，雀躍於貓般的黃芥末間回想大學時期的友人；深悉日本文化的洪金珠揮動慧劍，原來日本父母取出毛豆麻吉，就是要兒女死了心，斬斷情絲。

輯四「漬物釀食」，醃漬食物既是仰仗時間緩步輕移，促使食物改頭換面的技藝，更是於心中不時翻攪的記憶庫藏。小說家曹麗娟因外婆的擅漬，反倒近鄉情怯，望漬卻步多年後，重啟「漬魂」，與外婆遙相聯結；鄧美玲則是獨攬一家漬藝，沉浸於釀造桃花源樂不思蜀；張健芳從輕漬蕗蕎談日本與中國之民族性差異；譚玉芝從都市貴婦移民花蓮做農婦，撿拾桂花釀出金晃晃黃澄澄的桂花釀。

各地小吃最顯風土，往往過了此村，只此一家別無分店。輯五「小吃小食」老是在路上田野調查的陳淑華為鹹粿與菜頭粿找出身世的界線；臺南人吃氣口的習性，在林俊安寫阿江刀光血影片鱔魚炒鱔魚，可窺知一二；出身南投市年輕作者陳議威不服氣地獻出紅薯球的滋味，一洗老是被忽視的南投市亦有獨一無二的滋味；匆匆行旅間周姚萍訪鹹粥、憶娘家的鹹粥，食物鏈結始終都在；深悉食物掌故的基隆年輕耆老曹銘宗，亮出撐起雨都廟口的兩隻腳；吳比娜娓娓敘來濱海鹽工藉黑糖粉圓冰，倚為消暑土方；臺南囝仔阿國有個不擅煮食的母親，激勵他凡物自行開發，包括撩慾的冰品。

飲食取自土地海洋，即所謂之「身土不二」，調身養息，必得回到環境源頭。

輯六「農耕漁獲」從半農半X的陳煥中豐收後「好天著存雨來糧」，寫農夫看天吃飯之遠慮近憂；楊富民憶當兵前的遊手好閒，客串木瓜農，竟引來與鍋牛對抗之大作戰，滑稽突梯甚是有趣；都市熱炒店的熱賣山蘇，卻是支亞干部落太魯閣族Apyang Imiq 的傷悲，試著釐清族群之間的剝削關係；李盈瑩赴馬祖發掘海洋零嘴，唯有親炙過才知道的鮮甜濃郁；林楷倫藉「乾殼」寫海洋生態的不變與瀕死；林敬峰以「雜魚雜紀」論底拖漁法捕撈下雜魚的哀愁與消費市場之惡；陳牖心的印度旅次為她枯竭的身心尋回亮光，返臺種植草藥自行調理。

冰箱的發明堪稱飲食世紀的一大步，功德絕不遜於人類發明飛機；而識食也要知曉食藝之美，輯七「利其器」徐銘志以「器皿控」的養成，記敘其手藝佐杯碗盤匙筷之美；魏聰洲負笈法蘭西，於湊合的器皿宴客，在餐桌上深受藝術文化的衝擊，這兩篇均在散文之餘，提供實用資訊；包子逸和周憶璇對冰箱幽默感與想像力兼具的把冰箱想成「永凍層」與「有餘旅舍」，為《食在四方—建蓁華文飲食文選》畫下完美的句點。

平凡家常，華麗炫目，五十四位中青散文家各擅其場，鋪陳了人類學般的飲食文化光譜，柔腴豐美篇篇俱有其味，持續的書寫是最貼近環境與當代社會的綿長回應，《食在四方——建蓁華文飲食文選》願君品賞。

（字耕農、上下游副刊總編輯）

輯一——鄉滋家味

母親的廚房與廚房裡的母親，成為我的學習對象與田野研究主題，而我越想「慶手慶腳」，越是明白：食物過程在高超的技藝背後，是何等的農業、文化、組織學與社會人類學寶庫，且它們的意義——如同醃製中的食物——正因著時間與距離而變化。

粄與芋

鍾永豐

一位資深編輯行旅臺灣各地，總感覺客家庄的女性特別愛乾淨，問我原因。受過社會學與人類學的粗淺訓練，知道這種跨族群的印象式結論常掉入主觀的陷阱，更何況光是「乾淨」就難以定出標準，但我心裡立刻跳出母親與姊姊們的身影。她們愛乾淨，做事俐落，是家族公認楷模。客家社會裡，這種做事風格受到高度肯定。在美濃，我這樣回覆主編，我們頌讚這種「乾淨、俐落」的作風為「慶手慶腳（慶是輕盈、敏捷之意）」；北部客家人則更進一步上升爲一種文化風格，他們稱之爲「淨俐」。

但……不無諷刺地，無論標舉「慶手慶腳」或「淨俐」，其實都隱含對男性的否定或貶抑，因爲它們主要用以鼓勵協作農事之餘，仍須操持家務的婦女。美濃在WTO之前的兩稻一菸（一年兩季稻作一季菸作）年代，能配享如此讚譽的婦女，必須在緊張的時間縫裡滿足各種內外在要求。在大的時間縫，譬如割稻子時節，剛把七、八個工人導入田裡作業，馬上衝回廚房做點心，然後在割完八成面積前挑到田邊等著，前後不到一個半小時。上午的點心通常是米篩粄（米苔目）、仙人粄（仙草）之類的甜點，下午則可能是鹹粥配各式小菜。點心不僅量要夠，滋味更要令勞動者胃口歡暢。工人只要皺眉頭，酸話隨即傳開。

大的時間縫，還表現在下午農事結束後與傍晚廚事開始前。她們趕回家，把房裡的尿桶挑進菜園，摘菜後除草，再澆以稀釋的尿液。小時間縫的應用，就有如特技表演了。最精采是在年節廚房，母親像個一人樂團兼指揮。她先穩住屋外大封鍋、屋內湯鍋的水滾大節奏，接著調校煎魚或炸小封的油滾小節奏，然後快手細切姊姊們洗好的青菜與佐料。煎炸一結束，她馬上如吉他手刷和絃般，連續炒菜，由慢而快。闔上鍋蓋的悶燒空檔，她衝出屋外，查看大封鍋內的進展，翻動灶內枝條，調整火的調性。這時，姊姊們擺好桌上的碗筷，趕緊清洗廚具，再把碗盤擺上流理檯，等待母親配菜。

除夕及年初一是兩桌二十幾人份，初二加倍。每次上桌後回望，廚房淨淨亮亮、整整齊齊。過年回家，每個成年女性都有幫廚的壓力。但要能稱職，必須手腳快，並能與母親心領神會，不然兩三下就會被離心力轉出。做爲男丁，我是外圍的外圍，乖乖坐在大封鍋前的矮凳上，把火顧好。

一九九六年秋我回到美濃愛鄉協進會工作，最大的挑戰是社會化自己的孤僻與疏離。辦公室租在夥房三合院，裡面有大大的廚灶。動念補償兒時的缺席，每天中午我煮飯做菜，請夥伴留下共餐。漸漸我發現，餐桌上的情感交流不僅彌補工作會議的溝通不足，且更能讓工作夥伴立體而深刻地相互理解。受到鼓勵，我揣摩母親的菜單，慢慢領會。原來她的本事是複雜的食物過程，綜合著技藝琢磨、時間運用、流程安排、材料選搭、品味調理以及人際對應等等。

母親的廚房與廚房裡的母親，成爲我的學習對象與田野研究主題，而我越想「慶手慶腳」，越是明白：食物過程在高超的技藝背後，是何等的農業、文化、組織學與社會人類學寶庫，且它們的意義——如同醃製中的食物——正因著時間與距離而變化。食物可以是眾人的慶典，也可以是個人的抒情。

譬如粄，美濃客家農民順應節慶節氣做不同的粄，像是動用各種形式表達他們對米食從一而終的摯愛。除了做法各異，每種粄的社會過程也有別。用於重大祭祀活動的紅粄，其動員程度之大，可擴及整個家族。媳婦擀皮、包餡、印模，老人家把香蕉葉剪得規規矩矩，阿姊們擺粄於葉，男人則在廚房掌大灶；一床床紅粄入蒸出蒸。門板被拆下、擦拭乾淨，安躺於兩張長板凳上，阿哥們一一排上蒸好的紅粄。工作線由廚房、客廳外延到簷下、天井，笑話、趣談流轉，監製的祖父則挑出品相不佳的紅粄，哄稚齡的孫子吃。氣氛是如此熱烈，鄰庄的姑婆、阿姑經常就提前轉妹家了。

獨獨芋仔粄，過程巧靜，從植苗到做粄，鮮少分工，像一縷母親莫想與人分享的抒情思緒。每年都是灶下爆出混合著油蔥、蝦米、香菇的勾魂菝炒香，繼而芋香幽幽探出，才意識芋仔粄的七月半又臨近了。端上祖堂供桌，母親的作品總引來各房媳婦的驚呼，無不讚嘆用料之精實、蒸功之準恰，而她也總是微笑，不自誇。我能幫上的，頂多是祭祖後端回廚房。接著母親大卸芋仔粄，邊切邊輕聲喚出分贈的對象：姑、嬸、舅、婆等重要親戚及她的朋友，無一掛漏。最後，留兩小塊放冰箱，過陣子才會拿出來切片、油煎。小時我總納悶，為什麼母親的芋仔粄用料比他人家厚這麼多？為什麼做得這麼好吃，自家留這麼少？看父親沒二話，疑問就擱著，沒想到從此跟著我長大。

母親的檳榔心芋種在崁腳下竹叢邊的狹長零碎地上，五坪不到，三四行，有水自流；芋仔採了又種，長年不斷。芋群安靜、安分地抽長，善解人意，要求的照料從不超過基本，像母親的一生。好電魚的堂哥最知道那裡生態豐富，電杆隨便往行間一插，虎皮蛙、澤蛙、湖鰍、鱔魚紛紛翻白。還有成天漫飛的揚尾蜻蜓、聞聲不見影的白腹秧雞，以及隱蔽在竹葉間永保戒備狀態的赤尾青竹絲。

一九六〇、七〇年代是美濃一菸二稻農業經濟的全盛時期，有點格局的田地均被徵調支援生業前線，副食品自給自足的小農理想，只好指望等而下之再等而次之的畸零地。面積當然不夠，於是圳邊插竹笠長菜豆、圳上架竹棚爬絲瓜，礫石充斥的重劃路肩種樹豆，至於崁下長年湧水，只合宜喜水的檳榔心芋。若是溪邊於洪退後浮出高灘地或新闢馬路夾出三角窗，不出兩個月，新的蔬菜共和國鐵定秀麗出世。

菜園管理純是媽媽們的頭路：每到臨暗，忙完田事的婦女挑著糞尿衝出夥房，用最緊的速度除草、摘菜、淋肥、澆水，再趕回廚房打理飢腸轆轆的一家子農民、幫農。尿桶迴旋半徑大，味道刺鼻，路人紛紛走避，當事人既勞累、不堪，日後又覺得好笑，激得她們做諺嘲諷我庄：有妹莫嫁大崎下，一出柵門就菸頭下，暗時尿桶挑了衝上又衝下。

其他沿著茏濃溪畔開展的聚落，流傳各自版本的「有妹莫嫁」，皆反映上世紀初明治末年菸草拓殖的艱辛。當時爲應付暴增的勞動力需求，日本殖民政府從桃竹苗及屏東招引大量客家無地農民，周圍的閩南及平埔區域也有少數家戶聞風移入。母親的祖父看到墾殖區土地平廣、水源充沛，決定離開土僅一尺厚的大崗山丘陵區，舉家東遷至十穴庄附近的五隻寮。當地的石崗田讓墾民吃盡苦苦頭，衆嘆：有妹莫嫁十穴庄！三盤蘿蔔兩盤薑；食了幾多渾泥水，開了幾多石崗田。

母親成長於多語環境。她不識字，後來成爲博聞強記的口傳文學家。家裡的閩南語、美濃的四縣客語與北客的海陸豐客語是基本款，外加長輩間的私密日語以及鄰居的平埔族語。平埔家庭來自東邊的六龜，有女與母親年齡相近，兩人情同姊妹。在姊妹淘家裡，母親見識到平等舒緩的性別與世代關係，以及更著重分享的食物文化。邊緣與更爲邊緣的兩位勞苦女性抓到機會就窩在一起，難捨難分地傾吐心事、相互安慰，從孩提至終老。

所以母親把芋仔粄做得厚又香，可能非如嬸嬸及子女們所猜測，只爲宣明閩南的她就有本事把客家料理做得登真。芋仔粄之切分，也可能不只是以交換促成重要親戚關係的再生產，如我讀了Mauss（一八七二—一九五〇）的代表作《*The Gifts*（編註）》之後，沾沾自喜的功能論認知。

崁下那塊生態盎然的靜謐小水田，或許長著母親不想漢化的童年，採芋、做粄因而是她每年最重要的內心儀式，她得以再次回到五隻寮，摸觸平埔姊妹親手贈予的芋粄，及其所祈願的祝福。芋的祝福是如此濃烈，母親必須趁熱分粄，好傳遞姊妹的心意，與她的感謝。人情的輪迴，正如芋。

編註：法國社會學家Marcel Mauss譯名馬塞爾．莫斯，爲法國人類學家與社會學家研究範圍包含「個體跟國家之間關係」、「群體跟社會的關係」及「跨領域研究：精神混亂、幻象等」，代表作爲《禮物：古式社會中交換的形式與理由》，參考來源：國立臺灣大學人類學系。

鍾永豐，出生於美濃菸農家族，爲詩人、作詞人、音樂製作人及文化工作者。曾任美濃愛鄉協進會總幹事、高雄縣水利局長、嘉義縣文化局長、臺北市客委會主委及臺北市文化局長，現爲國立臺北藝術大學主祕。曾獲二〇〇〇年金曲獎最佳製作人獎，二〇〇五、〇七年金曲獎最佳作詞人獎。二〇一四年入圍金曲獎最佳作詞人獎，二〇一七年以《圍庄》專輯獲金音獎及金曲獎評審團獎。

滿州鄉港口村的一夜干不是鯖魚也不是竹筴魚，而是飛魚，製作方式完全承襲了日治時期的古法。或烘烤，或油煎，微焦的赤金色，誘惑著唾液腺辛勤分泌，入口的鹹香豐腴滋味，來碗白米飯，臺語人説很拖飯，國語人説很下飯……

鄉韻．鄉味

林剪雲

不管一年回鄉多少回，每回車過楓港，臺1線接臺26線，藍天白雲下的青山碧海在眼前層層展開既豐碩又純淨的水彩畫，敞開車窗讓風帶入一縷縷海的味道，微鹹，耳畔也自動縈繞起阿貴姨婆抱著月琴：「思啊思相枝，楓港過去呀伊嘟是車城，花言那巧語呀伊嘟愛聽啊噯喲喂，阿娘仔講話若有影噯喲喂，噯喲刀槍做路也敢行啊噯喲喂……」

心，依然悸動飛揚，啊！我的恆春我的半島，我永恆的戀人……

車子繼續往南前進直抵滿州鄉，身為恆春民謠老國寶的阿貴姨婆，當然也常常得意彈唱：「滿州出名高落水，發角石頭眞正媠……」，可是後來時任總統的蔣經國改名爲佳樂水的熱門觀光景點，多少年我過門不入了？自從有一任既天才又體恤遊客的鄉長，將通往山海瀑的人行步道拓得又寬又大，水泥一路糊過壺穴、棋盤石、蜂巢岩，平平整整，將原本滄桑歲月中風骨嶙峋的海岸線，像煞年華老去的風塵女郎塗上厚厚胭脂水粉之後。

喜歡的，是去河海交接的吊橋，改建過的新吊橋造型堅固顏色鮮麗，跨過河海交接處面對太平洋，風景奔放壯闊，不過，一樣得面對走馬看花的遊客。

噓……別說出去，眞正精采的故事其實在橋下河海的交界處。港口溪細流潺潺，在近海處又有一個深潭可以儲水，而海浪勤奮堆疊的沙堤也形成了天然屏障，所以平日河、海互不侵犯。直到雨季或颱風天，港口溪水暴漲，水流滿溢深潭衝破天然沙堤滾滾入海，這就是港口人口中的「破港」，一年總要上演個幾回。

滿心不甘的大海也捲起惡浪回敬，卻把半鹹水的瓜仔魚、青頭仔、蝶魚等等一併沖入溪口，村民又頂著風雨、海浪、洪流來抓魚，充分發揮「倚山食山，倚海食海」，再險惡的環境也能生存的氣魄。

直到雨過天青，溪流歸於平靜，海浪也不再發怒，心平氣和地把沙子不斷不斷帶上來修補破洞，沙堤居然就被修好了，河、海又可以和平共存一段時日。

而原先被怒濤打入溪中的各種魚類，躲過村民捕抓的，就在淡水溪流存活了下來，這又是適者生存的故事。到了冬天海象不好，竹排無法出海捕魚，這些大海來的溪魚就成了補充營養的來源。

我的最愛，則要等待春天來臨時。

春天的近海熱鬧滾滾，飛魚追逐浮游生物；鬼頭刀追逐飛魚；雨傘旗魚追逐鬼頭刀……形成有趣的食物鏈，所以看到飛魚躍出水面飛翔，並非特技表演，而是攸關生死，後頭就緊跟著掠食者。

出海的竹排入夜後撒下刺網，刺網下的「沉仔」，不像獵捕大型魚那麼重磧負責把網子拖入海水下，作用只是讓網口在海面上漂漂浮浮張開，因爲飛魚在夜晚會誤以爲比較安全，成群浮出海面優游覓食，偶爾受到竹排馬達聲驚擾，銀白月光下飛出海面，一尾接一尾成群絡繹，即使漁人們也是百看不厭，屬於夜晚海上傳奇畫面之一。

接著，漁人們關掉了竹排上的馬達，海面回歸寧靜，或坐或躺在竹排上，可不是為了怕驚擾自得覓食的飛魚群，而是靜觀成群的飛魚順著海流游入刺網，每隔一、兩個鐘頭收網一次，一夜下來，滿載而歸。

人人都說剛入港的飛魚煮米粉湯，連舌頭都會餔嚼下去；我則獨愛飛魚乾。

家人把飛魚去頭去內臟之後，浸泡「鹽露」，然後撈起來吊在稻埕的竹竿上，不是為了曝日，而是讓落山風一夜吹乾，所以滿州鄉港口村的一夜干不是鯖魚也不是竹筴魚，而是飛魚，製作方式完全承襲了日治時期的古法。或烘烤，或油煎，微焦的赤金色，誘惑著唾液腺辛勤分泌，入口的鹹香豐腴滋味，來碗白米飯，臺語人說很拖飯，國語人說很下飯；或者來杯生啤酒，那更是絕配，飛魚乾滲入香甜酒氣更添風味；生啤酒有了海味相佐也不再單調。

為了滿足遊客兼饕客的胃，慢條斯理的古法遵製，當然無法應付日漸龐大的商機，於是處理過的飛魚鹽漬之後，直接大量曝晒在日頭下，可縮短製程。若問我風乾和日晒兩者之間，飛魚乾口感有無不同？當然不一樣，夜晚站在崖上吹海風和白天蹲在日頭下吹海風，誰會有同一款的感覺？不過，也只有在地人分辨得出來，您們這些外地人反正就是品嘗品嘗南臺灣鄉野美食嘛！就別再苦苦追問了……。

林剪雲，長住屏東內埔。
過往：以人身肉體碰撞愛恨悲喜，累累傷痕堆砌爲現在的我。
現況：企圖以大河小說形式建構當代人書寫當代史。
嗜好：玩文字、賞電影、愛踏查。
專長：小說、戲劇。
最愛的詩句：生如夏花之絢爛，死如秋葉之靜美。
代表作品：《暗夜裡的女人》、《恆春女兒紅》、大河小說叛之三部曲首部曲《忤》、二部曲《逆》。

外祖母的白髮向後綰成一個如意結，白色的鹽封裹著燜熟的虱目魚，得用木槌敲開已經死去的鹽，像剖開一個繭那樣的取出虱目魚，我覺得餐桌上的吃食，就是一場誕生，溫熱而鹹的香氣，是鹽的生命的色澤。

鹹鹹的雨，下在南方的甘蔗田

——呂政達

歷史裡的臺南，始終就是鹽和糖的輸出和生產的交匯，多年前，北方的鹽和南方的糖都選擇從這裡運出海，成爲家人團圓宴裡的佐料，或是遠方一杯紅茶裡的調味。

有些記憶屬於我一個人，在臺南家鄉，沿著海岸邊鄭成功軍隊行過的路線，向七股方向，四百年前他們向平埔族搶地，殺害原住民開闢鹽田，鹽的故事就是血的故事。海風吹降一片片潔白的鹽田。沿路的魚塭翻騰銀白色的鱗片，日照強烈，我總把自己想像成鄭成功初見海岸的情景。然後路線轉向南，南方的想像，欄杆放下來，叮叮噹噹的聲響，小鐵路定期有載滿甘蔗的小火車從我們眼前越過，好像，那是我小時候的禮物啊。那時，甘蔗是生活的奢侈品，總要隔許久，爸爸才會帶一根黑黑的甘蔗回來給小孩啃，一面啃著一面吸甘蔗甜甜汁液。

小火車來了，小孩跟在鐵軌後面撿掉落的甘蔗，幾個塊頭大的孩子乾脆搶別的小孩撿的甘蔗，但怎麼能依他，我就這樣在鐵軌邊結結實實打了好幾架。回家，捧著我的戰利品，顧不得嘴巴流血也要先啃一截甘蔗，黃黃甜甜的汁裡揉著我的血。

眼線再向南方延伸，那是當時的年紀還沒有到過的國度，吹拂甜甜的風，想像小火車一路向南，穿越茂密的甘蔗田。嚇，那時的大人說，甘蔗田完全遮蔽陽光的時候，夜晚，你想像不到的怪獸從地底現身啃吃甘蔗，到了白天，農夫再將倖存的甘蔗種回土裡，甘蔗田發出一聲長嘆。再向南，我只在地圖上走過的，想像港口、大海，想像屏東活在勁風裡的西瓜。

有些，屬於我們家族共同的記憶，舅舅、媽媽帶著外祖母的一場旅行，那是外祖母生前最後一次出遊，或者知道要告別了，外祖母那天眼色略帶憂愁，但她是鹽分地帶的女兒，一輩子不曾離開她的家鄉，像一把融化在口中的鹽，怎麼可以輕易流露哀愁。我還記得外祖母家的庭前曝晒著鹽，陽光的完美演出，家裡吃的鹽，都來自這對夫妻的手溫。

那天，我們的隊伍走過佳里、學甲和七股，感覺外祖母在向她認識的一切道別，她用蒼老而依依的聲調，吩咐舅舅「你得開慢一點」，好像她眞正的意思是，讓我多看一眼吧。

來到鹽田和魚塭包圍的餐廳，她似乎認識鹽分地帶的每個人，「阿嬤來了，快帶他們上樓。」我彷彿聽見這般耳語。生意極好，但外祖母似乎有個專屬的座位，我記憶中和外祖母最後一場用餐，則以白獻祭。外祖母的白髮向後綰成一個如意結，白色的鹽封裹著燜熟的虱目魚，得用木槌敲開已經死去的鹽，像剖開一個繭那樣的取出虱目魚，我覺得餐桌上的吃食，就是一場誕生，溫熱而鹹的香氣，是鹽的生命的色澤。

那年我剛滿三十歲，從此每陪媽媽回娘家，都作興要去吃鹽焗虱目魚，也許是懷念陪伴外祖母的日子，也許是追想我已經失去的某些什麼。鹽和海的情懷，廣場上趴成一條條行列的鹽，鋪在大地的破折號，要跟我說些什麼呢？我是鹽，我帶來生命，我帶來文明。

怎麼能夠忘記呢？吹過甘蔗田的南風，也給鹽田帶來豐沛和暖的氣候，一甲子前的往事，並未如風吹逝。

那一年，我參加鹽分地帶文藝營，隨著詩人登上七股鹽山，鹽粒在我們腳下綻開，陽光總是強烈的，一如往昔，但在回途，我見到往日記憶中的鹽田鋪上太陽能發電板，和遠處的鹽山輝映耀眼閃光的白。白是我記憶的一頁，我甚至無法想像雨落在鹽分地帶的情景，同樣的鹹鹹的雨，也靜靜下在南方的甘蔗田。

呂政達，臺南二中，臺灣大學碩士，輔仁大學心理系博士生，長期在媒體工作。作品獲林榮三文學獎首獎、聯合報文學獎首獎、臺北市文學獎首獎等等。

野菜也不是隨便亂煮就保證好吃。在我們的眼裡，料理野菜有一定的先後順序與原則，像是葉菜類的野菜，不管是龍葵、野莧、木虌子葉，清洗後得要用力搓揉使勁蹂躪一番，煮起來的野菜湯才會甘芳。

馬太鞍溼地的野菜歲月

——柯春伎

冬季清晨，山嵐飄過馬錫山，空氣沁涼乾淨，我知道這是大地的氣息，閉上眼，輕輕地把小時候的濕地想了一遍，和煦的微風、扶疏搖晃的樹影，芙登溪曾經的溪岸土溝二旁，有水柳、九芎、竹林、野薑花。蜿蜒的溪流裡有族人漁獵設置的palakaw（巴拉告）魚場，孩童拿著自製的竹竿釣魚，一邊戲水一邊釣魚抓蝦蟹，青綠水嫩的豆瓣菜，就生長在乾淨的溪流邊。現在不同的是，濕地多了水泥護岸固床工治水設施，看起來安全卻阻斷了我們族人親近水的權利，底下的生物上不來，上面的老人下不去，早已超過二十年了。

想起部落種種，總給我無數深刻的感動，尤其是吃到野菜滋味時，原住民的野菜既獨特也很有個性，懂野菜的人才是貨眞價實的好野人。

野菜常被誤會，乍看以爲是草，其實是珍稀上品。野菜早已不是窮人吃的菜，而是高檔餐廳主廚費力蒐尋的人間美味，也是異鄉遊子的心靈羈絆，族人只要有機會返鄉回家，就一定會要來好幾碗家鄉味道的野菜湯，也才算有眞正回家的感覺。

我們從小就吃野菜，清楚知道「野」是什麼樣的滋味。野菜都很獨特，養成我們靈敏的味覺與嗅覺，自幼就很能習慣吃特殊口感的菜，尤其是苦味的。部落小孩都跟著大人在自然環境中學習，這樣成長的孩子，多半靈活性韌性兼具。貧困的年代裡生存不易，必須更積極學會所有技能，就算苦到皺眉的野菜也要把它吃成甜美的微笑。

野菜有種可以把人聚集在一起的力量，常聽見老人家們說，野菜要統統放進鍋裡煮才好吃，且要一群人一起吃才美味。

老人家運用經驗智慧判斷地形高低落差引水灌溉，種野菜，在她們眼裡就是例行功課，就像吃飯睡覺般自然，一天不去菜園報到就渾身不自在，光復市場野菜攤那裡的老人們也是，每天認眞開攤做生意，即使沒有客人上門，各攤各店總有各自的好友在旁支持陪伴飲小酒，熱鬧滾滾。

阿美族人善於利用採集的野菜文化優勢，販售自家低密度栽種或野外採集的野菜，供應附近有名野菜餐廳或聞香而來的饕客，賺取額外收入；光復鄉的野菜市場裡，賣菜的多半都是年過七旬甚至八十以上耆老婦女，強大地支撐野菜經濟力量，但我卻憂心這些長者生命消長與野菜文化的延續傳承。

野菜不全然是綠色的，橙色的野生小苦瓜，大紅色與青綠色的苦茄，金黃色麵包果實，黑色樹豆與野生木耳、草綠色山蘇嫩梢，紫色的鵲豆莢，採集不易的白色的黃藤心，還有 Ina 自釀的乳白色香甜糯米酒，很難說明我們都吃些什麼野菜，因爲依循季節不同，阿美族飲食豐富程度也不同，原住民族的民俗植物與野菜飲食文化超乎你所想像，野菜很普通，卻活得理直氣壯鏗鏘有力。

關於野菜，我們有自己的文化語言，有自己獨特的分類系統與烹煮方法，那是世上獨一無二的價値，深厚的飲食智慧意涵在其中；然而，野菜也不是隨便亂煮就保證好吃。在我們的眼裡，料理野菜有一定的先後順序與原則，像是葉菜類的野菜，不管是龍葵、野莧、木鼈子葉，清洗後非得要用力搓揉使勁蹂躪一番，煮起來的野菜湯才會甘芳。對於葉菜類我們幾乎不使用刀子，部落婦女是直接用手搓揉擰轉就可以將菜成段，手就是最好的工具，「洗一洗轉一轉就好了啊！」Ina 一邊洗菜揉菜一邊叮嚀著。

很多年前，我帶著自家農場的野菜北上販售，有攤友笑著對我說：「春伎，你怎麼帶草來賣啦！這些都是草耶，拜託！」那刻，我眼淚是往心裡流的。這幾年，努力介紹這些不被看好的野菜，除了推廣原住民文化也鼓勵消費者，還有新的蔬菜選擇，食用野菜就是其中一種方式。只要懂得料理野菜，其營養價值不會輸給市面上的明星蔬菜。多年後偶爾逛市集，也能看見野菜出現在桌面，兜了一圈這不就是我想要的正循環嗎？讓更多人認識臺灣的美好與生態文化多樣性，就算偶爾被調侃揶揄也要挺住，算是爲自己爲野菜爭口氣。

回想十年前因孩子健康與生涯規劃，我帶著先生的支持決然返鄉生活，部落環境、食物、運動三好，是可以安心野放養小孩的好地方；返鄉目的除了調養孩子健康體魄之外，心裡寄望的是，讓孩子沉浸在自然之中，被大山大海環抱過的孩子，身心靈肯定是最健全的，未來，他們才有耐力挺住人生風浪，才是我帶著孩子返鄉居住最大的意義。用自然用野菜養育小孩是部落的常態，我就是這樣長大的，養成味覺與生活習慣。

如果你厭倦細緻甜膩或鹹辣油膩一成不變的味覺刺激，你就應該嘗試柴澀、生苦、粗絲、硬脆，淡雅與清香的野菜口感。

然，面對野菜的人生課題，我告訴孩子們，會吃野菜也要認得野菜，一旦採錯或吃錯，輕則過敏，重則住院。野菜營養價值高，多半屬寒性特質，體質虛弱者須謹慎食用，過度食用將帶來反效果，不可不慎。

食野菜，前提是得要在專人專業的場域或餐廳帶著，在安全防護下，開啟感官的另一扇門。對野菜的特性敏感或因誤食受到傷害的大有人在，畢竟族群體質天生迥異，對物質反應強度也不同。

野菜總在對的季節出現。入社會受到挫折，歷經人情冷暖之後，我才開始反思，認真看待自己生命與原住民的野菜文化，那是祖先用千百年的生活智慧熬煉累積的。時間之神不斷把你往前推進，我從生活磨難中淬煉智慧，逐漸年長後，更懂得低頭咀嚼人生真義，野菜極苦，苦的有深有淺有滋味。雖然沒在馬太鞍濕地放過牛，也沒在臺糖蔗田裡砍過甘蔗，但過去的純真美麗，年幼時都親眼見識過，感謝上蒼，我的童年我野過，我是阿美好野人。

柯春伎，花蓮馬太鞍阿美族人。因孩子健康與生涯規劃，十年前攜兩名幼女返鄉務農，立志不只照顧家人，也要照顧好環境，身爲在地阿美族人，深知維繫文化需要認同與學習，希望能保護家鄉環境，也能傳承文化價值。

與大自然為伍的他，日日忙著護木和移植工作，偶爾在冷冽的山頂煮鍋熱燙燙的泡麵填肚子，營地旁隨手就可以採集到最鮮嫩的三叉蕨和過貓來加菜，新鮮野菜一入鍋，不管再怎麼簡單的泡麵，都立刻升等成山產鮮味麵。

野菜，部落不可缺的味

——楊依璇

筷箸撈起一葉菜，吃進嘴裡的滋味卻各人不同。有人吃的是健康、有人吃的是鄉愁。

在原鄉東部生活了幾年，漸漸習慣了滿眼綠意的環境，即使人在市區裡，也是轉了幾個彎就眼球效應瞥見屋宇樓旁的幾畝稻田，國小廊道外沿街生長的赤道櫻草，在路人的眼裡不過就是一片狂放的雜草，但社區婆婆叫它日本龍葵，說也是野菜的一種，細嫩好吃又葉嫩不苦，懂吃的饕客偶爾帶著大剪和提袋，蹲在街邊就大把大把的剪下帶回，或煮粥或下麵，爲日常。

先前才把到國小旁剪野菜回家的事，講給離鄉到都市工作的臺東友人做飯後閒談，她感嘆道：「眞是太幸福了！」有時工作到身心疲乏，水泥叢林的車龍人潮和人心較勁的尖銳步調令她感到苦悶窒礙，街邊店家的餐食重油重鹹，毫無感情，吃久了反而變得無滋無味，每當夜深寂靜，思鄉起來，腦海裡第一時間浮現的，總是家裡慣煮的野菜稀飯。

啵囉啵囉冒著晶亮滾燙的小泡，那透亮的光澤，帶著米香陣陣傳來。

老人家總習慣從白米入生水開始熬煮，像一種信念，一種不可動搖的生活習慣；當飽滿的白米在滾水中爆出一朵朵細小帶著花邊的白米花，撒下一把小魚乾做引味，如變魔術般，瞬間熱氣將魚乾香以一種浪濤之姿勇猛地衝上鼻腔，以爲是海味，卻在此時倒落下大把龍葵入鍋，唰一聲地，再好生攪拌，當粥汁收乾近乎黏稠時，粥色會轉爲半透明草綠，米香也增添一股野地奔放的草鮮味，熄火前再以最簡單的細鹽調味，白米煮成糜，那黏稠、那光澤、那香氣，看似簡單，卻是一種村落生活裡難以被取代的味覺記憶。

龍葵（卑南族語：metri，市場常稱呼：歐迪阿）可說是原鄉村落裡最常見的野菜。

像陽光撒下的種，在盆栽植被裡，田地旁、小徑邊，只要有陽光照射之處，幾乎是隨處存在，親切地像路旁常見的小花貓小黑狗一樣。或許是太常見了，平易近人的隨處可採，老人家有時從田間務農完，總是隨手採上一把回家，夏天時就加點小魚乾煮成清湯放在冰箱裡，冰涼苦甘的爽口滋味，熱了累了就盛出飲用，當成茶飲一樣。龍葵味苦中一抹甘，若是旱季少雨，那吃起來就更眉頭緊蹙了，不過因有清熱解毒的益處，長輩們總是習慣在雙眼疲累時來上一碗，說是原本酸澀膏糊的雙眼可以恢復晨起的明亮感。

對族人來說，野菜是生活。

在採集野菜時，和村莊友人聊起，她笑著回憶道，年幼時玩扮家家酒，會和鄰居小孩一起採集龍葵的紫黑色漿果來當遊戲的菜餚，以葉子裝盤，假裝自己是手藝精湛的媽媽或是餐廳裡的大廚，漿果酸酸甜甜，手指擦過就往嘴裡送，是放學午後最常吃到的水果零嘴。

玩完家家酒，沒吃完的果實就將它擠破，那紫黑色的果漿亦能當作顏料，和友伴們在路上和牆邊作畫，各種玩法一一細數回味，都像是寶。

我也想起自己孩提時，曾在宜蘭鄉間生活一陣子，那時放學後就在田間產業道路玩耍，也常拔起路旁草堆裡的紫花酢漿草去吸取葉根和花朵酸味，只覺得口感有趣。偶爾也會找到鮮紅色的刺波（懸鉤子），香甜可口，像迷你的野生草莓一樣，仔細想想，這些都是鄉下孩子們遊玩時的解饞小零嘴，野菜，也是童年。

野菜，更是勞動於山林間的加菜福利。

鄰居在山頂工作，每早沿著茂密的林道小徑上山，大樹下和石頭旁的各種植物都是他的夥伴。與大自然爲伍的他，日日忙著護木和移植工作，偶爾在冷冽的山頂煮鍋熱燙燙的泡麵塡肚子，營地旁隨手就可以採集到最鮮嫩的三叉蕨和過貓來加菜，新鮮野菜一入鍋，不管再怎麼簡單的泡麵，都立刻升等成山產鮮味麵，穿著雨鞋採在濕潤的青苔上，咬著嫩葉吸口熱湯再一邊眺望山下，光是聽他描述，就覺那碗麵的滋味眞是不一般，最新鮮的最珍味，整個人都羨慕起來。那野菜泡麵味，也是他的生活味。

日子嘩啦啦如流水般，一轉眼今年就要進入尾聲，部落年祭就快來臨，想起那位在都市埋頭打拚的臺東友人，問候她什麼時間休假？年祭時會回來部落嗎？回來臺東時有什麼特別想吃的，是否抽個時間聚餐吧？

她笑著說：「早就訂好車票了。」且第一時間就跟家裡人說好了下火車的時間，用女兒最擅長的撒嬌之術央求媽媽給她煮好一鍋野菜稀飯，等她回來，什麼山珍海味都不要。因爲她日思夜想的，只有那鍋苦甘的，帶著家鄉野地青草香的，再多錢也買不來的思鄉味。

楊依璇，前半世如蒲公英，在水泥叢林裡四處遷徙了四十九次，終於著根，在好山好水好豐盛的臺東開花結果。

育兒之外，偶爾在市集販售在地食材的鹹派。

推廣環保，不使用一次性餐具，是只用月桃葉包派給客人的性格廚子。

所謂的家傳，似乎也不是一種固著的食譜，而是貼近肉身脾胃、鑽入內心記憶，因著人與時代的變化，一點一滴為愛而流傳的料理法。

看媽媽的厲害！芋頭與愛的料理法

——廖昀靖

如果要用一道料理描寫媽媽的廚藝高超，我想那是不適用的。媽媽的精華，往往在於物盡其用，順勢發展。她總是能掌握什麼材料、在什麼時間點、可以做成什麼最能發揮食材特性，也最能討家人歡心的餐點。

而所謂的家傳，似乎也不是一種固著的食譜，而是貼近肉身脾胃、鑽入內心記憶，因著人與時代的變化，一點一滴爲愛而流傳的料理法。

本篇僅以我最愛的芋頭，作爲示範。在談媽媽的芋頭料理前，得從爸爸的菜園說起，因爲芋頭本身，也是一種家傳。

從小阿嬤的菜園什麼都有（我小時候甚至不知道別人家是要上街買菜的！），也少不了芋頭。退休後開始接棒種菜的爸爸，守備範圍當然也把芋頭納入。記得曾經和爸爸討教起種芋頭的事，他沒說自己跟他母親學了什麼，只是話鋒一轉，得意地說整個農村，只有他種的芋頭最整齊。

「整齊？整齊很重要嗎？」我沒禮貌的質疑，爸爸當然一臉妳這個小毛頭懂什麼。他細細道來關於種芋頭的流程與關鍵。

芋頭春栽秋收，春末，將小芋頭埋入土裡。一整塊的田，要事先整理成川字型的小土丘與凹槽，爸爸考我：「小芋頭要埋在土丘處、還是凹槽處？」我亂猜：「凹槽？」爸爸得意的笑：「錯了，是土丘。」

原來，芋頭的生長方式與地瓜相反，芋頭在入土後，會向上增長，因此爲了要給它增長的空間與養分，會將它埋在覆蓋較厚的土裡，外貌上看來便是土丘處。丘與丘之間的溝谷，則可以防止芋頭們在地底下亂搞，要是盤根錯節，難以尋找，後面執行蓋土與採收時可就費工了。

「就這樣？」我天眞地問。「才剛開始勒！」爸爸說。最終秋季所採收的芋頭，和春末種下的小芋頭，事實上並不是同一個，小芋頭會往側邊長出新人，接著從春到秋，進行三次的覆土，蓋上腐葉，增添養分。在反覆的給予養分下，芋頭才能好好的往上增長，最後才會成爲眼前所見一顆顆準備摘下的偌大芋頭。

「摘」是很不準確的動作形容，應該說是「拉」。成熟足夠大顆的芋頭，會淺露出「頭」，只要鬆一鬆附近的土壤，連著槐莖葉，整株拉起，一把小鐮刀，把連著的旁系根給除去即可出土。

爸爸邊說，一邊俐落地把手邊的芋頭整理乾淨，把糾結在芋頭上的土沖去後，削去葉子，留下芋頭與槐部，接下來，就是媽媽的事了。

新鮮的芋頭光是蒸熟，撒幾顆粒鹽巴，芋香在口中鬆散開來，就夠讓人難忘了。但媽媽的料理之魂當然不滿足於此。

「芋槐」是每年必出的菜色：連接芋頭往芋葉那一小段莖，和小塊芋頭一起燉煮，熬至稠狀。芋香十足，入口稠態綿滑，咀嚼時有芋槐的莖葉口感、時有小芋頭的Q勁。我們家用簡單的醬油與蒜入味，後來才知道有些人家會撒點醋提味。

再來，這算是我最屬意的料理方式：一鍋熱氣奔騰的「芋仔飯」。蝦米、蒜片跟乾香菇先爆香，表層煎出金黃微焦，盛起，和大小不一的芋頭塊（有時候也挫籤）

放進電鍋裡，然後是耐心的等待。媽媽掀開冒著燙人蒸氣的電鍋蓋，鍋內的小宇宙乍現，我墊著腳看，飯鍋裡的飯鬆軟不濕黏，芋頭跟蝦米在媽媽溫柔地拌下緩緩地翻動，香氣直衝腦門……。

但其實，蒸芋頭再新鮮、芋槐再滑順、芋頭飯再鬆軟，或後續做成的芋圓再如何受到小孩熱烈愛戴，它們在我們家也不過被分配到 side dish 的地位。只是無聊、做著玩的。芋頭作爲料理的最終目標，是成爲「芋頭粿」。

過去逢年過節，阿嬤和媽媽會忙碌至少三天，爲了祭神祭祖，各式各樣的「粿」輪番上陣。從碾米、採集各種乘載粿的葉子、備料、炒料到眞正開始做粿、蒸煮、放涼，一連串步驟之繁瑣，一點都不輸西方烘焙，甚且做粿不做小份量的，都是用大灶蒸煮。

那是過去一口氣，要供養一整家族人的重量。

媽媽聽到我想要做「芋頭粿」，她習慣性的皺眉發作。「只能用在來米粉做喔……」我笑著說好。

記憶裡，家裡的粿從「磨米」開始。庭院後頭有一臺磨米機，把泡過水的米，磨成米漿。也就是這些米漿變成了「粿」。只是現在磨米的器具沒有了，可以炊粿的大灶也只保存在記憶中，冒煙的蒸氣仍然在我跟媽媽的記憶裡。我們試圖換個方式，讓粿以輕巧的姿態重現。

媽媽雖然皺著眉頭，但回到家時，她早就把芋頭處理好，準備放進電鍋蒸熟，等待時把蝦米、香菇、蒜頭爆香，媽媽喜歡在鹹粿裡調味胡椒，她覺得白胡椒的味道跟蝦米很配搭。接著調配在來米粉與水的比例，再把蒸的鬆軟的芋頭稍稍攪碎。將所有材料混合在一起後，再次放進電鍋，就算完成了。

打開電鍋後，才發現這一模粿根本是「蛋糕」。淡淡的紫色，芋頭的香氣伴著些許的香菇飄散而出。和媽媽挖了一口不怕燙地送進嘴裡。

「好吃！……」我一邊吐著熱氣，趕忙出聲。

芋頭的香氣眞的很足，也因爲是切塊不是挫籤而能吃到鬆鬆的口感。「只是……」我看向也在咀嚼的媽媽。媽媽好似沒聽見，正點頭說好吃。「好像還是跟以前不太一樣。」這句話我藏在心裡沒有說。

用在來米粉製作的粿，口感吃起來還是比較「脆」，俐落感取代了原來米漿的黏綿，也少了眞實的米香，沒有甜味。但不一樣的似乎不只是如此。製作時間大幅縮短，原來預期要忙碌一下午的情感嘎然而止，記憶中的蒸氣奔騰也不見蹤影。每次製作好的粿擺上桌冒著熱煙，米和芋頭的香氣流竄整個家內，孩子們圍在桌邊流著口水，不怕燙的想要偷挖一口……而那些孩子們，也早就各自成家立業。

收拾碗盤時，我發現家裡的電鍋變小了。媽媽說變小很久了，家裡只有爸爸、媽媽和阿嬤，吃不多。打開冷凍庫，裡面塞滿了各種過季食材，我還看到了上一年度的芋頭，被切成小塊，冰封於此。

「那個可以做成冷凍芋喔！吃不完，又好怕浪費，趕快切一切冰起來，厲害吧！」媽媽笑說。「厲害！」我應答。我知道那是媽媽要留給我吃的，她以最快速的方式把新鮮的芋頭冷凍起來，等我有空回家時，再把我的最愛解凍、加熱，製成任何我想要的料理。

也是，我的媽媽是最厲害的了。她走過和阿嬤一起用一口大灶在節慶繁忙的漫長歲月，又迎來人去樓空的寂寥。而我作爲么女，還一直任性地盼望重返童年，只是無理取鬧。

有時候把傳承想得簡單，就是對回憶的一種不捨與貪戀。而這種愛也是可以彈性變化的，芋頭粿的口味不一樣了，芋頭田變整齊了，可芋頭始終是於芋頭，沒有灶了我們還是開火。我和我的爸爸媽媽，用各自的方式，和各自想要珍惜的回憶，時而喜、時而不捨地互相消磨，止不住地流失歲月和我們對舊事物的依戀，似乎本來就是正向成長，而那依附在食物上的愛的家傳，還會繼續變化下去。

廖昀靖，桃園大溪人，稻浪中翻滾長大，中文系、藝術行政與管理研究所，藝術行政工作。每一日都感覺初來乍到世界，喜歡書寫時身體與世界的暖度。熱愛的植物、動物與土地都充滿魔法，持續對話。

菜尾在老輩人的心中，是延續古早辦桌菜的綜合滋味，有肉羹裡的筍絲、白菜，有五柳枝裡的木耳絲、鹹菜絲、糖醋，有菜頭豬肚裡的白蘿蔔、香菇、鳥蛋，最重要的是要以封肉與滷湯為底，丸子當然不可或缺，就算無法做出每道料理再匯集成菜尾，也要抓出其中的元素去組合。

漚菜尾

凌煙

還在讀書的時候，偶爾偷懶不收拾房間，衣服丟成一座小山丘似堆在床上，母親總會罵說：「若在漚鹹菜咧！」

父母同住嘉義縣東石鄉的圍潭村，母親娘家在庄頭的新厝仔，父親家在庄後的圍仔內，早期只有一條柏油路從庄頭貫穿庄尾，我們就讀的港墘國小圍潭分校位於村子入口，所以上學或放學常會遇見外婆駕駛牛車，往返庄尾的溪埔地做穡，如果走的是同方向，我和弟弟就會跳上去搭一段便車。

外婆有個副業是賣鹹菜，她的灶間外面有一座水泥築的醃鹹菜池，水稻秋收後會兼種大芥菜，農曆年前採收大芥菜經日晒萎凋後，一棵棵丟入鹹菜池裡，一層菜施一層鹽，堆得滿滿的再放上大石頭壓出苦澀的鹹水，經一段時間發酵成又鹹又酸的鹹菜，或稱酸菜。

《說文解字》：漚，久漬也。母親嘮叨我衣服堆積如山「若在漚鹹菜」，是用「漚鹹菜」的動作來形容我的懶散行為，這是臺語生動有趣的地方。

除了漚鹹菜，還有「漚菜尾」這個說詞，菜尾早期是婚宴嫁娶，辦桌後的人情味，農業社會生活規律，日出而作日落而息，請客也都在中午，不會選在黑燈瞎火的夜晚，而當時的人吃喜宴頂多客氣的「食一頓粗飽」，無人會用塑膠袋打包帶走，感覺好像「食人夠夠」，所以就會有許多剩餘的菜尾被水腳們（廚師助手）倒在一個鋁製大水盆裡，待宴會結束後，廚師會把一些剩餘的材料全丟入收集菜尾的鋁盆中，邊清洗鍋碗瓢盆等器皿，邊加熱熬煮那一大盆綜合所有辦桌料理的剩菜。

當時比較常見的辦桌菜內容，頭路（道）多為冷盤，二路是有香菇、磅皮的肉羹，魚翅是好額人（有錢人）請客才會有的食材，魚是做五柳枝或紅燒，要有整隻的燒雞謂之「起家」，還有一盅匯集豬肚、排骨、香菇、鳥蛋、干貝、菜頭的鮮美燉湯，不是外省菜的佛跳牆，整粒「腿庫」又炸又滷的筍乾封肉非常豪氣；對無法上桌吃美食的孩子而言，最期待的莫過於最後一道丸子湯出來，表示宴席料理出「完了」，也象徵圓滿結束，大人會用竹筷串幾顆丸子給小孩，光舉著那串丸子，小小心靈就已獲得無上的滿足。

辦桌團隊收拾好所有物品已近黃昏，熬煮過的菜尾散發陣陣誘人味蕾的濃郁香氣，主人家會再次登門邀請左鄰右舍，與住在附近的自家親戚來吃菜尾，還會提鉛桶裝溫熱的菜尾挨家挨戶分送，與鄰里們分享這充滿濃厚人情味與幸福的滋味。

隨著社會環境的改變，辦婚宴多在餐廳，每桌剩菜也會打包讓客人帶走，菜尾逐漸成爲許多人的回憶，偶爾在街頭巷尾，看到賣古早味什菜，或雜菜，或菜尾的小攤小店，食欲總會被記憶中的美味喚醒，忍不住去追尋那份懷念，卻總是一次又一次失望而返，不只雜菜與菜尾逐漸被混爲一談，有些自助餐廳將每天賣剩的各種菜餚，混在一起加熱熬煮，就掛起菜尾的招牌賣，完全亂無章法，讓人吃在嘴裡氣在心裡。

有一次和朋友去大寮某知名賣土魠魚羹的老店用餐，看見牆上貼著的營業項目有菜尾，兩人興沖沖點了一碗共同品嘗，那一碗菜尾讓我們兩個嚴厲批評了好久，還眞沒吃過那麼難吃的菜尾，貧瘠的內容連雜菜都稱不上，竟然也敢端出來賣給客人？平白壞了老店名聲。

所謂雜菜或什菜，顧名思義就是加入許多種類的食材，沒有一定的風味，而菜尾在老輩人的心中，是延續古早辦桌菜的綜合滋味，有肉羹裡的筍絲、白菜，有五柳枝裡的木耳絲、鹹菜絲、糖醋，有菜頭豬肚裡的白蘿蔔、香菇、鳥蛋，最重要的是要以封肉與滷湯爲底，丸子當然不可或缺，就算無法做出每道料理再匯集成菜尾，也要抓出其中的元素去組合。

從小在鄉下長大的文學廚娘我，對菜尾有著濃厚的情感，爲了滿足自己味蕾上的思念，不嫌麻煩的做上一鍋封肉，再以封肉湯爲底，熬煮大量白蘿蔔與包心白菜，依次丟入上面列舉的元素食材，漚出一鍋滿室生香的古早味菜尾，分享給一些老朋友品嘗，才發現大家有多懷念這個滋味，有位愛說詼諧話的大姊每次聽我說到「菜尾」二字，她便故意糾正說：「是菜頭啦！」我說是菜尾，她說是菜頭，臺語雙關的趣味焉然而生，菜尾是喜宴辦桌的尾聲，我重現它的風華是特製，當然是「菜頭」

而非「菜尾」啊！

凌煙，本名莊淑楨，出生成長於嘉義縣東石鄉圍潭村。從小立志要成爲歌仔戲班小生，高中開始小說創作，二十六歲以戲班親身經歷創作長篇小說《失聲畫眉》，獲得自立報系百萬小說獎，二〇〇七年《竹雞與阿秋》獲得高雄市打狗文學獎長篇小說首獎，再一鼓作氣完成《失聲畫眉》的續集，二十萬字長篇小說《扮裝畫眉》。其他著作有《泡沫情人》、《蓮花化身》、《幸福田園》等，近期作品爲《乘著記憶的翅膀，尋找幸福的滋味》。現於高雄開設「凌煙文學廚房」宅配料理以菜會友。

客家瓜封中，除冬瓜封用土砂鍋燉煮之外，苦瓜封、刺瓜封、香瓜封、南瓜封、西瓜封，都以籠床蒸，屬蒸菜類。蒸菜當然可以用電鍋，但我習慣用籠床，老覺著電鍋太溫吞，蒸出來的菜軟糯不帶勁兒……。

客家年菜，無瓜不封

——吳鳴

客家阿婆幾乎無瓜不封，舉其大要如冬瓜封、苦瓜封（苦瓜鑲肉）、刺瓜封、香瓜封、南瓜封，連小玉西瓜吃完了亦可以做西瓜封。

客家瓜封中，除冬瓜封用土砂鍋燉煮之外，苦瓜封、刺瓜封、香瓜封、南瓜封、西瓜封，都以籠床蒸，屬蒸菜類。蒸菜當然可以用電鍋，但我習慣用籠床，老覺著電鍋太溫吞，蒸出來的菜軟糯不帶勁兒，尤其蒸魚，好好的一條魚，電鍋一蒸就毀了。所以我建議喜歡煮食者，最好家裡準備幾種不同尺寸的籠床，做年菜時三層籠床出三道菜，或者蒸一條魚加兩道菜，可省幾多事。

籠床有固定尺寸，如蒸小籠包的四寸、七寸小籠床，蒸饅頭、包子的八寸、一尺籠床，如果喜歡吃魚，一尺三（四十公分）是基本尺寸，稍微大一點的魚往往超過三十五公分，一尺籠床是不夠的。如果用電鍋蒸，三十公分大概就到頂了。每每看到把魚切成兩、三段蒸，老覺著沒啥意思。

新籠床買回來要先泡水半小時，上鍋空蒸十五分鐘，去除生竹味，以後即可正常使用。

做苦瓜封、刺瓜封、香瓜封、南瓜封這類分量不多的菜式，用八寸籠床即可，但我常選擇用一尺，主要是南瓜、香瓜有高度，八寸籠床高度略不足，而且寬度較大，做苦瓜封、刺瓜封、香瓜封時可以多擺幾個。苦瓜封、刺瓜封可切短一些，八寸籠床就夠用。

每次使用籠床前，記得泡水五到十分鐘，視使用頻率而定。如果同規格的籠床有三、四層，記得底層要固定，避免每層都燒焦。用一尺以上的籠床時，水槽略顯擁擠，我會直接將籠床放在浴缸泡水五分鐘，如果久不用，泡個十分鐘會更保險，否則接觸蒸鍋的籠床底部容易燒焦。但縱使先泡水，底層籠床仍會有焦痕，因此底層籠床是固定的，庶免每隻籠床底部都燒焦。

冬瓜封是客家吃食，除了姆媽做的之外，在客家餐廳或其他類型的餐廳均未之見。其做法與東坡肉接近，主要是將肉塊塞進冬瓜切段中。我做東坡肉或冬瓜封時，習慣加入雞腳數隻。加入雞腳係因某次在餐館用餐，廚師私下給了我幾隻雞腳，說是做東坡肉的獨家配方，雞腳的膠原蛋白可使肉塊油亮，賣相較佳。而雞腳吸收五花肉油質，軟嫩好吃。但餐廳一般不賣這個東西，私下送老客人吃。後來我做東坡肉或冬瓜封，每每添加雞腳以增色添味。

冬瓜切輪，厚薄依五花肉而定。我習慣用廚師刀去皮，再用金永利電木二號小魚刀加大中間的孔洞，以便塞進方塊五花肉。解凍雞腳，蒜切段，薑切片，方塊五花肉用井字結綁裹。起油鍋，下鍋煸，以鎖住湯汁，起鍋前加少許五香粉。砂鍋置水、醬油、冰糖、米酒、蒜段、滷包（如果不用滷包，可用當歸、紅棗、枸杞、蘋果）、五香粉，煎好的方肉塞進冬瓜裡，因方肉不一定與冬瓜孔洞完全密合，我會將冬瓜圈劃一刀，方便塞進孔洞。

五花肉煸好後塞進冬瓜圈，放進砂鍋，燉煮一小時，關火前下料酒。

取出冬瓜封置瓷盤中，鄉下人家剪開綁繩直接開吃，我覺得有有點兒杯盤狼籍，我會待封肉稍冷卻後，用三號片肉刀（廚房長備之熟食刀）將肉切片，冬瓜亦同樣切片，做成冬瓜封三吃，即肉塊切片、紅燒冬瓜、滷雞腳，等於是三個菜上桌。

農家屋角常置冬瓜與黃瓠（南瓜），想係這兩種瓜耐放之故。印象裡只要不剖開，似乎可以放很久，至於放多久，我不曾仔細統計，總是地上舖一層乾稻草，彷彿一年到頭都有冬瓜與黃瓠。客家吃食隨手取材，冬瓜封因而成為名菜，我好像沒有在其他菜系看過類似做法。

做南瓜封不去皮，吾鄉花蓮壽豐乃栗子南瓜產地，栗子南瓜表皮墨綠，大小適中，是做南瓜封之好食材。另一品種東昇南瓜，表皮橙黃，亦是做南瓜封的好食材。南瓜剖蒂，取出瓜籽，鹹蛋、蘑菇用重刀剁末，將餡料塞滿南瓜中空的肚子，蓋回瓜蒂。蒸鍋水滾，籠床置南瓜封，蒸三十到四十分鐘，蓋南瓜不易熟故。

紅燒獅子頭是揚州菜，為江浙菜系常見之年菜，清蒸獅子頭則是江浙湯品，一菜兩吃。圍爐難免大魚大肉，用苦瓜封、刺瓜（胡瓜）封、香瓜封代替，略可稍減油膩。客家瓜封的內餡與獅子頭類近，即以豬絞肉加配料混合澱粉拍打成餡料，有謂獅子頭以牛絞肉為尙，常見者多為豬絞肉。

獅子頭與客家瓜封之配料豐儉由人，最簡單的是絞肉加鹽，薑用重刀剁末，加太白粉混合，捏適中大小，用力朝電鍋內鍋拍打，一方面擠出水分和空氣，另一方面則是打出韌性和遒勁（今語曰Q彈）。我因不喜太白粉，故以澱粉取代，如地瓜粉、玉米粉等。取適量絞肉，置大碗公中，老薑、胡蘿蔔（芋頭心）剁末，加米酒、食鹽、玉米（地瓜）澱粉，調和後加進豬絞肉，直接用電鍋內鍋拍打，使絞肉結棍遒勁。如果做獅子頭，需過油使其成形。做客家瓜封則塞滿瓜腹即可。

客家阿婆每到黃昏時，估惦著孫子要放學了，心裡點數著幾個孫子，到屋角拿幾顆香瓜，起大竈，架籠床，燒水蒸香瓜封。取幾顆香瓜，洗淨，切蒂，掏出瓜籽，瓜腹中空，香塞好餡料，放進籠床，蒸二十到三十分鐘，小孫子放學，人手一捧一個香瓜封，拿了湯匙舀著吃，餡鹹瓜甜，鹹鹹甜甜的滋味，食得小肚子圓鼓鼓。

苦瓜封、刺瓜封、香瓜封做法接近，絞肉餡料塞進瓜腹，用籠床蒸。白玉苦瓜不去皮切段，取出瓜囊，塞進餡料，外省菜名曰苦瓜鑲肉。香瓜不去皮，從蒂處橫剖，取出瓜囊，塞進餡料，蓋回瓜蒂。刺瓜去皮切段，取出瓜囊，塞進餡料。苦瓜、刺瓜、香瓜易熟，約蒸二十到三十分鐘，餡熟瓜亦熟。

客家阿婆無瓜不封，各有巧妙，搭配籠床做蒸菜，多菜同蒸，方便好食。除冬瓜封用砂鍋（甕形爲佳，湯鍋亦可）外，南瓜封、苦瓜封、刺瓜封、香瓜封都用籠床蒸，可省許多事。闔家圍爐，掌勺者輕鬆做年菜，盍興乎來！

吳鳴，本名彭明輝，臺灣花蓮人，原籍客家，一九五九年生，東海大學歷史系畢業（一九八一），政治大學歷史學博士（一九九三）。文學創作以散文爲主，結集作品有《湖邊的沉思》、《晚香玉的淨土》、《浮生逆旅》、《秋光佗寂》等；曾任《聯合文學》執行主編、叢書主任，聯合報編輯；現任政治大學歷史學系教授。

研究範圍主要爲近、現代中國史學史，近年亦投注心力於當代臺灣史學研究與臺灣歷史教育；著有《歷史地理學與現代中國史學》、《臺灣史學的中國纏結》、《晚清的經世史學》等；並撰寫國中教科書《認識臺灣·社會篇》（臺北：國立編譯館，一九九七；與林富士合寫）。

我喜歡聽熱騰騰的蒸氣撞擊鍋蓋的聲音；孩子的爸喜歡燃起火箭爐，不只取暖，捧著茶湯享受片刻寧靜；小孩則愛烤點東西吃，不用什麼複雜的調味，鹽巴一撒，有人顧著火侯，有人翻面，有人開吃，各有作為，劈啪作響的火光敲打著山的回音。

用熱騰騰的回音擁抱彼此

——徐彩雲

這陣子頻繁奔波獅頭山的前山後山，爲了趕路，無法享受錯落有致的山景起伏；傍晚天暗得早，踩著隱隱約約的日光前行，每轉一道彎，四周就更深沉些，每過一個山凹，黑夜夾擊著越來越稀微的光線，可能太累，突然失去了方向感，好似飄浮半空無所適從，被陰晦如墨團團圍住，能讓我定定神的是望見百段崎伯公廟的神明燈，紅光滿溢，路燈明亮有神，加上四排燈籠，再往下就是124縣道，知道離家越來越近，便覺心安不少。

若從南部北返，則要翻過仙山，但神仙早已下班，苗栗市的夜景盛裝著遼闊的星空，雖說黑能包容一切，卻無暇眷戀，只想從幽謐的汪洋泅游上岸，支撐前進的唯一念頭就是倚在紅透的柴火旁，暖水洗身，褪去疲憊，擁著木頭的香氣入睡。能安體定神的還有喝一鍋暖呼呼的湯。

天氣愈冷，蔬菜就愈甘甜，我喜歡聽熱騰騰的蒸氣撞擊鍋蓋的聲音；孩子的爸喜歡燃起火箭爐，不只取暖，捧著茶湯享受片刻寧靜；小孩則愛烤點東西吃，不用什麼複雜的調味，鹽巴一撒，有人顧著火候，有人翻面，有人開吃，各有作爲，劈啪作響的火光敲打著山的回音。

如此肆無忌憚，是因爲跟鄰居相隔一段，彼此相安無事。頭份老家至今保留一個老灶，當初看到眞是驚喜，婆婆曾說過年前，她在大鍋熬「肥湯」，將整隻雞、鴨、三層肉用水煮熟，湯汁再和筍乾、長年菜一起炆，正好將油膩吸收得一乾二淨。現在這個區域房價高漲，人口密集，廚房早已換成天然瓦斯的管線，我們想要恢復柴燒，近在咫尺的親戚受不了煙燻味，只好作罷。

機會總發生在不經意之間。

娘家的桶柑長得黑黑小小的，不好看但是扎實，當果肉在嘴裡迸裂開來，一陣酸味蕩漾，瓣瓣回甘。我們做成醋、果醬、橘皮糖和桶柑餅，孩子們採收的時候常常忍不住邊剝邊吃，精油一噴，辣到眼睛也不以爲意。

從殺青到完成約六小時，我會放點老薑片增加溫潤的香氣，用小鍋熬煮太費時間，於是請大灶再度出馬（雖然只能燒瓦斯），守著爐火不敢離開，看著越疊越高越綿密的泡泡，滾動著橘皮和糖的香氣，最需要意志力的是兩隻手輪流，不停翻動。若問我會不會累到打瞌睡？絕對不能也不會，清新裡略帶辛辣，驅寒提神，越熬越清醒，有如一團燒暖的陽光籠罩著，我用力吸嗅這一季豐厚的贈與，心也跟著沸騰起來，若焦掉，則是難以下嚥的一鍋苦味，說什麼也要「熬」過去。

製作心得如下：

1. 桶柑刷洗乾淨，用滾水燙五分鐘，殺青三次，若有時間等待，燙好後放入冷水中泡涼一晚，增加皮的Q度。
2. 沿四周劃開四～五刀，按壓成扁平（圓餅）狀，擠出果汁，同時將種子去除，比較麻煩的是捏久了，手指會起皺發脹，微微刺痛，可戴手套或休息一下子再繼續。

3. 桶柑和糖的比例大約二：一；開中火，將糖漸次放入鍋內，等果汁的水分蒸發一半以上，放入薑片，也可加少許鹽巴和橙酒，有不同層次的風味。

4. 顏色轉深轉小火收汁，熄火放涼裝罐。

一顆顆花朵狀，晶晶亮亮的桶柑餅，放愈久越醇厚，從皮到果肉有不同的轉化，氣味從浮到沉，就像生命之流匯聚著各種滋味。

前一年的桶柑餅配上剛收成的番薯最對味，有句客家諺語：「時到時當，無米就煮番薯湯。」意思是船到橋頭自然直，聽過有些長輩小時候吃太多，一直放屁，喔~不是，長大拒吃！時代使然，並非番薯的原罪。

中秋節前夕，母親的腳因爲砍竹子壓傷，無法到菜園工作，儘管心裡擔憂，也不得不休息調養，不時跟我吩囑她規劃好的行事曆，「拔小花蔓澤蘭」、「除池塘的水草」、「記得去改（採收）番薯」。每當她問起：「草是不是長很高了？」我總是隨便應付，根本沒有踏進菜園一步。直到整理去年十二月到新竹尖石鄉秀巒村的採訪資料，看見有關地瓜窖的筆記：「當另一個族人的產量不好，封藏的地瓜就借貸給他們，只是原住民的借貸關係和漢人不同，沒有一對一的對價方式，沒有利息，看對方的能力償還，沒有歸還也不會在意，彼此幫助、分享。」每字每句，打翻了一桌的心虛，母親說番薯葉一旦變黃，就是採收時節，現在正當時。

望著晴空朗朗，應該是活力旺盛才是，我因晚睡早起，身體沉重不已，腦袋運轉遲鈍。通往菜園的小徑，陽光大片撒落，薄薄的竹殼落了滿地，枝椏被風吹斷不少，樹上吊著半黃不熟的橘子，蔥、薑和韭菜萎靡不振，恐怕患了相思，想著日日照顧它們的母親吧。反正只有我一人，懶得拿鋤頭，憑感覺翻開葉片，逆光讓塵土格外明顯，順藤摸瓜，找到大約的生長位置，用手把土慢慢耙開，指甲被烏褐塞得飽滿，找到根系，把番薯拉出來。

離開電腦的雲端世界，踩在眞實的土地上，細微的連結開始啟動，想起蘇東坡在〈定風波〉寫下「此心安處是吾鄉」，反映了人生旅程的意境。當日子被一個個匆忙追趕，慌張堆疊，有時早起奮鬥，有時難以入睡，常常食不知味……。

站在杳無人煙的林子裡，任由思緒奔馳，不比賽、不趕時間，等著在意與不在意的心情慢慢歸位，無聲勝有聲的韻味，慢慢吐露梯田與陂塘，茶語與花香的地形地貌。我在氣溫極低的冬至前出生，選了最溫暖的中午一點整降落地球，「女」跟「午」客語發音相同，感謝母親帶給我第一道光，無法分割的生命共同體，就像山脈連綿，震動著熱騰騰的回音，在令人安適的家鄉。

徐彩雲，國立藝術專科學校戲劇科，國立臺灣藝術大學廣電系畢業。

臺北市出生、長大，二〇〇一年轉換重心至客家庄，與五個孩子被農村的養分滋養和圍繞著。現為自由撰稿人，書寫土地、食物和自然的一切。

明蝦去頭剝殼之後，體積小了許多，仍然相當有存在感，裹了麵包粉之後，感覺變大了不少。上桌的時候，聲味齊至，油炸海鮮的特殊香氣，可能還聽得到發出細碎的聲響，「趁熱吃」是不言自明的道理，所以年夜飯通常就是從吃炸蝦開始。

年度限定：豆皮捲和炸蝦

吳家恆

每到過年，總會看到許多年菜的廣告，各家飯店、餐館紛紛投入，分食這據說非常龐大的商機。廣告愈盛大、投入的業者愈多，大概也就表示愈多人過年時不自己做年菜。很多人平常工作忙、家裡人丁少，外食已成習慣。到了過年要做年菜，份量與工夫都難掌握，的確是個不小的壓力，好不容易過年可以休息幾天，爲了做年菜而折騰，不如買現成的。

買年菜固然方便，省時省力，換個角度，也是把做年菜的難得機會拱手讓渡出去，省下的時間若是純粹放空滑手機，好像沒什麼意思。年菜不用全買，每年做個兩樣，負擔不大，也是傳承技藝與記憶的好方式。

早些時候的過年，很多商家不做生意，市場也休息，過年家人團聚，吃飯的人多，得在過年前把菜買齊做足。現在沒這個講究，市場休市，但很多店家照開。但習慣上，年菜的份量總是比平常多，有些菜先做好備著，要吃的時候盛盤上桌，分散出菜壓力；有些菜則是吃的時候才做，上桌時有聲音、有氣味。大家過年時的心情總是開朗些，熱鬧笑語，對這樣的食物總是另眼看待。

介紹兩樣年節可食的菜：豆皮捲和炸蝦。一素一葷，一冷一熱；豆皮捲是成品，可以先做好放冰箱；炸蝦是半成品，上桌前再起鍋油炸。

熱豆漿遇冷空氣，表面凝結一層，就是豆皮。豆皮本來是豆漿的副產品，口感不同於喝豆漿，別有迷人之處。專做豆皮的商家，豆漿不拿來喝，只取豆皮。在臺東池上有一家專賣豆皮的店。外貌不驚人，但常常擠滿人。

走進店裡，熱氣氤氳，不鏽鋼槽隔成一格一格，全是熱豆漿。表面凝結形成豆皮，就撈起來，像晒衣服一樣，晾在上方的竹竿。瀝乾的豆皮折疊成豆包，入油鍋炸使其酥脆，稍加調味，點出豆香，吸引許多遊客前來。

豆皮捲風味也不相同，工夫繁複些，但是值得。市場可以買到乾豆皮。食物經過風乾、晒乾，味道被濃縮、壓縮，就算後來加水還原，味道也不同於當初。乾豆皮用少許水泡軟，對半切。有些豆皮製作時用的是圓鍋，所以是圓形的。形狀並不礙事。圓形的豆皮刷上醬汁對半切，然後把其中一半直接蓋在另一半上頭。再取一張豆皮，重複同樣的程序。取第三張豆皮，再重複同樣的程序。如此一來，手裡就會有六層豆皮疊在一起、大致呈長方形。用刀修掉不整齊的邊緣，把邊料放在一端，稍微估一下，分成四等分，然後像捲棉被一樣，把豆皮折成一個小長方形。

這個小長方形有二十多層豆皮，每一層豆皮都吸了醬汁。醬汁是以泡香菇的水，加上些許醬油、糖、米酒、麻油調成。折好的豆皮先放在電鍋裡蒸幾分鐘，可以讓豆皮更濕潤、更吸收醬汁，也可去掉一些豆味兒。豆皮放涼之後，再入鍋油煎，以中火煎，醬汁裡的糖焦糖化，豆皮也煎出焦香。

煎好的豆皮放涼之後，可以整齊排在便當盒裡，放入冰箱冷藏。過年時的冰箱總是塞滿的，年菜不僅要考慮份量，也要考慮在冰箱理佔不佔空間。像豆皮捲就很節省空間。這是涼菜，吃多少取多少。年菜放了幾天，漸漸乏人問津，而且越放越沒人吃，最後往往是風味盡失或是變味而倒掉，很是可惜。豆製品也不宜久放，還是趁新鮮吃吧。

在我家的年菜餐桌上，一定會出現炸明蝦，這道菜總讓小孩期待。祖母還在的時候，明蝦一定是到南門市場去買。後來她市場走不動了，就由母親負責採買。

明蝦不是平常會吃的菜，只有過年吃得到。明蝦去頭剝殼之後，體積小了許多，仍然相當有存在感，裹了麵包粉之後，感覺變大了不少。上桌的時候，聲味齊至，油炸海鮮的特殊香氣，可能還聽得到發出細碎的聲響，「趁熱吃」是不言自明的道理，所以年夜飯通常就是從吃炸蝦開始。

日本作家三浦哲郎《盆土産と十七の短篇》有一篇寫炸蝦。某家人的媽媽早逝，留下一對兒女，爸爸把孩子留在東北老家，請祖母照顧，自己則在東京工作，一年只有春夏兩次返鄉探親。一趟車程就要將近十小時。

爸爸有一次在盂蘭盆節返鄉，還特別發了電報回家，說是搭夜班車回去，會帶海蝦回去炸，請家人先請備好油。爸爸帶了六尾蝦，已經去頭去殼，裹上麵包粉後冰凍起來；為了保鮮，盒子裡還放了幾塊乾冰。

由於爸爸只請了一天半的假，次日晚上就得搭火車回東京。他回家之後，親自下廚，不一會兒，滿屋都是微焦的香味，炸蝦起鍋，輕咬一口，熱燙的麵包粉，發出輕微的響聲。忽然奶奶咳嗽起來，原來，她把蝦的尾巴也吃下去，噎到了。爸爸說得太晚，姊弟倆已經把蝦尾吃下肚。

吃了蝦，掃了墓，爸爸傍晚就得搭車回東京。弟弟送爸爸去車站，想到下次見面要等半年，心裡難過，又不想掉眼淚，也爲了撒嬌，沒有說再見，最後只蹦出「炸蝦」兩字。父親苦笑著說：「知道啦，會買的。」就上了車。

我不懂日文，這篇文章是看吉井忍轉述，但是印象深刻：炸蝦的聲音、氣味、滋味，寫得讓人很想大啖炸蝦。尤其借炸蝦來寫家人之間的親情：爸爸一定有過吃炸蝦的愉快經驗，於是不辭辛苦，家人也果真吃得幸福洋溢。弟弟與爸爸短暫相處，一定不捨，但是小男孩的害羞與矜持，不習慣真情流露，卻道天涼好個秋，只說得出「炸蝦」。

炸蝦要做得好吃，並不難，就是照三浦哲郎寫的，摘頭去殼（蝦頭不要丟，還有別的用途，在此不述），但是蝦尾的殼不可去，去了就成蝦仁了，都是蝦，但是有蝦尾，豪華感自然流露。留著好看，方便油炸，雖然不能吃（其實吃掉也無妨，我就常連蝦尾吃掉），但炸蝦的香氣其實有相當一部分是來自蝦尾。

明蝦不是平常會吃的菜，只有過年吃得到。但吳家的炸明蝦是剝殼下油鍋炸，去殼前先挑掉沙腸：蝦殼有好幾節，用牙籤往節與節之間、距離蝦背邊緣半公分處刺穿，挑出沙腸。沙腸貫穿蝦的身體，所以一隻蝦可以試兩三處，把沙腸除盡。吃到有沙的蝦，最是掃興。

剝好的蝦用刀把肚子剖一刀，這需要一點功夫，勁道要拿捏，劃太淺，蝦肉沒法攤開；割太深，會把蝦肉分成兩半，也可能割到手，所以寧淺勿深。處理好的蝦肉加點米酒，抓一抓，去除腥味。蝦肉稍加瀝乾之後，先沾麵粉，使蝦肉表面乾燥，再放到打好的蛋液中。沾滿蛋液之後的蝦肉放到麵包粉裡滾兩圈，沾滿麵包粉，準備工作就已經完成。

如果不是馬上吃，炸蝦要放冰箱，而且是放冷凍庫。因爲麵包粉是把乾掉的麵包弄碎，很容易吸水分、吸油。如果放在冷藏室，麵包粉會吸收蝦肉表面的蛋液、水分而糊掉，那就不好吃了。

把油倒入炒鍋中，開中火熱油，到一百六十度。一般也沒辦法測量油溫，就是把筷子放入鍋中，會起泡，就可以把蝦放入鍋中了。

下鍋的姿態也要優雅，有人怕被熱油濺起燙到，離油三吋就把蝦丟入油鍋，殊不知這反而會促成悲劇實現。其實只要捏著蝦尾，緩緩讓蝦肉浸入油中一吋，像是在放生一般，再輕輕鬆開手指，炸蝦就會沉入熱油之中。我們只要拿雙長木筷，過個一分鐘稍微調整一下鍋中炸蝦的角度，讓它每一吋都有均勻受熱。切忌時常翻動，那會讓炸蝦彼此摩擦，增加麵包粉脫落的機會。

過了三分鐘，炸蝦也差不多兩面金黃，可以起鍋了。油炸的一個秘訣是起鍋前把火開大，這樣油比較不會附著在表面。這點對於沾了麵包粉的炸物尤其重要。太多油，既不健康，也膩味。

幾個原則把握住，炸出好吃的明蝦並不難。比較傷腦筋的是那鍋油，炸過海鮮，就不能拿來炸年糕。我能想到最好的辦法是拿來做家事肥皂，親友團聚，狼藉的杯盤總要洗，用廢油做的皂正好派上用場。

吳家恆，大學念政治，研究所念音樂學，從事編輯、翻譯多年，也主持廣播節目，不時更新臉書「music pad 古典音樂筆記」，也不時做菜、做麵包、做肥皂。

一直以為香港阿姨煲湯信手捻來，毫不費力，因為那城市習慣煲湯。但現在看來，湯海無涯，學無止境，沒人一出生腦袋自帶湯譜資料庫。其實主婦的經驗又如何？有個主婦每天找東找西，花兩個小時看火弄個湯給全家喝，光想都要笑。

命中帶湯

湯長華

某個朋友只要開車出門，就算去到最難停車的路段，都那麼恰巧有人開走讓出個停車位，她總說她命帶停車格。那我一定是命中帶湯，各種湯水伴我成長。

兒時經常想像下午時分，外婆像女巫一樣，從櫥櫃裡、院子裡，摘點葉子摘點果實，切點什麼蔘，再丟點什麼的根，等大家上桌吃晚飯時，就有鍋高深莫測的老火湯，大家邊吃她一邊唸唸有詞：「什麼什麼清熱，什麼什麼去火，什麼什麼現在才買得到千萬別浪費，有益的！」有時一些煲湯肉品會特地撈起來，切好點醬油吃；有時那些渣都不用去理，喝就是了。這樣的飲食模式經年累月，習以如常，我卻不曾留心那些跟著季節變換的湯花了外婆多少心思。

直到自己獨自在外生活。

某個深秋於唐人街南北貨鋪頭碰到好久不見的羅漢果及菜乾，隱隱覺得似乎是外婆煲湯的常用組合，便都買了些，丟塊瘦肉等大功告成。

沒耐心的我一直掀蓋看看湯變成什麼顏色，結果剛好羅漢果整個爆開，差點炸得我一臉，煮完後請室友喝一碗還被嫌氣味很古怪。

媽媽聽完閒閒丟了句：「笨死了。羅漢果要剖開呀。」

近幾年，仍舊沒怎麼注意媽媽在家煲什麼湯，倒是觀察到弟弟結婚搬出去後，他的房間被媽媽改造成食物儲藏室，有點像外國人的「pantry」，洋人不想大陣仗煮飯的時候，就從「pantry」裡拿罐頭湯通心粉出來煮熱就好。

只不過媽媽的 pantry 裡，收的是各種乾貨。

整理箱打開全是一片片、一顆顆、一紮紮種子樹皮般的東西，窗臺上晒著漂亮的果皮，吃橘子時特地細心剝下的。腦海中閃過前幾年在網路上看的一個飲食節目，廣州市民想煲湯時會去賣煲湯料的鋪頭採買，老闆娘迎上前便問：「有乜需要？有冇咳？去濕？去熱氣？」跟中醫抓藥一樣厲害，什麼症頭對應什麼湯料，全記在心裡。

媽媽見我在她的寶貝儲物室裡發呆，問：「妳想幹嘛？」很有防衛心。我才說最近這陣子不知是不是季節變換的關係，開始鼻過敏，偶爾喉嚨卡卡，還沒夏天卻發了點疹子，是不是該煲個湯飲一下？

「而且我想喝有豬橫脷的湯。」

媽媽愣了愣，拿起手機傳訊給香港的大阿姨。

「怎麼原來妳連用什麼煲都不知道嗎？」

「妳以為我跟外公外婆一樣，什麼都知道。他們每個季節要喝什麼，通通都知道。」

對豬橫脷有種莫名的迷戀。

廣東話裡，「豬脷」是豬舌頭。而一聽到豬橫脷，我都在腦海裡畫一隻豬，身體裡有另一條打橫的舌頭，很長很長，開飯前外婆整條從湯裡撈出，斜切一片片配豉油。雖然直到成年，都還沒搞清楚那條橫著長的舌頭，到底在哪裡，但畢竟人大了也長了點腦，知道那是個器官，而不眞的是一條舌頭。

後來逛黃昏市場買滷味時，在黑乎乎滷味海中見著一條眼熟的東西，正思量著豬横脷國語怎麼講，人家才聽懂。老闆注意到我盯著那條「舌頭」沉思，湊過來說：「那是腰尺，妳看妳要切多少錢，我切給妳。」

這句話如醍醐灌頂，原來在臺灣，人們覺得它長得像豬腰上的一把尺呀！

後來還是隔了幾天，才有豬横脷湯可以喝，媽媽鄭重表示買豬横脷不像買雞蛋，還是得事先跟豬販訂。這鍋去濕湯水很簡單，不需下什麼特殊料，準備玉米、紅蘿蔔、馬蹄（荸薺）即可。

腰尺（豬脾臟）、瘦肉，健脾胃，養肺潤燥，助消化。

紅蘿蔔，健脾養肝。

馬蹄，消熱化痰瀉火。

玉米與玉米鬚，養胃氣、利尿去濕；玉米葉子也可打結下鍋同煮，清熱解毒。

家裡若有淮山（肺虛）、芡實（去濕健脾），也可以下一點。

正細細閱讀阿姨 line 來的腰尺湯譜，她又傳了一串煲湯短片給媽媽。

「早晨，玲姊，早前傳的，因爲我以主婦的經驗，所以湯水有限，剛巧看到以上的，就傳給你，或會有用。」一直以爲香港阿姨煲湯信手捻來，毫不費力，因爲那城市習慣煲湯。但現在看來，湯海無涯，學無止境，沒人一出生腦袋自帶湯譜資料庫。其實主婦的經驗又如何？有個主婦每天找東找西，花兩個小時看火弄個湯給全家喝，光想都要笑。

春夏去濕湯水 豬橫脷紅蘿蔔粟米湯

腰尺兩條
瘦肉 一小塊（一斤）
玉米 兩條 斬件
紅蘿蔔 一條
馬蹄 五至六顆，切去頭尾拍鬆
淮山芡實各二兩左右 芡實泡水十分鐘

瘦肉、腰尺冷水鍋飛水，腰尺需要十五到二十分鐘去除血水肉沫。

所有材料大火滾水入鍋，再次煮開十分鐘，收小火煲兩個鐘，最後落鹽調味即可。臨時沒有淮山芡實也無妨的，煲湯自在一點，別太奔波。

腰尺最後撈出斜著切片，沾醬油吃。

湯長華，待過傳播公司、當過畫冊編輯，目前則在臺南安平從事文字、插畫、編輯與製作影片工作，於漁光島設有工作室，除潛心創作，也安靜享受小島生活。

吉蘭丹野菜飯混入了數十甚至上百種野菜，把田野風光與海洋景緻融合起來，山海均美，是人與土地轉化成餐桌上的一片好山好水。

文化大融合的吉蘭丹野菜飯

——曾詩琴

過去以農耕爲主的大馬（馬來西亞）吉蘭丹鄉下，農夫雙腳長時間浸泡在泥濘裡，濕氣侵身。於是，農夫靈機一動，採集周遭野菜，數十種甚至上百種可食野菜，將之搗成汁，與白米熬煮成深綠色的野菜飯（Kao Yam）。再把鄰近的可食野菜、洋蔥、長豆、黃瓜、紅薑花等搓洗乾淨切絲作爲生食的沙拉拌菜，香煎數條竹莢魚或薑黃炸雞，部分魚肉則在鍋子裡乾炒成魚鬆，新鮮椰絲亦翻炒至焦黃香脆，成爲野菜飯的拌料。最後，還要調配一碗醃魚辣醬（budu），拌上紅蔥絲、小辣椒、酸柑汁（小萊姆）及些許棕櫚糖，淋些許到野菜飯或是煎魚的沾醬，即可香噴噴上桌。

此野菜飯爲吉蘭丹泰裔華人的道地菜餚，深具吉蘭丹當地的特殊飲食文化，各種材料亦象徵各種文化的融合。拌菜熱鬧繽紛，即健康又美味，是召喚遊子返鄉的味覺鄉愁。

吉蘭丹馬來同胞也有自己版本的拌飯：藍花飯（nasi kerabu），其飯主要是以蝶豆花染色而成，同樣也以各種生菜拌飯，再配上炸雞、烤魚或甚至是烤羊肉。泰國人亦有自己版本的拌飯，飯主要是用蝦醬與魚醬拌炒而成，同樣也以各種生菜拌飯，另外亦搭配甜醬豬肉與蝦米，再滴上檸檬汁與辣椒，令人食指大開。

各個種族均以米食爲主，惟米飯以不同辛香料或香草染製而成，具體呈現吉蘭丹魚米之鄉的飲食文化。

在吉蘭丹哥打峇魯市區經營野菜飯餐廳的老闆娘阿健說，野菜因季節有所不同，若是雨季，他們會選用熱性去濕的野菜烹煮飯。而到了炎熱天候的時候，則會選用較爲涼性的野菜入飯。

野菜飯混入了數十甚至上百種野菜，Kaoyam 其實是叫做 Kaoya，kao 在泰文裡的意思爲飯，ya 爲藥，意即藥膳飯。阿健說，曾經有練氣功的臺灣客人來吃野菜飯，表示吃完之後氣通全身，感覺非常順暢。

然而，隨著鄉村都市化，野菜的蹤跡越來越少。

阿健最初是在自家賣野菜飯。人客絡繹不絕，後來遷到現址，除了野菜飯，還兼賣椰漿米條、檳城叻沙等。女兒、兒子甚至孫女都前來幫忙，兒子負責炸魚、炸雞，孫女負責外場包飯結帳，女兒與阿健則負責主要的拌料與烹煮香料飯。亦有一位馬來婦女負責外場與茶水泡製，另一馬來員工則負責外帶包飯。看似簡單的餐廳需要多人分工。

深綠色的野菜飯散發著大地綠草的香氣，所用的材料到底用了哪些材料，熱情的女兒從冰箱拿出一袋又又一袋的綠色葉子。有像豆科的葉子，叫辣木葉，可摘下葉子煎蛋食用，據說也是印度人常用的食用葉子。還有叫「昆地」的闊葉、越南香菜、香茅、老姜、沙姜（細長如手指，是泰國咖喱常用、香氣特殊的生薑）、檸檬葉、香蘭，加上野黃瓜葉，會長細小如小黃瓜的果實，是小鳥愛吃的果實；還有一種俗稱放屁草的爬藤植物、蝶豆花、水芹菜等，阿健女兒如數家珍，不厭其煩一一解釋各種葉子。這些葉子全都混合攪拌榨汁，取其青汁，與白米烹煮。飯成掀蓋，噴香的是天地間綠葉花卉的精華。

她微笑說，鄉下鄰居知道她們經營餐廳，常會摘一袋袋野菜送來，而她們則回報一餐療癒人心的野菜飯，體現了互助友愛的鄉親精神。過去野菜飯是在節慶時才會吃到，是村裡村民總動員，共同烹煮的傳統美食。

魚鬆在野菜拌飯中扮演著融合所有材料的角色，因此特別重視其食材的新鮮。當天採買煎香，剔其肉之後炒香。拌上魚鬆之後，再淋上香辣醃魚露，更顯鮮味，叫人欲罷不能，連吃三大盤，仍然意猶未盡。

吉蘭丹野菜飯把田野風光與海洋景緻融合起來，山海均美，是人與土地轉化成餐桌上的一片好山好水。每次回到家鄉，均因節慶返家，必吃野菜飯，五色繽紛，餐盤躍動的是歡樂熱鬧的氣氛。父親辭世之後，過年返家邊吃百感交集、悵然若失，餐盤拌料精彩熱鬧，卻獨欠父親慈愛的目光。

行遍千山萬水，我仍鍾情於家鄉這一道拌飯風光。

曾詩琴，來自西馬來西亞的東北部吉蘭丹州。自小在靠海的小城鎮生長。祖先於中國潮州飄洋過海來到南洋謀生，我則高中畢業後飄洋渡海來臺念書。婚後定居臺北，全家出遊的地點都是海洋。重新與大海連結。

媽媽準備的是 Banh Goi，Banh Goi 是指越南風味的巨大炸餃子。麵皮通常是用米粉鞣製而成，內餡包著豬肉、粉絲、豆芽和木耳等食材，經由高溫油炸起鍋後，蘸醬食用。

越式炸餃子 Banh Goi

——簡香靜

在新學期中，有個孩子神祕兮兮的湊上前來，故作玄虛的說到：「老師……有外國人來上課耶！」

「外國人？」金髮碧眼的既定形象浮現在眼前。

「對啊！就是學校老師說的『新移民之子』啦！」

朝孩子目光望去，看到一對姊妹怯生生地站在門口，彷若有道結界，硬生生將他們隔離在外。

「你們誰是混血兒呢？」老師妙語一出，立刻吸引在場所有目光。

小姊姊默默地半舉著纖細的手臂，身旁的妹妹見狀後也立刻舉手附議。

「老師，我爺爺是原住民，這樣我是混血嗎？」坐在黑板正前方、膚色白皙的女孩提問。

「當然，這樣也是混血兒啊！」老師衝著她笑了笑，女孩驕傲的舉起右手，眼神有藏不住的驕傲。

「老師！我爸媽是閩南人跟客家人，這樣也是混血嗎？」坐在女孩對面的男生不甘示弱的說道。

「當然！這樣你就是閩客混血耶！」老師臉上的笑意更加濃厚，流露出讚許之意。

「這樣我也是！」「我我我！還有我！」「我也是混血兒！」

再望向門口，姊妹倆悄然入座，原本眉頭深鎖的陰鬱，已然轉爲安心的微笑淺淺。

姊姊彤彤沉著穩重，那雙深邃的大眼睛總是在環顧著整個場域，靜靜地觀察每個人的一舉一動，從不輕易吐露心聲；妹妹心心天真活潑，面對任何人都能綻放出燦爛的笑靨，總把握每次的發表機會，迫不及待地和大家分享想法和經驗。

面對這樣個性迥異的姊妹，孩子開始以「那對姊妹花」作爲代稱，久而久之，竟也成爲大家的默契。

在一兩次的課程後，心心很喜歡在我身邊轉呀轉，時不時分享自己在學校的趣事給我聽。

「心心，你在家會跟家人分享這些嗎？」在某次談話中，不經意地提到了家庭狀況。

一抹暗藍悄悄渲染上心心金澄澄的笑容，她歪著頭、思考了一會兒，輕輕地說到：「我媽媽工作很忙，很少有時間講話，」猶豫了一下，接著說：「而且她是越南人。」

由年輕越南媽媽、年邁臺灣爸爸所組成的家庭，在這個村落已是常態。在臺灣許多鄉村聚落，青壯年人口不斷外流；與此同時，卻有著一群遠從異地而來的女性，在這塊不熟悉的土地上，孕育著下一代：彤彤和心心就是時代變遷下的新結晶。

由於父親的缺席，家計轉由母親一肩扛起，而不熟悉國語的媽媽，僅能透過打零工的方式，慢慢地摸索、試圖融入這個新的社會與文化。

這也是她們第一次當母親，但卻沒有人能告訴她們，該如何跟操著和她們不同語言的孩子交流相處。

「我媽媽啊，她有時候都搞不清楚我在說什麼。」心心露出苦澀又孩子氣的笑容，「我也不知道該怎麼解釋，所以就越來越少說了。」

世界上最遙遠的距離，或許就是兩顆溫熱的心，卻因語言障礙而絕緣了彼此的溫度。

在某一次的午飯後，我獨自清洗著鍋碗瓢盆，享受著沒有喧囂聲的安寧。

「老師，妹妹說她不要我們的媽媽。」微弱的聲音從背後迸出，在嘩啦嘩啦的水龍頭聲中卻是如此清晰宏亮。

我停下手邊的洗潔工作，眼神交會的瞬間，彤彤緊張的低下頭，久久不語。

說出口的話已經沒有收回的餘地，她看起來鐵下了心，深吸了一口氣，聲線顫抖、緩緩吐出：「她想要你當我們的媽媽。」

彤彤直勾勾地望著我，等待我的回覆。

當下一陣慌亂，所有學過的詞彙在腦中極速輪轉多回，仍找不到適當的語句；

最後只能結巴地回覆老掉牙的道理：「老師小時候，也是喜歡對我很溫柔的姊姊，想要她們當我的媽媽；但長大後才知道，原來我的媽媽就是對我最好的媽媽。」

她能理解嗎？我有精準傳遞我的意思嗎？

彤彤似懂非懂地點了點頭，默默地走回妹妹身邊，靠在耳邊說了幾句話——心心眼中鑽石般的亮澤漸漸像被削了光似地，就如同耗盡能量般的太陽，成爲低光度的白矮星。

儘管說著同樣的語言，卻強烈感受到話語的局限和匱乏——該怎麼告訴她，不是不愛她，但母親的位置是無可取代？

愛要如何用言語來形容，甚至進而表達呢？

那次事件後，心心仿若什麼事都沒發生般，仍在我身邊不停地轉，惟若有似無地規避眼神的交會。

在兩個月後，我們以「一家一菜」活動總結一學期，期待創造一個親子交流的空間，透過共同料理讓孩子了解家人心中的家鄉味。

令大家訝異的是，當天幾乎所有孩子的家人都參與了這次盛會，更熱情地準備了多項菜色：炒飯、花壽司、麻婆豆腐、小黃瓜炒透抽、炒地瓜葉、自製鹽滷豆花、地瓜球、草莓塔等等；每當一戶人家端出新菜色時，孩子們的眼睛就變得更加晶亮，甚至都已虎視眈眈站好預備位置，準備等開動時大飽口福。

在會場一隅，看見了姊妹倆靜靜地待在媽媽身旁，三個人就這樣安靜地守在自家準備的料理前面，一語不發。

「老師！這些都是我們昨天一起包的，眞的很好吃唷！」瞧見我緩緩靠近，心心雀躍地朝我招招手，示意趕緊品嘗媽媽的好手藝。

聽見心心的讚美，媽媽漲紅了臉，露出羞赧的笑容，用不流利的國語低聲地說不知道好不好吃、希望大家會喜歡。

媽媽準備的是Banh Goi，Banh Goi是指越南風味的巨大炸餃子。麵皮通常是用米粉揉製而成，內餡包著豬肉、粉絲、豆芽和木耳等食材，經由高溫油炸起鍋後，蘸醬食用。

「彼款水餃勁厚呷！」隔壁顧攤的阿嬤一邊吃著熱騰騰的炸餃子，一邊熱情地向其他家長推薦。

「來唷！來唷！這眞的很好吃唷！來吃吃看吧！」

當其他孩子正大快朵頤一番時，只有心心賣力地招呼客人，彷彿忘卻飢餓般，溫柔且堅定地守在媽媽身旁。

因爲餐點眞材實料，再加上心心的大力推薦，炸餃子很快就一掃而空，母女倆相視而笑。活動尾聲時，心心牽著媽媽來到我面前，神彩奕奕地說到：「老師，這是我媽媽唷，她眞的很棒對不對？」

媽媽低下頭來，輕柔地撫摸著她的頭髮，那瞬間所迸發的愛，也讓我爲之悸動。

要怎麼單單用言語去捕捉、描繪呢？協力揉製麵糰的過程、包餡料的時刻、奮力叫賣的瞬間……這些全然都是愛的展現。

在心心眼中閃閃發亮的母親，仍是我至今看過最耀眼的恆星。

簡香靜，在二〇〇七創立「作伙呷霸工作室」，以「食」為媒介，結合五感開發、食農教育、烹飪實作等元素的系列課程，引導學員探索與家人、家鄉、土地的連結和關係。至今已在宜蘭舉辦五十多場活動與課程，陪伴百位孩子一起好好長大。

我兒時記憶中的桃花節，只有小吃而沒有正餐。曾有一種叫「白酒」的，跟漢人喝的烈酒不同，乃蒸熟的糯米加味醂，使之發酵約一個月後磨碎而成的；酒精含量有百分之九。

這些年的桃花節晚餐，吃「散壽司」喝「蛤蜊清湯」成了日本新常規。

桃花節的散壽司——新井一二三

每年從二月底到三月初，日本報紙的讀者來信版都會刊登中老年女讀者寄來的一封信。每年寫的人不一樣，但是內容卻很相似：

她們小時候家境不好，父母親買不起三月三日桃花節要擺設的「雛人形」，叫她們心中很羨慕有「雛人形」的同學們，然而深懂父母親的苦楚，所以從沒開口要過。如今上了年紀，終於能夠爲自己買一套小小的「內裏雛」也就是天皇、皇后兩個小偶人了，等到三月三日當天，將自己鑑賞，自己慶祝，也懷念酸甜苦味的童年。

雖然我小時候的家境也並不好，但是幸虧有姥姥送給了我玻璃箱內十五個小偶人聚集的一套「雛人形」。除了天皇、皇后以外，下面還有三個官女、五個樂師、左右兩大臣、三個衛士。

小時候，年年桃花節拿出來擺設的偶人們，好像後來的十幾年都一直藏在娘家壁櫃深處沒晒到陽光。直到二十年前，女兒出生的時候，就請她外公外婆把老寶挖出來。結果，當時已經三十好幾的偶人們，仍舊很神氣，很好看。之後每年大約一個月左右，我家客廳音響組合櫃子的最高層，擺設古董級「雛人形」，祝女兒健康幸福之外，還趁機懷念西天上的姥姥。

在日本，三月三日桃花節爲女兒擺設「雛人形」，五月五日菖蒲節則爲兒子擺設「武者人形」。節慶上不可或缺厭勝物的文化不少，但是擺出小偶人的該比較少見。當代流行的吉祥物，其特點之一便是維基百科說的：「普遍不具有完全的人類外觀特色」。相比之下，把天皇、皇后弄成小孩玩具，其實滿大膽的。不過，日本文化的另一個特點是非語言化。男女一對的小偶人，雖然一查就查得到其實不外是天皇夫婦，但是普遍不提的結果，大多數日本人向來不知道「雛人形」代表的是古代天皇、皇后的婚禮。

日本節慶不僅有偶人而且有歌兒。桃花節唱〈開心的雛祭〉，是著名詩人佐藤八郎填詞，一九三六年唱片問世的老歌曲。至今還廣泛被歌唱，算是主題歌了。五月菖蒲節則要唱〈鯉魚旗〉和〈比高〉，分別是一九三一年和二三年發表的老作品。

擺好了偶人，唱了歌兒，肚子就餓了。桃花節的小吃是「雛霰」即糖衣爆米（關東式）和鹹味米果（關西式）。還有「菱餅」即菱形糯米糕，都染成白、粉紅、草綠的三種顏色，分別代表雪、桃花、艾草。

那麼，正餐呢？我兒時記憶中的桃花節，只有小吃而沒有正餐。曾有一種叫「白酒」的，跟漢人喝的烈酒不同，乃蒸熟的糯米加味醂，使之發酵約一個月後磨碎而成的；酒精含量有百分之九。因爲是酒，小孩子不能喝。因爲很甜，酒鬼不喝。結果，桃花節喝白酒的人越來越少，如今幾乎只留在〈開心的雛祭〉歌詞中了。

這些年的桃花節晚餐，吃「散壽司」喝「蛤蜊清湯」成了日本新常規。

兩者之中，「蛤蜊清湯」較容易找到有根據的典故。日本平安時代（公元八到十二世紀）起，貴族就玩兒叫「貝合」的遊戲：蛤蜊殼裡邊白白滑滑的表面上，塗顏色畫畫兒之後，將兩片分開起來，再找找會合好的另一半。也就是說，吃完蛤蜊，將留下的貝殼當玩具，叫女童玩兒找配偶的遊戲。傳統觀念上，婚姻圓滿才是女性的幸福。於是直到近年，免得寶貝女兒嫁不出去，過了桃花節當天，匆匆收拾「雛人形」的習俗根深柢固。

至於散壽司，似乎沒有可靠的歷史淵源。基本上，它不像握壽司那樣需要專業訓練，一般人都只要買來材料就能做，也就是門檻低。從節慶前幾天起，魚店就大量推銷平時少見的蛤蜊以外，還大賣看起來喜氣洋洋的紅色、粉紅色魚類，如鮭魚、蝦、螃蟹等等。另外，在商場零食部門，不僅看到「雛霰」「菱餅」，而且連泡芙都給包裝成桃花節版本了。

今年的桃花節我一早就出去買了鯛魚（日語中跟【可喜】諧音），回家後夾在昆布片中鹽醃，紅色的鮭魚也買來用鹽和糖醃了一下。這樣子，吃時不必沾醬油，顏色可以保持漂亮。醋飯中也要放幾樣東西的：例如，星鰻絲、香菇絲、以及糖醋泡蓮藕丁和凍豆腐丁。最後，在上面鋪開「錦卵」即蛋皮絲和鮭魚子，還有代表春天的綠色菜花。看起來很像春天的花圃了吧？

至於桃花，今年日本冬天特別冷，花蕾還硬，沒來得及盛開。但這也無可奈何，因爲桃花節本來是要農曆三月三日慶祝的。在近代化的過程中，日本人失去了太陰曆的概念。結果，桃花節沒有桃花看，七夕則在梅雨中，牽牛星和織女星永遠不能相見了。

新井一二三，生於東京。明治大學理工學院教授。早稻田大學政治經濟學院畢業，留學北京外國語學院、廣州中山大學。任職朝日新聞記者、亞洲週刊（香港）特派員後，躋身爲中文專欄作家。

日文作品著有：《中国語はおもしろい》（講談社現代新書）、《中国・中毒》（三修社）、《中国・台湾・香港映画のなかの日本》（明治大學出版會，以林一二三之名義）。

中文作品：《心井・新井》、《櫻花寓言》、《再見平成時代》、《臺灣爲何教我哭？》、《獨立，從一個人旅行開始》、《媽媽其實是皇后的毒蘋果》、《我們與台灣的距離》等二十九部作品。

輯二——灶間時光

這道菜普通、簡單卻耐剖析。它既不用調味，或說用原味調味；又一道菜山珍海味、飛禽走獸盡在其中，有葷有素，有菇菌（香菇），有發酵的鹹菜，應有盡有；又可以分階段吃到不同層次滋味。

年菜唯有三仙燉

——陸之駿

年菜，我只想說「三仙燉」。

吃遍江湖，這道菜，除了在我外婆家，從來沒見過。

家家戶戶年夜菜，少不了雞，通常是白斬雞；吃鍋也常見，火鍋、一品鍋、佛跳牆……均有；北方包餃子。琳琅滿目，其實大同小異。

三仙燉是特別的。

一隻雞、一隻鴨、一隻豬腳，湊起三牲，然後香菇、紅蘿蔔、鹹菜心，再加此干貝，加足心，細火慢燉，火候到時味自美，不必任何油鹽調味。

油分靠三種肉的脂肪。鹹味來自鹹菜。香菇、干貝是天然味精。紅蘿蔔使湯頭微甜。七種簡單食材，配合天衣無縫。

煮法也簡單。

雞、鴨、豬腳煠乾淨。香菇發好；如果是鈕扣菇，切都不必切。干貝泡開。紅蘿蔔切大塊。鹹菜心對半切，沖一沖水。全部丟進一大鍋——想像一下鍋要多大——把發香菇的水倒下去，加水至食材全部淹過面。大火燒開，轉小火燉至鹹菜熗。

這煮法，誰聽到，立馬就會做。

我卻很少做這道菜。

原因有兩個：首先是鍋。這麼大一口鍋，要裝得下一雞一鴨一豬腳、一般家庭不備。我爲了煮這道，到環河南路白鐵仔地頭買了這麼一口大鍋，好幾年，才用上一次，幾乎是三仙燉專用。

其次是吃不完。一家小幾口，這兩禽一足，又葷又素的，配個白飯，足夠吃上一星期。其他什麼都不必煮不用吃。吃到三天後，再怎麼美味，也必然吃到膩。

小時候過年人來人往二、三十人，大年夜煮一鍋三仙燉，年初二回娘家大概就鍋底朝天。

我媽回娘家時，我最愛三仙燉鍋底。這時浮油掠盡，最好吃的是入口即化的鹹菜心。這時原本爽脆的鹹菜心，吸飽肉汁，完全不鹹，勺子一碰就散，有點「菜尾」中芥菜的感覺，十分迷人。

這時候通常雞鴨已經散架，豬腳最好吃的是原本咬不動的筋膜。

三仙燉剛煮好時，湯上浮厚厚一層油，雞鴨豬三味一體，用來拌白飯最香。這時香菇也好，吸飽油脂，完全沒有香菇柴澀口感。

三仙燉第一天吃、第二天吃、三天以後吃，感覺都像不同道菜。耐吃，可以形容。只是在臺北市裡，人丁難旺，我煮過那幾次，結局都是吃不完倒掉。

三仙燉似是三牲之訛。閩南音「仙」、「牲」接近。只是說是三牲，又有點勉強；既非古禮的牛羊豬，亦非近世雞豬魚。雞鴨豬腳這樣的組合，總覺得怪怪。

但這道菜普通、簡單卻耐剖析。它既不用調味，或說用原味調味；又一道菜山珍海味、飛禽走獸盡在其中，有葷有素，有菇菌（香菇），有發酵的鹹菜，應有盡有；又可以分階段吃到不同層次滋味。

我至少吃過五百道菜，還眞找不出一道可以和三仙燉ＰＫ。縱有，煮起來，也太麻煩了。

簡單不是美，簡單而豐富才是美。

陸之駿，一九六六年出生於馬來半島芙蓉市，卒於二〇二一年。曾任專欄作家、兩岸農業交流協會執行長、科技公司執行長等。曾任《民進周刊》、《自立晚報》總主筆，《168周報》運彩版主編、《臺灣公論報》社長。出版《陸之駿飲食隨筆》及詩集《不等》。

蒸魚用猛火。燒到水大滾、水氣奔騰，才可以放進去蒸；用冷水開始蒸，就毀了。

猛火蒸的原因，是使魚表驟遇高溫，瞬間把鮮汁困在魚中。

蒸魚最高境界

——陸之駿

蒸魚的最高境界，香港說「黐骨」。黐，黏也。指魚蒸到魚身一筷子夾下去，魚肉黏著椎骨，必須稍微用勁剝離。這火候魚肉最鮮嫩；基本熟白，但略帶透明、有粉紅絲。

你當然可以說：這魚沒熟透。

但吃生魚片、或炙皮刺身，你就不會介意。

黐骨蒸魚，魚肉口感和炙過的生魚片相當，但一取蒸的原味，一取脂肪炙燒的香氣。

要如何蒸到黐骨，端看火候控制。

蒸魚用猛火。燒到水大滾、水氣奔騰，才可以放進去蒸；用冷水開始蒸，就毀了。

猛火蒸的原因，是使魚表驟遇高溫，瞬間把鮮汁困在魚中。

大致來說，一斤、六百公克左右的魚，猛火約蒸八分鐘。

但這還得看魚型、魚身圓或扁。扁如鯧，時間可以略減；圓如烏魚，略增。八分鐘，適用於石斑這不圓又不扁的魚。

大概魚重每增加二兩，蒸的時間，就加一分鐘。

以上均指沒冰凍過的魚；如果是解凍的，視情況酌增時間。

我通常一斤魚蒸好八分鐘，會掀蓋淋調製好的蒸魚醬油（用醬油、糖、酒、水、魚露、胡椒調製），及一點熟油增加魚肉滑潤。

掀蓋時我會偷吃步，用尖筷子偷戳一下魚身最厚處。如果覺得不夠熟，淋醬後就加蓋轉中火多蒸半分鐘或一分鐘，再熄火燜一分鐘、一分半。如已熟，淋醬後就加蓋就直接熄火燜兩分鐘。

鐘。

起鍋後用筷子偷戳如果萬一還不熟，第二招偷吃步，就是進微波爐加熱一分

微波爐比較容易整隻魚受熱均勻。有水分的東西，微波爐是好武器。

我的基本法則是「寧生勿過熟」。生有救，過熟無法彌補。

爲什麼魚要蒸多久難以判斷？因爲除了大小、圓扁，不同肌理的魚肉（如黃魚、海鱺、石斑，就可以輕易分辨魚肉肌理差異），火候要求亦不同。即便同樣是石斑，亦有軟肉、硬肉之別。

我們不是日日蒸魚、月月年年蒸魚的專業師父，憑經驗多少會失誤。失誤時該怎麼補救？這其實也是功夫。

至於調味，薑蔥蒸淋醬、梅子蒸、潮州蒸（香菇、鹹菜、豬肉絲等）、白蒸、蕃茄蒸……，各色各樣，隨興之所至，我倒不以爲是重點，今天想吃什麼就用什麼、家裡剛好有什麼就用什麼。

陸之駿，一九六六年出生於馬來半島芙蓉市，卒於二〇二二年。專欄作家、兩岸農業交流協會執行長、科技公司執行長等。曾任《民進周刊》、《自立晚報》總主筆，《168周報》運彩版主編、《臺灣公論報》社長。出版《陸之駿飲食隨筆》及詩集《不等》。

煎蒸燒烤，煮魚大不易。掌握火候、察「顏」觀色、算準上菜時間……魚游水中，人立岸上，取之有時，用之有節，人魚於廚房、餐桌相會，最好能平和愉悅、相互成全。一道魚可為餐桌增豔或成敗筆，在在考驗主廚的用心與技藝。

煎烤與蒸鮮——我的烹魚實戰紀錄

——方秋停

我喜歡吃魚，煮魚卻是我的罩門，年少時因煎虱目魚被油濺燙得一身傷，從此對烹魚心存畏懼。婚後掌廚難免和魚相對，每次過招皆讓人膽戰心驚並留下許多不堪記憶。視魚爲異類，防範之心加上唯恐失敗的壓力，心裡越在乎越容易過與不及——皮煎焦黑、肉翻破碎、蒸煮過熟致使毀容或者面目全非……，一隻隻價值不菲、目光金亮的好魚落入我手便不得善終，讓人不勝唏噓。

爲彌補這缺憾，我勤查資料不恥問人，於一次次實作經驗中摸索要領、找尋失敗原因力求改善。之後魚端上桌總算不必汗顏，可問心無愧甚至得意拍照留念，爲個人廚藝增添一頁佳績。

烹魚方式不外蒸煮煎烤炸，油煎感覺最具挑戰！試過替魚全身抹粉、沾蛋汁、兩手擒其首尾使奮力擺動、鍋底塗薑或先炒蛋再煎魚……，招式盡出狀況仍然不好。最慘烈的是曾將白鯧煎得背黑肉散，使成賣相不佳的魚鬆，讓人十分氣餒！

工欲善其事必先利其器。後來專爲煎魚任務換了個不沾煎鍋，依照說明書加適量油轉中火，隔著玻璃蓋便得觀看魚的動靜——瞧那貼鍋魚身於熱油嗶啵聲中微微抖顫、吸收熱能，魚身如入秋之葉漸呈金黃色……，這時我只管細數火候估量熟成契機，待魚周旁輕輕翹起，再持木鏟小心將之翻至另一面，成敗通常便於此時分曉——火過烈魚背可能焦黑、火太弱易流湯汁，肉身塌軟並乏光亮的質感與香氣。幸虧翻面後可視狀況調整火候，強轉溫和弱勢增強，上半場的失分下半場仍可追回一些，即便大勢已去，盛盤時略加修飾仍可見人！

煎魚多少會引來火氣與油煙，用蒸的方式似乎較輕鬆，往常「蒸魚」總交由電鍋來處理，以爲煮熟就好並不講究。幾次將鮮魚蒸老，見原本雪白的魚色變暗沉，魚眼昏耄肉緊縮，心底總覺得過意不去。

新鮮的魚才適合清蒸，忌因怠惰及不得要領辜負浪費了好食材，烹小鮮果然如治國般必須謹慎。先去鰓除鱗淨其裡外，不留半點瑕疵與汙穢，再澆淋一些酒、抹上適量鹽，醃半小時後加入薑片入鍋隔水加熱。待熱煙氤氳騰飛，見魚肉自青亮透明凝爲白皙便可關火。蒸炊適當的魚目色灰白祥和、身形完好花紋清晰、肌理如蒜瓣般微綻。筷子夾起，只見那皮肉輕巧相連，Q彈肉質良善保存營養與膠質，讓人忍不住讚嘆——此爲珍饈極品！

蒸魚除掌控火候且需算好用餐時間。魚蒸好挑掉去腥薑片，連著湯汁將對切之魚合體或者乾坤挪移至合適盤子，手腳須得俐落勁道拿捏剛好，再將事先備妥的青蔥及紅辣椒細絲綴加上頭。若將豆腐鋪墊魚下一起蒸，軟嫩連綿相互提鮮，不失美事一樁！

魚因質地差異宜採不同烹調方式——鯽魚、白帶適合油煎；鱸魚、石斑、鸚哥魚肉質細緻可用清蒸；鮭魚、鯖魚等油脂較多者便以燒烤。

烤魚不必擔心油煙且具特殊風味，是我頗喜歡的烹飪手法。午仔魚體型適中，方便居家烤箱調理，已成我的家常及宴客秘密武器。將魚洗淨後以薄鹽與酒稍加醃漬再以錫箔紙裹覆。兩條或四條排列鐵盤，扭開電源，加以適當溫度。待屋裡飄香，淋上檸檬汁便可大快朵頤，享受天然、時尚的餐館口感。其肉質鮮嫩，火候容易掌控，極低的失敗風險讓人覺得心安。

鮭魚可蒸可烤，亦可慢火油煎邊用鏟略施氣力輕輕搗碎，再與青豆仁、胡蘿蔔或玉米一起拌入蛋炒飯裡面。瞧那橘紅色油脂及特有馨香溶出與飯菜相結合，粒粒分明色彩調和，很是舒心可口。

生食、紅燒酥炸、勾芡或打成魚漿做丸子……，傳統融合創意，魚之食譜因時因地與人不斷更新。魚游水中，人立岸上，取之有時，用之有節，人魚於廚房、餐桌相會，最好能平和愉悅、相互成全。一道魚可爲餐桌增豔或成敗筆，在在考驗主廚的用心與技藝。解其質性，彰顯良善，便不負造物者的美意。

今天計畫烹煮一道魚，此念生出並且付諸實行，內心喜樂生活便就圓滿。

方秋停，一九六三年生，曾任《明道文藝》總編輯、現為明道中學國文教師。著有散文集《原鄉步道》、《童年玫瑰》、《兩代廚房》；短篇小說《山海歲月》、《耳鳴》、《港邊少年》；臺中學叢書《書店滄桑：中央書局的興衰與風華》。

記得部落朋友從冰涼澎派海水中撈起一小串海葡萄放在掌心，一小串的晶瑩玉珠，非常美麗。放入口中咬下去，迸出魚子般的口感，海潮味從一顆顆透亮綠色珠珠爆破而出，在口中很有趣的食感。

做一碗海葡萄丼飯

——Miru

春天的花蓮，時陰時雨，山容在雨霧之間。

這些雨下得不大，適適地滋潤綠葉；山邊濃綠，山色溫柔。

春天的花蓮市場，野菜也在季節更替中輪番的現身。

對於初到花蓮生活的我，每周上市場都是新奇，野菜攤上季節明顯，清明前後出現的清明草是美麗的綬草，有旋轉花序，細緻小巧的長在直挺挺的枝條上。長得像冰菜的海菠菜，葉片有著冰霜霧白，川燙後就可以拌來吃。還有常見的黑甜仔菜，煮粥微苦甘美，深具滋味。細小的鵝仔腸，吃起來就像吃鵝腸一樣的脆感，到底是誰命名的，這麼傳神這麼貼切，去鵝肉店吃過鵝腸的人，在吃過鵝仔腸，馬上就明瞭了，而這脆脆可愛的野菜，適合拿來當沙拉，隱若在沙拉盆裡創造唰唰脆感。

各式各樣的精彩，每周上市場就湊近野菜攤問著：這是什麼菜，怎麼吃怎麼煮呢？

每個野菜，都是我的市場小驚喜，朋友笑說：像是小孩進了玩具店。

每個都想試，每個都想玩……

野菜是採集的文化，在山邊在海邊。由部落伊娜的雙眼辨識雙手採擷，清潔整理，一包一包在市場裡新鮮販售。

市場的野菜，除了野地採集，也有來自海邊的採集，帶著新鮮的海潮味。也有來自山邊的蛋白質，像是處理好的蝸牛肉。

最近在市場野菜攤裡，驚奇地看到熟悉的食材——海葡萄。

第一次遇見海葡萄是在十多年前的蘭嶼海邊，部落朋友帶我們在礁岸邊採集邊泡海水玩，眼睛愚鈍的我們，總是看到一片黑色礁岩什麼都沒有，眼尖的部落朋友，深知那些僞裝成礁岩的貝類，緊緊扒附在礁岩的孔洞中，用小工具就可以撬起現形。海邊的採集，是一堂感官辨識的有趣課程。

我們也常常在礁石岩岸一邊挖著一邊塞進嘴巴，享受最鮮的潮味。記得部落朋友從冰涼澎湃海水中撈起一小串海葡萄放在掌心，一小串的晶瑩玉珠，非常美麗。放入口中咬下去，迸出魚子般的口感，海潮味從一顆顆透亮綠色珠珠爆破而出，在口中很有趣的食感。那是第一次嘗到海葡萄，也驚訝臺灣也有。但後來想想，黑潮隨北而去，沖繩有的物種，在花東海岸也大都類似，這裡會出現海葡萄，真的不難理解。

但是在花蓮野菜攤上看到的海葡萄，怎麼不太一樣呢？我端詳看了一會才認出來。問攤上的伊娜阿嬤，「這個海葡萄是不是還沒長大？」伊娜說：「就是這樣啊。」

看見食材，對我來說就像看見珍珠寶石，一定要帶回家的。海葡萄價格貴，我用手抓了一些，伊娜又給我塞了不少進袋子，她邊說邊抓：這個秤起來很輕。

就這樣我有一包不算少的海葡萄帶回家了。

海葡萄是直接生吃就可以了。

煮湯也可以，但是會可惜了口感。

海葡萄的保存時間短，也不能進冰箱冷藏的，最好放在室溫盡快吃完。

進冰箱的海葡萄會慢慢釋出水分，晶透的模樣就開始軟爛，不可口了。這怎麼讓我想到鮮味濃郁的草菇也是如此。

買這一包海葡萄回家，我腦袋想著，得趕快趁著新鮮一口氣吃完這些海葡萄，做什麼好呢？做什麼才不會辜負了這美味潮香的串串珠寶。

就在整理食材後，馬上想到中午就來做一碗海葡萄丼飯吧。

趕快陶鍋煮了熱飯，鋪上豪邁的海葡萄，細切嫩薑絲，一碗單純海味的海葡萄蓋飯就完成了。

淋點醬油跟胡麻油佐襯，清爽的一口接一口。

海葡萄很新鮮，很樸素。如果不是商業栽培上桌，仍舊是部落裡的家常採集的食物，部落的人們世世代代嘗著這些海邊潮水的氣息與野地的美味。一大碗的海葡萄蓋飯，在家常餐桌上，仍是屬於樸素的，我的家人也樂於嘗鮮，樂於我的野菜冒險，一起好奇探索味蕾。

我在花蓮，也就學習著，跟著這樣融入地方感。想著，離開臺中搬到花蓮。每一天、每一周，都在新鮮的日子中前進，沒有想過在花蓮是否適應得好。
每每站在書店櫃檯，總有讀者客人這樣關心問起，能適應花蓮生活嗎？
也遇過不少來到花蓮生活的住民，對這裡的商業物質不豐有點困擾。
也有人抱怨著，好山好水好無聊的花蓮。
人有人的各種想法，來到花蓮的我用什麼心情看待，就是什麼樣的生活收穫。
但對我而言，花蓮的豐富是另一種面貌，除了好山好水，這些帶著自然的野菜，就是我每周的開心快樂。

～感謝花蓮的海。

Miru，玩設計、做食物、寫點文章，經常散步、持續攝影，在「一本書店」工作。

在品嘗起樹薯甜湯之際，似乎也完善了樹薯從長成、採收、處理表皮、烹煮到進食身體的循環進程。

湯匙裡的甜蜜：樹薯

——杜盈萱

樹薯，又或是東南亞人多稱作木薯，在民國五〇、六〇年代可是臺灣農村普遍見著的澱粉作物。

原產地為中南美洲，在航海時代時開始被歐洲人引入、流傳於各地區，而臺灣的樹薯則是在日據時代被日本人引進，更在二戰後，因為國內的味精工業、製酒、飼料市場、養鰻事業等需求，因此種植面積大量增加。

只是如此的風光，卻在六〇年代後，因著臺灣環境的變遷（多數人轉作果樹，經濟利益較多）、廉價的澱粉作物傾銷臺灣、飼料供應型態改變、山坡地水土保持等問題……栽培樹薯面積因此大量下滑，甚且如今在市場，幾乎看不見樹薯的蹤影。

而我有幸，在這片菜園天地間，仍能找到它的身影。這一年，它們一直是頂著開闊掌間般的葉子，招搖擺動在徐徐微風之間，只是乍看之下叢生漫漫的灌木群，實在令我不怎麼想去行動。知道它們能吃，卻一點沒有頭緒。

而緣分往往就介於一些模糊渾沌、一些渴盼想望之間竄起。如同我許多田間的學習都是發生於此種狀態。一天，隔壁一位農夫前輩瞄看了我，再看了後方的樹薯，親切的笑容問向了我，目前是樹薯的採收時節，可以教我怎麼採收樹薯。我當然是樂得哈哈笑，帶著某些看戲的心態。因爲我一點沒有頭緒。

他鏟下了大鏟子，鬆動了樹薯的所在土壤，樹薯的根系發散，一動之間所有樹薯根系下的塊根便一一浮現，我是又驚又喜。

一根、兩根、三根四根五根六根⋯⋯，一棵樹薯在底下的土壤世界卻交纏了許多塊根，根根壯大、想來可吃上好幾天。

看著眼前的這些收穫，再望向了樹薯，我是心底激動萬分，生命循環便是如此神奇。植物有植物的成長世界、人類有人類的成長世界，一旦產生了交流、便是生命能量的交流互惠，我提供我的照護餵養你們的長成、而你們提供你們的養分滋養我的身體，彼此受益、生命於此繼續流動，開展出動態的力量。

生命不該是一灘死水，毫無動靜，而是流動的大水——如水氣蒸發、形成雲朵、降下雨水、成爲流水、水氣蒸發、形成雲朵……，不斷不斷的，生命的循環延續，而在延續之間，又是不斷的更新……。

你以爲不斷的延續就只是重複過往、毫無進展？

不，生命是在不斷的循環下，一邊更新，是更新後的再循環，生命，沒有那麼狹隘。

我將收成的樹薯帶回家進行處理，樹薯的外皮厚實，足足花了兩個白天作業，方完成了想吃就去冰箱拿的便利性。將一袋又一袋的樹薯置入冰箱，只留了一小包倒入以薑片和黑糖熬煮而成的甜湯，在正餐後的饞口時間，依然能夠優雅的進食。

在品嘗起樹薯甜湯之際，似乎也完善了樹薯從長成、採收、處理表皮、烹煮到進食身體的循環進程。

心底於是一大片的滿足，好比一口接一口、咀嚼那綿鬆的樹薯塊，一大片的綿密滿足。望著湯匙裡的甜蜜，我又是一口、再接著一口。也是循環下去。

杜盈萱，目前生活在花蓮，自覺是像野花野草般的女子。心中有個明確的生活圖像，有塊土地，家門前是自己親手照料下的菜園、花園，動物跑跳其間、朋友偶爾拜訪，生活周遭都能見豐饒的生命力，自由奔放。

在森林裡尋菇、頗有哲學感。有時走過你看見了，退回兩步，卻又再也見不著；有時你遠遠望見它了，鎖定目標全力向前，可又遍尋不著；更多時候若當下看見，就得彎下腰來立刻採集，比較可以安全入袋。

野菇鹹派，攬一把驚喜節氣味

——Sophie 李淑瑜

在這段歷史上首例——人類未曾經歷過的流行病史時光中：我卻有了相對充裕的時間，重拾鍵盤，繼續：「回到臺灣後，運用當季與在地食材，延續法式家常菜風味，是我寫這一系列食譜的想法，Bon appétit!」找到過去的書寫，居然也足足兩年過去了。

這段日子，人們除了討論疫情與關心疫苗外；「在家煮食」已成為社交媒體上的每日風景。有從來不煮、搞出實驗性菜色的廚房科學家；更有儼然下周若解除三級就可以直接開飯館的天生好手。一日午後大雨才停歇，踏入廚房覓食，那一刻我聞到了潮濕、木質的熟悉氣息；彷彿置身於夏末初秋的法國東北邊佛日山脈（Voge），涼冷的小森林裡，一移動，窸窸嗦嗦踩在乾脆的落葉上，更下層一點保留了夏日的水氣，也就是各式蕈類出沒的地方了。

這個時節的法國，我居住過的阿爾薩斯省，大夥會彼此邀約，吃罷午餐，走入森林，小小活動一番；更多的目標是尋覓那朵朵拔地、渾然天味的菇蕈類。期待在晚餐桌上能端出一味節氣的贈與。

之前不知我是否說過，法國的藥房遍布率與我們的小七不相上下；而這些不管是傳統還是新潮的藥房內，牆上總掛有一張大大的菇蕈類圖表；詳細說明哪些是可食哪些是有毒的。藥師除了給你醫藥諮詢外，也為你帶回的野外採集把脈，確認你是否可以帶回家作個菇菇歐姆蛋、搭配上一小杯普羅旺斯粉紅酒與半節街口剛出爐的外脆內軟Q的棍子麵包，刷遍盤內剩下的湯汁、再抹點最愛的乳酪，最後，盤、刀、叉都吃乾抹淨後還能好好地活著，接續之後的甜點！是的，法國的藥師雖然不用分發口罩、可是雜事也不少。

在森林裡尋菇、頗有哲學感。有時走過你看見了，退回兩步，卻又再也見不著；有時你遠遠望見它了，鎖定目標全力向前，可又遍尋不著；更多時候若當下看見，就得彎下腰來立刻採集，比較可以安全入袋。這就是一道節氣的美食，免費的禮物與附帶而來的一趟森林小旅程，無爲而行的態度收穫是最豐的，驚喜與感恩度也最頂峰；這種攀登尋菇高峰的歡悅常讓我想起彼得．漢德克（Peter Handke），這位充滿爭議的奧地利作家也是諾貝爾文學獎得主，他酷愛漫步在定居的法國沙維爾（Chaville）森林裡，雙目永遠低垂定錨於潮濕的林間小徑；當他揀拾回滿袋大大小小各種蕈菇，進門立即鋪上報紙，掏出那些菇菇們，沾滿猶散發出地底千百種氣息的泥土，一一細細檢視，那目光無異於滿富詩意的愛戀。

有關那些以狗、豬採集的昂貴黑白松露奇蹟，就不在我們今天討論的範圍內了。我自己在法國旅居近十年，因爲不住在產區，周邊也不認識每天吃松露的朋友。加起來我在臺灣一年吃過的松露料理、遠遠超過在法國的十年時間。

在臺灣時可以吃到以太空包培養出來的各式菇蕈，那些又豐盛又美妙的菇，隨處可見。人們吃它，除了喜歡，也爲了保健上的多醣體，因此被大力鼓吹、多多食用；不過這些被豢養的菇啊，總少了一些些野味、一些些靈氣，與夏蟲難語冰的林間小精靈。

說到這兒，記起多年前首次陪伴爸爸回到雲南老家，當時正值蕈菇盛產之際，市場內農民捎來各色的豐盛與美好景況立刻馬上出現在腦海。嘗到了他日夜思想的雞㙡；油漬的、清炒的，拿來拌麵、拿來煎蛋；先民享受大自然賜與的巧妙與智慧永遠數說不盡……，不過那又是另一章節的故事了。

Sophie 李淑瑜，從小來自一個 foodie 家庭，以味覺探索建構自己的世界觀。曾是劇場、時裝界的逃兵，最後在有機農業裏找到安身立命之所；二〇一二年起，從自家小廚房出發，創建「在她家 -Le coin de Sophie 」，醉心於「在地食材、法式風味」的研發與推廣。

輯三

寓食載情

人們為焦慮買單，但減輕體脂同時，擔憂早已過重，甚至撐垮了生活進而引發情緒性暴食，讓身形在胖瘦間擺盪，既不經濟也不營養，這回的風潮是拋棄米飯，下一回又是什麼呢？是誰讓人們又在這永無止盡的轉輪上，追逐自我的幻影？

焦慮會過去，米會留下來

——張讀行

在臺灣，我們講吃飯，吃的卻不一定是飯，而是用餐這個意象連結到了米食。這兩個字的意義，在不同的時區說出來截然不同。外食前煩惱要吃什麼、要去哪家店點餐，若你像我一樣身在荷蘭，這是一種奢侈的煩惱，不是每個國家都有便宜美味的外食，大多時候，不求美味，但可溫飽，這連結到吃飯這個詞的另一個含義——生存。對於午餐，許多荷蘭人講究實際，但無聊，這就是爲什麼許多荷蘭人習慣自己帶麵包當作午餐。把午餐的臺灣意象拼貼出來，其中我看見便當裡米粒白氣騰騰，上頭一塊炸得酥脆的豬排或棕調潤澤的排骨，一旁三格有醬味茄子、番茄炒蛋和某種海菜，這樣的午餐裡頭通常白飯太多，配菜太少，但這就是工薪階層的午餐，在辦公大樓、片場、工地尋常可見的臺灣便當，這些熱量供給一整個下午的勞動。

吃飯得以生存，但也有人不吃飯以生存。

在這個年代，減肥是任何人都可以參上一兩句的話題，人們用少吃多動的口號向橫向發展的身體抗議，尖銳凝視鏡中的自己，愛別人眼中的自己不被討厭，並參與這場奪走他人自尊心的盛會。整個社會培養出來的身體焦慮成為一種不可見的掠奪，不知不覺人被奪走了對自己身體的控制權，它保證著點閱率，飽滿資本，讓人在轉輪上追逐著理想中的美，本質卻是召喚人們深層的自我厭惡。但人們厭惡自己，卻更愛美，視愛美為生存。

身體焦慮也帶動飲食方式的流行，每個時代都有代表的減肥飲食法，上一個世代流行的低脂飲食，在這篇文章寫作時，則被生酮飲食、低碳飲食，以及間歇性斷食法所取代。網紅網美們在平臺上登高一呼，就改變了幾百萬人的餐桌。許多人被這些潮流號召，紛紛戒除掉生活的中的澱粉，當然也包含米食。當人們把白米飯變成肥肚的幕後兇手，面對熟悉再不過的米食，防禦警報啟動，讓人戰慄與驚悚。而我，也不可避免加入這場群體焦慮中。

戒米飯以愛美、以生存，四年期間，晚餐時電鍋那面牆就是被我遺棄的一角，電鍋裡這蒸煮得濕軟的米飯，對我而言幾乎是生疏多年的青梅竹馬。米飯就這樣失去皇冠、離開它主食的寶座，成為了偶爾才登上大雅之盤的配菜之一。

然而放下筷子，流轉大半個地球後，米食在歐洲卻很潮。

在荷蘭，每個城市不一定有 IKEA，但一定會有壽司店，且不只一家，其中大多都提供外送服務。米食文化被早期在荷蘭開餐廳的華人社群引進。荷蘭人有多愛壽司呢？光是在我居住的小城 Leiden 在 Google 地圖上的搜尋結果就有二十家。在假期和沙發上的饗宴裡，壽司開始成為耀眼的東方歌姬。這股風潮甚至讓荷蘭人冒險把超市裡（非生食用的）生魚做壽司，疊在自製的醋飯上。

歐洲人的壽司很洋氣，你會吃到壽司上有美奶滋，裡頭包有酪梨。

不光是荷蘭，在法國的壽司也有酪梨。這對了解壽司文化的臺灣人或日本人而言曾經是非常刺眼的存在，不僅如此，米飯到了西方國家煮法也有所不同，在

BBC所示範的炒飯食譜，你可以看到飯在煮熟後，需要再用清水沖過，爲的是幫助米粒收縮，炒後則可以粒粒分明。這個適用於長米的煮飯祕技，按響了全世界網友的負評警鈴，一瞬間在網路上批評聲量累積成一道道塗鴉牆，罵聲不斷。罵聲主體多是亞洲國家的群衆，其中當然不乏愛好米食的臺灣人。

對食物的偏執不分國界。一次到韓國朋友彩創（Chae-Won）的宿舍一起開伙，我看見櫃子有陳列韓國泡麵、韓國泡菜，一旁端坐裡標示韓文的電鍋。電鍋蓋一打開，飯香飄散在廚房裡，她頂著流行色的紅唇，在異國的天空下添起故鄉的飯。這景象並非韓國人的專利。在荷蘭的臺灣人社團，每次到了學期要結束的那陣子，都有無數臺灣留學生在離歐前拋售大同電鍋，而這些流量和貼文，都是米食愛好者留下的足跡。

我抵達歐陸這岸，行李輕省，大同電鍋就這樣留在了鄉下的廚房，臨走前我媽塞幾盒咖哩塊給我，因爲她清楚咖哩是我吃米的唯一理由。我自信把臺灣的煩惱留在那個熱帶緯度，然而在我心底有一股深深的饞，像房間裡一頭大象的影子，沒有重量，但不可忽視。我以爲適應歐洲生活的我，不會有這種故鄉的饞，然而揭開蒸氣的帷幕，我看見了自己鄉愁的饞，這是一鍋煮不熟的飯，外頭光滑了，芯還是硬著。

爲了一解那饞，在沒有電鍋的景況下，我學會了用燉鍋煮飯。這個方法不需先浸泡米，鍋裡放入米粒和幾碗水，大火煮滾，滾了十多分鐘，小火、蓋上鍋蓋，水氣氤氳的同時，米飯沐浴在蒸氣裡，逐漸在鍋中被燜軟。這樣煮飯的優點就是省時，且容易產生焦香的鍋巴。這個方法讓我發現了「煮飯」本身，也是一項技藝，而技藝的意思是，你得爲得出一個好的結果，安排一連串正確的決定，而那些被認爲正確的決定，就是食物在不同文化的自我表述。

開始學習煮飯的技藝後，我在規劃晚餐食譜時，被炊飯這種料理給喚起了我的米食魂。這是一道日本家常菜，原理單純，僅是把米飯和其他配菜一起煮熟，但需要注意水量、飯的濕度以及配料與米飯混合的順序，用電鍋或煎鍋做各有不同風味，且省時。我每次喜歡使用不同的香草增加香味，例如奧勒岡葉，並加入麻油。給自己的那碗拌進一根新鮮辣椒切丁，給荷蘭人老公的，當然就是小辣的版本——少許胡椒粉。至於米的選擇，長米耐煮、白米香Q，若用煎鍋可以隨意調控水量，做出來的炊飯就更千變萬化了，撒上七味粉或咖哩粉，就是一碗飯的微型煙花。這麼好的食材，我當初怎麼會冷落它？

恢復米食的我，半年以來，沒有就如同想像中的臃腫起來，這讓我訝異。相反地，我的身型反而和採取低碳飲食的時候相同，就這樣還米飯一個清白。人們爲焦慮買單，但減輕體脂同時，擔憂早已過重，甚至撐垮了生活進而引發情緒性暴食，讓身形在胖瘦間擺盪，既不經濟也不營養，這回的風潮是拋棄米飯，下一回又是什麼呢？是誰讓人們又在這永無止盡的轉輪上，追逐自我的幻影？

所幸，科學會不斷被推翻、並自我更新，資本則會尋找下個目標炒作。而我，則會繼續吃飯和煮飯。而在荷蘭家裡，電鍋安靜地守廚房一角。直到晚餐時間到了，電鍋的開關跳起，我把飯添上，並像一個藝術家那樣告訴自己：

焦慮會過去，米會留下。

張讀行，一位在家工作、在家煮飯、在家自學的家庭煮夫，目前和伴侶及一屋子的植物住在荷蘭的萊頓。

在保守的，重男輕女的家族裡，未曾被讚美的美感與廚藝，各種遭埋沒的才氣與自我，在每一場明亮的宴席裡，才能實現發光。

明亮的宴席

——洪愛珠

媽媽別世，家裡的宴席就此熄燈。宴席上見過的叔叔阿姨，爸爸高中同學，弟弟的日本客戶陸續來家裡捻香問候，各個不能置信，吁嘆不已。唯相片裡，媽媽仍脣紅齒白，笑意盈盈，彷彿向他們每一位清淺致意。來賓裡，有媽媽過世前兩個月才來過家裡用餐的訪客，彼時空氣裡的談笑，熱湯蒸騰的香氣還清晰，女主人已永恆轉身，遠行他方。

每一場昔年的宴席，回想起來皆明亮閃耀，擅宴客者，如我媽媽與外婆，皆是慷慨寬闊之人。

自小家裡就時常設宴，不是家常吃飯，人多來幾位的那種，那至多稱之聚餐，而非宴席。那種從長計議，從環境布置、來賓接待，到菜色安排都體貼周到的，方為宴席。

媽媽來自熟習宴客的家族，外公白手起家經商發跡，出口機械到東南亞、歐洲與中東，家裡常年有各國外賓，大宴小酌不斷。根據我那聰明幹練外婆的邏輯，男人們在外頭吃飯喝酒，難免生亂，不如把餐宴辦在家裡。一方面自信廚藝過人，家宴料理有餐館水平，然開銷減半；另一方面丈夫的生意動靜也都在眼皮底下。

外婆的宴席我已有些記憶模糊，但清一色是做工繁複的臺式大菜，而媽媽的宴席則是比較新派，形式不一定，是綜合性的美好體驗。她親自插花布置、製作邀請函或是電話聯繫賓客，開席前，人們自四面八方陸續抵達，便先備妥茶食甜湯墊胃；宴席中，頭盤、肉類、蔬菜和湯品，上菜的順序和節奏有其講究，菜色要稀奇精緻，盤飾美觀；餐後，有冰涼水果、甜點熱茶咖啡，散宴時帶上伴手禮。

媽媽的宴席大致有兩種形式，一是圍著大圓桌，吃媽媽拿手的中式菜餚，另一種則是長桌展開的自助餐。中式的那一種通常招待的是長輩、爸媽同輩朋友，或是外國訪客。自助餐形式則是招待人數眾多的團體，或者我們姊弟倆班上的同學。形式不同，唯參加者事後提起，同樣念念不忘。來過家裡的人，有十多年前來參加過家宴的叔叔，十多年來每回遇見，仍熱情描述媽媽的招牌牛肉清湯滋味。小學畢業前夕，媽媽備了自助餐，邀請我的全班同學來家裡玩，三十歲時的同學會，幾個同學還頻頻提起那一個下午。

宴客前備項龐雜，媽媽多日前便會紙筆列下菜單，中菜需要泡發的烏蔘、海蜇，浸酒蒸軟的干貝，幾天前就要準備，甜湯的花生也要前一日浸泡，烤雞和鹹豬肉醃兩個晚上，和長期配合的攤販，指定保留鮮切肉類的部位。如是晚宴，當天清晨媽媽會獨自跑數趟早市，帶回鮮花，插花布置桌面；蔬菜洗清，然後開始熬湯，花椒煸過，肉類連辛香料炒的整個廚房香霧瀰漫之後，添水細火熬湯，湯熬上了，宴會前奏就開始了。

席間，媽媽是不上桌的，爲了菜鮮湯熱，爲了墊襯在鮑魚切盤下頭的萵苣還清脆，芡汁發亮，糖醋炸魚仍金黃香酥。廚房裡的她高速移動，簡直旋轉跳舞，一手快刀如飛備料，另一手拭淨盤邊醬汁，轉手由我和弟弟上菜，兩爐臺同時快炒，同時間電鍋裡還有熱著的湯，烤箱裡有逐漸轉化成焦糖色澤的烤雞，側面看媽媽，忙的鬢邊發汗，可專注有光。要忙到菜出了一半以上，招牌的砂鍋煲湯上桌，才解下圍裙，從廚房鑽出來接受眾人歡呼。

理想的家宴自有魔力，來賓在美味食物及故舊談笑間，逐漸融化成一種鬆軟的姿勢。平日奔波煩惱的中年人們，熱酒過後，稍微脫離日常軌道，彼此像青年時期一樣，肆意的吃喝玩笑。外國友人與家人席間，語言不能互通，然而食物連結相異文化裡，共同的語言，氣氛亦歡樂融洽。

媽媽宴客，傾盡力氣，爲了眾人高興。她唯一的親妹妹，性格全然相反的阿姨，說起我媽，萬分不解她自己平時節制享受，物欲寡少，卻會費好大心思與花費，去伺候別人。但一人有一人的快樂，我媽的快樂就是見眾人團聚，喧嘩熱鬧地吃飯。同時，在保守的，重男輕女的家族裡，未曾被讚美的美感與廚藝，各種遭埋沒的才氣與自我，在每一場明亮的宴席裡，才能實現發光。

年輕時，媽媽是外婆的助手，在媽媽作主的宴席裡，我也成了助手、小跑腿。我輩八〇年代女生，能做菜者已不多，在大家庭長大，對於這一切也毫無抗拒。兒童時期從擺設餐具、擦玻璃杯、折餐巾端盤子等雜役開始做起。長大一點，就能和媽媽一起討論菜單和布置，跟在爐邊學一點菜了。媽媽手上雖忙，仍仔細提點我技巧：魷魚刻花要斜刀，切片才大器好看；蔥綠切段，順著纖維劃細刀，投入冰水，就會捲曲起來像朵綠花；酒醋醬油，都在要熱鍋邊緣嗆過才甜；炸物出鍋前，必須轉大火逼出餘油；熬湯時候，投幾粒花椒能添香。

媽媽病後，探望者衆。她愛熱鬧，有訪客時特別高興，然體力大不如前，掌廚已很辛苦。我試著延續她的宴會。請她列菜單，仔細詢問並記錄做法，媽媽終於可以入席吃飯，與親友敘舊，病中得一點樂趣。另一頭廚房拉上門，我硬著頭皮剁白切雞，酒炙烏魚子，燴蔥醬花枝，奶油塗飾蛋糕。憑著記憶調味也許可以，但缺乏經驗，無論刀工還是火候，都不夠熟手，廚房裡尖叫忙亂瘋狂，檯面狼籍，但熬著熬著，也能輪番出菜了。宴席中段，到餐桌邊打招呼，長輩們捧場，頗有讚美，我只在意媽媽反應。她沒開口，僅朝我點點頭，眼細細瞇起，笑燦燦的。

逝者曾經經過人間，在另一個人身上沖積出一點泥土，未來土裡或許長出點什麼，有來自回憶的養分。媽媽離開後，我反覆練習那些傳統菜色。我的記性那樣壞，毫不牢靠，多害怕丟失她，唯在這些細刀切絲，圍盤裝飾裡頭，回到過去每一個現場。耳畔有她的聲音提醒火候強弱，彷彿能見她在廚房裡，身形流轉的影跡，有她的手扶我的手，有一樣的砂鍋煲湯香氣融融，只是一樣的家裡，那個女兒已經沒有母親。

洪愛珠，本名洪于珺。一九八三年生，臺北養成。倫敦藝術大學傳播學院畢，資深平面設計，大學兼任講師，工餘從事寫作，以記舊時日，家常吃食與經過之人。曾獲臺北文學獎、林榮三文學獎、鍾肇政文學獎，作品入選《九歌一〇八年散文選》，著有《老派少女購物路線》。

那電話裡粱少和其他家人的關心話語如同一道桃姐渴望的年菜，就像是《飲食男女》中最後一道湯，或是《後來的我們》中的粘豆包，這道年菜從耳裡滑入桃姐胃裡和心裡，而成為除夕夜中最暖心的味道，誰說沒有血緣不能成家人，誰說同桌吃飯才能心靈相通呢。

滾燙不了的火鍋

黃思綺

狗豬年交界期間，大街小巷、超市超商充斥著年菜廣告，宣告著年夜飯是一整年中最重要的一頓飯，你得慎重甚至張狂地準備好各式菜餚，這樣全家才能團團開心好運一整年。

但我家的狀況好像從來不是如此，年少的我曾很討厭年夜飯，因為被迫必須在飯桌上和家人一起吃飯。在我們家，平日各自吃飯是常態，爸媽各有各的理由造成他們與小孩疏離。小時候可以跟阿嬤回鄉下過年。但上了國中後，圍爐像儀式，四個人的餐桌，父母和子女永遠無語，彼此尷尬沉默著。家中沒有什麼祖傳、家傳的年夜菜或必備菜，紅燒獅子頭、佛跳牆都是長大後才知道的菜餚。長桌上唯有一鍋沒用什麼湯頭熬煮的火鍋，將所有火鍋料丟下鍋，等待鍋中熱水滾燙，但似乎也燙不熟彼此情感溝通。

沒有家傳年菜這件事成為我成年後的遺憾嗎？這問題無解，但我的確試著在電影中，耙梳著心中團圓桌上「該有」的模樣。畢竟年夜飯對著華人有特殊意義，小學學寫字時，就知道「圍爐」這兩個字代表著「一家團圓」，一個大圓桌是象徵「圓滿」，家傳年菜，更是凝聚幾代家人情感的重要工具。那我家那個始終沸騰不了的火鍋，究竟算什麼。

我不免俗地先想到李安的《飲食男女》。重看這部電影，郎雄飾演的溫師傅用那五星級飯店行政大廚式的大火起鍋，轟轟烈烈地，每一道菜餚端上大圓桌，都是如此色香味俱全，令人食指吮動。雖然電影中幾場團圓飯皆不在除夕夜，但的確是從小我對年夜飯的最豐盛想像。隨著電影中幾場家庭聚餐的推進，才讓人驚覺那熊熊爐火其實炒不熟溫師傅和三個女兒間的情感。那一道道依循古法烹煮而成的傳世佳餚，也無法留住女兒心。每次團圓聚餐都像核爆級炸彈炸得每個家人體無完膚，最終只能各奔東西。但卻在各自離散後，溫師傅才在與二女兒家倩兩人單獨的餐桌上，從女兒為他熬煮的煲湯中，重新嘗到了「親情」滋味。

所以，這樣豐盛的團圓飯眞會那麼圓滿嗎？答案肯定不是的。

《飲食男女》畢竟屬於上世紀，如要說這幾年來令我最有感覺的年夜飯電影，應該是去年劉若英執導的《後來的我們》。田壯壯飾演的林家老父親，每年等待兒子從城市回鄉團圓而不停於廚房忙碌的畫面，反客為主地成為這部電影中最打中人心的地方。同樣具有大廚手藝，卻是在鄉村小飯館中忙進忙出地做著兒子的最愛——粘豆包，因為兒子總說「沒有粘豆包，怎麼算過年呢。」於是林父賣力地擀著麵糰包著餡料，起鍋時，細煙緩緩地冒出，燻進老父親雙眼，同時燻紅了觀衆眼眶。

電影中一年年的年夜飯，圍爐桌上的人數也一年比一年少，最後只剩老父一人獨自坐在爐火前。同輩人都走了，他等不到兒子回家，桌後的身影孤寂地好平凡眞實，不禁唏噓。田壯壯口白說著：「去年你們沒有回來，留著都酸了，只好扔了。」讓這粘豆包成了電影史上最令人心碎的年菜。

電影海報上那句「過年，回家吃飯」，在廿一世紀，最終只能成為一句廣告宣傳詞。

這樣的孤單，我想對比著前幾年香港導演許鞍華的《桃姐》電影裡屬於桃姐的除夕夜。桃姐是梁家少爺（梁少）的保母，她在香港無親人，一生未婚，照顧著梁家三代老小，最後只有梁少和她一起住在香港，直到她輕度中風後自願住進老人院。

桃姐作為保母也如同老母親一樣守候著梁少，會和他鬥嘴，也會在梁少從外地回家時，上市場買菜、做菜，只為讓他好好吃上一頓飯。但桃姐始終謹守著傭人分際，沒有和他一同前去美國與梁家一家老小過年。但她不讓自己寂寞，好好打扮，一人上市集逛街。只是當她一個人孤伶伶地坐在街邊椅子上時，的確讓人心疼。幸好大年初一梁少一通越洋電話，因時差美國當時才是除夕夜，那電話裡梁少和其他家人的關心話語如同一道桃姐渴望的年菜，就像是《飲食男女》中最後一道湯，或是《後來的我們》中的粘豆包，這道年菜從耳裡滑入桃姐胃裡和心裡，而成為除夕夜中最暖心的味道，誰說沒有血緣不能成家人，誰說同桌吃飯才能心靈相通呢？

行筆至此，我或許懂了點埋在「圍爐」字義下更隱晦深層的意義，但我還是無法清楚描繪心中對於我家的年夜飯和年菜，在理想中，「該有」的模樣。

我想起了小津安二郎。

小津安二郎的電影的家庭關係，總是淡淡然地，如他特有的榻榻米飯食美學一樣，內斂含蓄，沒有誇張的戲劇性，但生老病死都收納在低視角的單一鏡頭中，每一道料理都是日本庶民文化的展現。但奇特地，他卻極少拍全家人一起用餐，這反而讓我難以忘懷《麥秋》中，一家人最後一起吃壽喜燒的畫面。

電影中，黑白畫面裡，呈現住在鎌倉間宮一家三代的日常，但也有許多的不平常。當原節子飾演的次女紀子宣告著要結婚遠嫁秋田時，這突如其來的轉變也讓這一家人開始面對離散。就在爲紀子餞行的全家聚餐上（這大概也是全家最後一次團聚），唯一的食物是榻榻米上的壽喜燒，十分符合日本人喜歡用壽喜燒來做爲歡慶佳餚的飲食文化。但在畫面中，已近完食的鍋中，卻見不著什麼熱騰騰、滾燙的食材。

這時老父親平淡地對著女兒說：「要好好保重啊，很重要的，這樣就能回來再相聚。」老母親在旁靜靜點頭。靜觀著榻榻米上早已不那麼溫熱的鍋，這平凡不過的話語，對應著生命聚散離合，其實是父母對女兒最大的祝福。

而《麥秋》老父親那句話，該是離家兒女該對父母說的啊。我重看著這部電影，終於懂了這件事。

在我上大學正式離家後，回家次數年年減少。年夜飯這事隨著他們年歲漸老，連在家吃火鍋都成了奢侈，而轉變成在外面餐館解決。不變的是，在我每次回家時，爸爸永遠會坐在沙發上說一句「回來了啊！」雖然之後再也無話。媽媽永遠只關心我吃飽了嗎、錢夠不夠用。我望著那張長方餐桌上，只有外賣的便當菜。

我突然想念起那清淡到幾乎無味而且永遠煮不滾的火鍋，那或許才是最適合我和我們家的年夜飯。

黃思綺，大學念傳媒，在舊金山學電影和多媒體，現職畫畫和藝術創作，舉辦過多次個展。以電影爲人生志業，因生性孤僻，喜歡一個人待在電影院，有電影院的地方就是故鄉。寫文是爲了記錄大銀幕裡帶來的一切體悟與感動。

她說不想做不能吃的形狀美麗的比賽品，也無意在這樣的競爭裡拿到好處，就很簡單，想做普通人的工作，烤出人人能買得到的美味甜點就行。

那龍貓引領的甜點女兒——袁朝露

女兒就讀國中三年級時，導師是個神經質的年輕女孩，我輩家長多在附近的城鄉於戒嚴時期受的教育，因而對孩子們畢業後的去向，會讀書的，免不了送到補習班高壓式的榨取，搏一個考取名校的機會。

我的孩子在導師眼中並不顯眼，她平日不和同學打成一片，只喜歡做些小手工、看漫畫圖文書、推理小說。若說有什麼特別的經歷，應該是只有在小學六年級時在一個人壽公司舉辦的「尋找宮崎駿」畫圖比賽中得了一個北區家扶組的金獎，母女受邀參加免費的五天旅遊，重點是參訪吉卜力美術館。

我們北中南三組家扶的得獎家庭混在保戶家庭中一起旅遊，上飛機前，人壽公司的職員遞給我一個信封，裡面有一個換好零鈔的日幣五萬元的紅包，說是給得獎家庭的零用金。

彼時我離婚五年，是個三十七歲的單身母親，對於未來的人生，老實說充滿了羞恥和無力感，還沒能接受婚姻失敗，每天爲了不穩定的生活的開銷緊張憤怒，在那五天意外獲取的旅行裡去了迪士尼，泡了溫泉，最後趕車到了三鷹市的吉卜力美術館，一團人在售票口拉完人壽公司準備好的紅布條，我和女兒在宮崎駿的工作室展區流連了很久，看他們的鉛筆稿、夾在窗景前的動畫的分鏡圖，買了一點點紀念品，最後走進附設的草帽餐廳裡歇腿。

點了一份蛋包飯、一杯插著麥桿吸管的冷飲、一塊切片草莓戚風蛋糕。因爲想把剩下的零用金換回臺幣省著開銷，步行到附近的便利商店買些便宜小零嘴，在美術館旁邊的小公園玩溜滑梯。

那之後很少再提起這次的旅行細節，也許是因爲混在一看就知道是收入豐厚的保戶家庭裡一起遊玩，我們北中南三組生活過得灰溜溜的親子組合，彼此甚少交談，草帽餐廳口味樸實的草莓蛋糕，珍而重之地吃完了，磋磨的失敗裝模作樣的歲月裡根本無閒情嘗塊蛋糕，很難忘的滋味。

旅行結束後的時間旋鈕像按了快轉鍵，三年後，孩子決定辦就學貸款念臺北的私立餐飲學校，高一下選了烘焙組，一邊在學校的辦公室打工，帶便當搭長途巴士，每個學期要另外繳交幾萬現金的食材費，也不知怎麼能再從生活費裡刮取出來的，總之是都能及時奉上。

對烘焙很有興趣成績也很優異的孩子，讓我想鼓舞她在學校裡當比賽的選手，這樣日後工作就有保障了，沒想到她拒絕我的提議。她說不想做不能吃的形狀美麗的比賽品，也無意在這樣的競爭裡拿到好處，就很簡單，想做普通人的工作，烤出人人能買得到的美味甜點就行。

去年她在四技的廚藝系畢業，我們坐廉航自助旅行去三鷹市附近，沒買到吉卜力美術館的門票，只在某日傍晚搭公車時路過，看了票亭前面的大龍貓一眼，夕陽的餘暉，映在公車的鐵欄杆上折射，十年後的家庭旅行，心裡裝的東西不一樣了，是彩色的。

袁朝露，一九七〇年生，基隆市人，有三個成年小孩。專職手縫刺繡，設計自己的手繪圖樣，寫散文。目前有一個十多年品牌「永無島」，著有《家・繪本風刺繡雜貨》一書（雅書堂），並有法文譯本。

原來這配方是傳統的止咳良方，經他這麼一說，糢糢糊糊、片片斷斷的影像突然像放入顯影液般，清晰起來；連那根小孩們喜歡舔舐的白鐵湯匙，冰冷金屬味此刻也漾滿嘴裡頭。

爸爸牌止咳祕方

——古碧玲

父親的百寶箱，箱中的氣味，氤氤氳氳，究竟是飄在我的心底，還是空氣中？那中藥材與乾貨滿溢的櫥櫃裡，埋藏著家父出身於中醫世家的少時經歷，當我想一一耙梳釐清時，父已遠行，僅能憑記憶的斷簡殘篇與媽媽的偶言碎語勉強拼湊。

總是備一支保溫水壺養生的家父，在海另一邊的老家度過前十九年，少年時期的課餘作業係跟在爺爺身旁，習得把脈、配藥，也了幾些醫理。日後他雖未從醫，卻培養出看藥方的本事。

約莫在我小學三、四年級時，爸爸曾帶著我赴中藥店配藥方，父女倆在一旁等藥，眼看藥鋪人員邊抓藥邊「猜字」，面露惱色，只因中醫們慣常以狂草筆觸書寫藥帖，致使中藥鋪於抓藥之際，常得費盡眼力辨識這些暗藏密碼的天書。爸爸湊過去幫看說：「那是浙貝母，這是紫車河……」見他易如反掌地辨認出這些珍稀中藥名，別說小孩我心底既稱奇復得意，連藥鋪的人也露出不可思議的表情，臉上既是敬佩又掛滿「你怎麼會？」的疑問句。

回家後跟媽媽學舌起爸爸當日的奇行，她淡定地回道：「妳爺爺是中醫師呀，妳爸小時候就學過這些藥理，他看藥方不輸中藥鋪的人啦。」莫怪以前家裡有人微恙時，爸爸就自己配藥方，逕自去抓藥，媽媽背地裡都說他是「蒙古大夫」，我倒認定應該像「赤腳醫生」。所幸我爸只管醫自家人，否則他這一身絕活在今日肯定被當作不折不扣、觸犯醫事法的「密醫」。小孩風寒、夜咳、中暑、脹腹、火氣旺種種小病痛，在我爸的悉心膳理下，往往免掛西醫診，不消幾日就病去了無痕。

特愛給孩子們食補強身的家父，揣著幾步撇步。他嗜用白蘿蔔、橄欖等所製成的各種醃漬物來搭配調理飲食；而幼年的家中廚櫃裡常備著林林總總漬物與乾貨：陳皮、紅棗、枸杞、淮山、當歸、人蔘、黃耆、新竹柿餅、澎大海等中藥，外加：

桔餅、冬菜、徽乾菜、豇豆乾、麥芽糖等；被他以這些乾乾癟癟、各具怪味的藥材食材養大的我們小孩，對這些貌不驚人的東西曾有過的好奇心，隨著歲月逐漸掩埋甚至消杳。

父後近百日，腦中不時盤點起爸爸的食物，此刻終於懂得那些被他收藏在櫥櫃裡的乾貨，根本就是他聊慰烽火離鄉後，再也無法事親的鄉愁滋味。不日後，赫然發現自己的食物櫃也漸形囤積起各色南北乾貨，唯獨桔餅從來不在收藏範圍內。

巧不巧有位久咳未癒的朋友得一配方，問起我可知哪裡可買到優質的桔餅？勾起我的陳年回憶，浮現爸爸的百寶箱畫面，裡頭也有這味。只是憎惡甜食的我，已然忘卻那裹著霜白糖的桔餅，爸爸到底拿來做啥用？依稀記得打小就有好奇殺死貓性格的我曾偷揣了一顆，躲開媽媽犀利眼目，窩在角落裡剝開吃過一口，哇！甜到膩的甜度幾乎可招來一整團螞蟻！

請教熟諳漬物的苗栗客家朋友關於桔餅的用途：「我記得小時候我爸常會用到桔餅，可是都想不起來他怎麼用的？」這位客家友人娓娓道出她的方子，「我們都把老菜脯剪成細細長長，然後拿白鐵湯匙挖兩湯匙麥芽糖（可記得要連湯匙放下去），加一、兩片陳皮，一顆桔餅也要剪細喲，再加一大麵碗公的水，放進大同電鍋蒸。很適合酷酷掃的時候喝，我家小孩也愛喝得很！」朋友的釋疑，終於讓我撿回那塊佚散的記憶拼圖。

原來這配方爲傳統的潤肺止咳良方，經他這麼一提醒，糢糢糊糊、片片斷斷的影像突然像放入顯影液中，清晰起來，連那根小孩們喜歡伸舌猛舔的白鐵湯匙，冰冷的金屬味此刻也漾滿嘴裡頭，暖熱起來。依稀記得，那剔透琥珀色的湯汁，甜中還帶絲絲鹹酸呢。

自幼時就刁鑽到專挑貴的食物吃，對於蔗糖製的甜食毫不青睞，獨鍾價高的麥芽糖或蜂蜜的我，彷彿又再看見爸爸以兩條抹布從電鍋取出那冒著蒸蒸熱煙的成品，危危顫顫地穿過廚房端到餐桌上，小小的自己心裡開始嘟囔著：「還有沒有未融化徹底的麥芽糖可以吃呀？」這習慣一旦養成，迄今仍喜歡以不鏽鋼匙纏繞著麥芽糖，點點滴滴滿滿足足地舔舐著。

現代人已罕用桔餅了，除非得往宜蘭去尋。

值此春日寒暖交替遞嬗節氣，晨起常聞家人慣咳，想燉個麥芽糖老蘿蔔湯，惟缺一味。那日，路過住家附近的老雜貨店，心頭一動，特別轉進去問小老闆娘，踏破鐵鞋無覓處，此店居然有上好的桔餅！且拎回個幾兩，和著麥芽糖、老菜脯、自己晒的陳皮燉一盅，往後父親的滋味只能靠自己復刻了。

古碧玲，自許各界局外人，雜看雜學雜讀，自己思想；生活重心爲食物、讀物、植物與藝術，既怕吵又過動，好美好奇好勝怕無聊，喜新戀舊。先後任職於政經媒體、網路、廣告、基金會等，常用文字傳遞想法、溝通理念，偶寫藝評，更想用植物、畫畫與世界對話。著有：《請問里山怎麼走？》、《不知道的都叫樹》等書。

身手俐落的阿澤，彷彿昔日洄瀾少年，他說以前不需計時器，觀煙聞香，這鍋煙起，另鍋待命，煙燻上色的焦金雞鴨，起鍋隨即抹油，彌封燻味更添油香。

洄瀾時光的氤氳滋味

——蘇紋雯

普悠瑪號一過八堵，世界的轉速彷彿慢了下來，三貂嶺靈秀空翠，與西部慣見景致大不相同，靜謐的蘭陽平原和鐵道海景之後，是花蓮車站嘈雜的觀光風格。初抵花蓮，人海茫茫，我知道的只有六個地名關鍵字。

那是二〇一五年底，寄望多時的非常上訴已經駁回，阿澤陷入情緒低谷。用他平反後告訴我的話來說是：「被錘進谷底的地面下。」所有能夠安慰鼓舞人的，大家都想幫他找來。

《人本札記》編輯李昀修，從張娟芬《十三姨KTV殺人事件》撈出一段話來問我：「鄭性澤小時候住在花蓮的舅舅家，直到當完兵，才回到苗栗苑裡。」我一無所知，探視時探問，亦一無所獲。阿澤不願多所著墨。世事無常，若有萬一，少一些牽掛的親友，我明白他一向的心事。

但因此知曉，洄瀾時光是他的流金歲月，阿澤曾在花蓮度過生命中最愉快的一段日子。不清楚可以找到什麼，不希望阿澤期待落空，不再旁敲側擊，未知是否物是人非，我就這樣出發了。

第一趟去，大海撈針，三天的旅程，前兩日皆徒勞。花蓮高農校史館藏畢業紀念冊，一本本一筆筆查閱不見鄭性澤，斷了第一條重要線索。少年阿澤溫書祕境，供奉媽祖的慈惠堂已改建，二樓拜堂不知何往四顧茫然。七星潭的海風，也不能為我解密。

溝仔尾曾是風化區，一路碰壁的地陪朋友，想像了一個壞孩子的故事，問我為什麼相信鄭性澤？我不知道最後的眞實，但我認識自己每月探望十五分鐘的那個人。朋友熱情正直，道別時說他敬佩我，非親非故何能至此。眞實故事展現之前，污名先炫示了力量。

溝仔尾的謎語，日後自然解開了，與偏見相去甚遠。我拜訪經營花店，家對面是暗娼館，巷子口是暗間仔，小孩托育給暗娼，除兵役兩年，生長於斯的里長張憲聰，說溝仔尾地方文史，留下幾行踏查筆記：「每個人都有每個人的生活背景，你沒有進入這個地方，你不能了解他們，卻並不妨礙他們成為有血有淚的人。」

最後一天自暴自棄，決定改走旅遊路線，往時光1939早午餐前，不死心仍去菜市場。昀修的母親劉明慧，是花蓮烤肉名店太平香的後人，聰慧如其名，放大阿澤照片為A4尺寸，循在地網絡逐攤詢問。熟識的雞販，前一天不知鄭性澤何人，這一刻如天使報佳音：「有呢，這有看過呢，彼是阿澤啊！」我們走進流年偷換的時光隧道，熙來攘往的綜合市場柳暗花明。

「自細漢敢若欲愛參阮的囡仔鬥陣，阮的囡仔若咧讀冊，伊嘛欲來共下，大家嘛講彼是我的囝，我是四个後生，其中一个是阮小姑的。」阿澤從小和表哥們結伴，彷彿這戶人家的另個孩子，阿澤舅媽說因緣聚散，領我們看圈養、脫毛、烘烤種種設備。

少年阿澤國中畢業後，赴花蓮依親，和舅舅一家人，一起工作一起生活。作為綜合市場販售家禽的攤商，生鮮雞鴨、鹹水和煙燻，無論前臺或後臺，足以讓老少每日勤懇勞動一整年。

阿澤半工半讀，九點五十分下課準時回家，天未亮起早摸黑，年節忙碌更甚。負責的工作，勉強說是看顧烤爐，而其實前後的諸多工序，沒有理由可以不會不管，如此載運雞鴨於市場穿梭，同時唸完花商夜校，度過他的高中生活。

錯字是岔路，原來竟誤花商爲花農，花蓮尋人自此快轉。搞不清楚畢業屆別，輾轉曲折能夠按高中導師門鈴的千鈞一刻，花蓮市區穿街走巷，只覺皇天不負苦心人。臨上火車前，終於找到阿澤最要好的同學，對坐看楊凱翔大哥抹眼淚。回程的太魯閣號上，花商夜校教務處傳來第二十七屆高三甲班畢業紀念冊檔案。一切神奇恩典，都在花蓮之行的最後十小時發生。

由於曾經改名，爲找尋舅媽口中「對伊蓋好的學生仔伴」，同爲花商校友的明慧姊，啟動校友網絡。「我馬上就去！只要是爲了阿澤，我馬上就過去！」那通電話，至今難忘，激動的楊大哥，讓所有渺茫瞬間具體，我抱住明慧姊大哭。

楊大哥後來聚集親友同學，接受刑求自白心理評估的訪談，成爲律團聲請再審證據資料之一。同學間暱稱「嬌姨」，視如慈母的吳簡雪嬌，說夜校生是苦命的孩子，每個人都有故事，生命劇本滿載不可思議的劫數和橫逆。每晚六點到十點的相處，課餘活動是送貨至美崙市場的阿澤，找在第二信用合作社打工的楊大哥，一起喝美崙紅茶。「暗時仔食未？」「啊你閣有錢無？」「你攏叫人寫，攏無家己寫，考試會過無？」家境的難處，彼此懂得，少年父喪的楊大哥，始終記得阿澤的體貼話語。

舅媽誇阿澤是烤雞的好幫手，曾希望他自己創業賣烤雞：「彼嘛我有烘雞，伊嘛蓋勢烘，伊會共我烘雞啦，啊我做熟的啦，煙的啦，烘雞料是我攢的啦，我若吊吊便，伊就落去烘，伊顧火按呢啦。」我於是懂了，阿澤說要教小螃蟹做油桶雞，乃是傳授絕學之意。

一年除夕魚麗忙年菜，桂槐做了豆腐獅子頭，讓小螃蟹和韡萱去看阿澤。阿澤問小螃蟹年次，孩子答九十，「那我小你一歲，我九十一年次……」冤獄人生的阿澤紀年，言者俏皮，聞者戚戚。節慶探視難免心緒起伏，阿澤感動之餘，說待自由之日，要教小孩做油桶雞。他自己改良發明，方便戶外活動，把雞隻放進沙拉油桶裡燒。

用《論語》來說，這是「吾少也賤，故多能鄙事。」阿澤獲釋開啟再審後，給我們上了煙燻課，糖的份量、火候掌控、層架高度……這些說來瑣碎的技能，樣樣都是經驗積累的學問。身手俐落的阿澤，彷彿昔日洄瀾少年，他說以前不需計時器，觀煙聞香，這鍋煙起，另鍋待命，煙燻上色的焦金雞鴨，起鍋隨即抹油，彌封燻味更添油香。

暌違十五年舊地重遊，已是二〇一六花商同學會。阿澤同舅媽進廚房燒水，慨嘆同學的孩子都已成年，舅媽痛惜冤罪誤青春：「啊你怎按呢，啊去予人害這咧絀這馬誤青春，去予人誤到青春。」阿澤直說「無要緊」，顧左右而言他，問候形同手足的表親，八十一歲的老婦人，逐一交代子孫近況，不時分心唏噓：「足冤枉乎！」末了水滾，舅媽悲嘆：「缺虧啦！」阿澤安慰：「無要緊，命猶閣有佇咧，猶閣有機會咧。」兩人的手，欲言又止，拉在一起。

蘇紋雯，創建「魚麗人文主題書店・魚麗共同廚房」爲一有社會目的的營利事業，以功夫菜和家滋味著稱，並以「一人社會局」自主構築社福支持系統。企劃「鄭性澤的魚麗便當」爲創新型議題操作，負責固定探視、心理支持和安置轉銜。

油漬烤甜椒、櫛瓜番茄西班牙烘蛋、紅酒燉牛肉佐馬鈴薯泥、清炒蔬菜義大利麵……人生五味，酸、甜、苦、辣、鹹，這一餐，心裡的感受比嘴裡的深。

記一場悲喜參半的廚師出任務

——陳洲任

三度同事的好友小丸子，算是啟蒙我的美食導師。長期在航空雜誌寫食評的她，見解犀利，好惡分明。紀錄片導演的她，觀察入微，留意細節。

一次我們倆要到飯店向香港來的集團總裁匯報，小丸子貼心，知道老闆最愛臺灣的燒餅油條，順路經過延吉街一家有現炸油條的豆漿店，小丸子下車，卻買了兩份回來，我說，你也餓了嗎？「不是，這一家我沒吃過，先試一下。」見過老闆後，兩份只吃掉一口的燒餅油條，一直在她的包包裡。

注重養生、不吃重口味、遠離油煙不動手烹飪的小丸子，卻得了肺腺癌，眞是老天爺開的玩笑。所幸進入臺大醫院的實驗計畫，控制住病情。治療上軌道之後，找了旅日年輕設計名師，重新整修家裡，新家有開放廚房，土耳其藍大牆面，工業風吊燈和原木大桌。對家人和未來生活的期許，都落實設計之中。

忘了是誰提起的？小丸子希望我去啟用她的新廚房，也教她使用大烤箱。我知道這件事遠比想像複雜，但答案只有，Yes。

設計的餐單是這樣的。

冷菜：油漬烤甜椒；熱菜：櫛瓜番茄西班牙烘蛋（Zucchini Tomato Frittata）；主菜：紅酒燉牛肉佐馬鈴薯泥（Boeuf Bourguignon）；麵食：清炒蔬菜義大利麵。加上主人家準備的生菜沙拉，該是豐盛一餐。

行前一天，我先做了冷菜，油漬烤甜椒。紅黃甜椒先用烤箱上火烤到微焦，去皮去籽，切成條狀，放入橄欖油，以大蒜、鹽、黑胡椒、羅勒調味。

當天，因爲擔心煎牛肉油煙大，破壞了裝潢新家，在家先把牛肉切塊煎好，放到 Le Creuset 31cm 橢圓鑄鐵鍋。

困擾的是怎麼移動？

大型塑膠收納箱派上用場。兩個鑄鐵鍋：燉牛肉的 Le Creuset 和烘蛋的 Lodge 鑄鐵平底鍋。食材：洋蔥、紅蘿蔔、蘑菇、馬鈴薯、番茄、櫛瓜、兩種起司。調味料：鹽之花、黑胡椒、番茄糊、百里香、月桂葉、紅酒。道具：馬鈴薯壓泥器（Ricer）、手搖起司研磨器、削皮器、紅酒開瓶器和慣用的菜刀。

裝箱完成，總重超過十公斤。

跟主人家約好，用餐前四個小時到，邊煮邊聊。

先把煎好的牛肉加入紅酒煮滾，放進預熱一百六十度的烤箱，慢烤三小時。這時候有點餘裕，聽聽主人導覽新家，設計精巧的系統收納櫃，留日設計師親自帶回國的家飾、改裝前的家做成袖珍屋來個 Before and After。

待燉牛肉起氳氛空檔，先水煮馬鈴薯，壓成泥，用牛奶、奶油、鹽和胡椒調味，完成奶油馬鈴薯泥。

紅酒燉牛肉的香氣愈來愈濃，剛來的朋友進門就說，樓下一進電梯就聞到香味，不用看門牌，尋味即至。主人費心設計的廚房，就是期待有這麼一刻吧。

最後一道菜，西班牙烘蛋。朋友聊天嘻鬧中，先將洋蔥、櫛瓜放在鑄鐵平底鍋炒過，加入拌入牛奶和切達起司的蛋汁，待蛋汁半熟，鋪上番茄切片，進烤箱，二二〇度，二十至三十分，烤至表面焦黃。

人生五味，酸、甜、苦、辣、鹹，這一餐，心裡的感受比嘴裡的深。遺憾，小丸子一年半前不敵病魔走了。希望朋友、家人在看到當天在土耳其藍大牆前的合照，還能記得紅酒燉牛肉的滿室生香、油漬烤甜椒的色彩繽紛、西班牙烘蛋的豐富層次，和小丸子對朋友仔細貼心，對家人無盡的愛。

陳洲任，資深媒體人，曾任職臺視、公視、華視、東森、傳訊、陽光衛視等港臺多個媒體，擔任行銷及管理主管職務。近年投入區塊鏈，現為新創公司ＩＴＭ國際信任機器執行長。大學讀農業化學，習農產製造，出國留學前沒進過廚房，年近半百才開始廚藝爆發。

加入奶油高湯裡熬煮適當時間，菰米會爆開來捲出白色內心，像是一朵朵帶黑邊的小白花，吸足了玉米的香甜、牛奶的濃郁以及臘腸的粗獷味，嚼起來還有點脆脆的口感。這一道湯要花時間備料熬煮，過程本身就充滿療癒的氣氛……

用煲底的火，熬湯

——劉怡伶

那一天聚餐後送W搭捷運回家，覺得還有很多話，我說那陪妳坐一段吧。

我們的緣分始於部落格時代，她在茫茫網海裡發現我的文字，主動聯絡出書的可能，這是她第一本自己提案出版的書，也是我的第一本書，文字拉近我們距離，即使卸除編輯與作者的關係之後，當年火熱的部落格平臺也紛紛離散荒涼，我們仍然保持聯絡，無話不談，當然，談最多的還是書和閱讀。

像年少時即將與朋友分開時的不捨，我想要一直說話，拖延下車的時刻，聊到終於不得不道別了，我和她擁抱。

「Take care。」她說。

走出車廂到對面等回程的捷運，空蕩蕩的月臺上只有我一人，想著這個城市裡又少了一個懂我的朋友，忽然眼眶就熱了。

在臺灣工作十多年，W終於決定返港。

仔細一想，我身邊的港人朋友也不少，乾媽早年嫁到紐約，住在唐人街，她曾經帶我行遍中國城內，買一包夏枯草，一包黃豆，囑咐我用大鍋熬煮，煮到湯汁收半，再加冰片糖，放涼後就是廣東人對付酷暑的解熱涼茶。乾媽最常掛在嘴邊的問候就是，等下我們去喝茶？一開始我老是想像著去茶館喝茶吃蛋糕，後來才習慣那是廣式飲茶的意思。

妹妹的婆家來自廣東，取道香港最後定居美國，婆婆在世的時候常常煲湯，鍋裡總是加很多材料，不怎麼加薑、蔥、酒或大蒜，用大火滾一會兒再用小火熬煮很長時間，湯底食材丟棄，最後只喝湯，像是豬骨蓮藕綠豆湯、銀耳蘋果豬肉湯、豬骨菜乾湯。妹妹習得幾道湯品，如今少在爐上慢燉，用的多是壓力鍋。

遠赴他鄉念書時我才學著下廚，那時參考西方食譜，做的是濃湯、蔬菜湯，偶爾還會嘗鮮做冷湯。有一次感恩節煮了一道菰米臘腸玉米濃湯，菰米（wild rice）看起來像是黑色細長的米，其實是一種水生草本植物的種子，跟稻米家族差很遠，是美國原住民常食用的食物。加入奶油高湯裡熬煮適當時間，菰米會爆開來捲出白色內心，像是一朵朵帶黑邊的小白花，吸足了玉米的香甜、牛奶的濃郁以及臘腸的粗獷味，嚼起來還有點脆脆的口感。這一道湯要花時間備料，熬煮過程本身就充滿療癒的氣氛，煮完放涼入味，隔天再加熱享用，配麵包或是喝湯，天涼時分非常暖心暖胃。

回臺灣後有自己的廚房，食材容易取得，就常做中式湯品，秋天時煮一鍋剝皮辣椒雞湯，又香又辣，最後加入蛤蠣，更增添鮮美。自己愛喝湯，愛煲湯，近來偏愛食材簡單、少用藥材的食譜。待轉小火燜煮，此時看幾頁書回味，或是坐會兒放空冥想，待一兩個小時，爐子上噴著水汽散發香味的時候，就可以喝湯了。

W較少下廚更少煲湯，或許是因爲久處異鄉沒有自己熟悉的爐火，每次講到吃，總是我在滔滔不絕，她專心認眞的聽，讓我幾乎忘記她的家鄉有自成一系的菜式。返港不久，迎來的第一個活動就是六月十二日的反送中大遊行，隔著臉書，我著急地問：妳好嗎？

個子嬌小的她從街上傳來一張越過擁擠的人頭看到一角天空的照片：我很好。

然而，在這一天之後的每一天，街頭衝撞與驅散間彼此拉鋸，市民與警隊的對立衝突，本來該是執法者卻視民爲寇讎，出手益發加倍凶狠，徒然催生勇武派的暴力還擊。

煙硝四起，東方之珠在熱湯裡滾煮，擁擠碰撞，載浮載沉，堅硬的質地逐漸剝落，港式煲湯過程中是不加水的，湯頭越煮就愈濃稠，骨化成乳，極爲滋養，但過頭了，不顧火候了，也極可能煲成一鍋焦炭。

這些珍珠啊，有年輕稚氣的眼神，蒼茫華髮與拐杖，迄今，還在滾燙的那裡，未能煮化未曾離開。

能夠撐持至今的是互不相識的手足們打氣時對彼此常說的一句話：「等到成功那一天，煲底除罩相見。」

煲底是香港立法會暱稱，因建築外型像一只煲著老火的鍋子，也是過往許多集會的地點。煲一鍋湯，對我來說是一種心靈上的慰藉，對港人的意義或許更似一種歸屬，每一家都有自己的「住家味」，端給「屋企人」共享，而在這非常的時刻，面對這一鍋湯汁四濺的辣燙嗆喉，手足們念想的住家味無非是昔時濃淡皆宜的煲湯味道。

親愛的W，take care。

願他日再相見時，用煲底的火，煮一鍋老火湯，溫暖所有的香港人。

劉怡伶，六年級生，法律人。長年窩居廚房，調理夢的滋味。用文字散步，呼吸塵世生活。夜以書冊爲被，溫暖入眠。少頃開始筆耕，二〇〇一年嘗試製作個人網頁，發表作品。二〇〇二年起經營 PChome 個人新聞臺及部落格，開闢「文學廚房」專欄。

著有《嚐書》。

彷彿每個人都只能各自謙卑地面對自身的無知，甚或深刻承認自己從未想過：要還原一杯不受人為藥劑汙染的純淨茶湯，背後需要給予的支持或堅持，是來自一份單純的、尊重自然的意願。

還原爲茶

——汪彥君

到集合地點上車，同車的友人都多久沒見，開車的朋友說要繞去附近街另外兩位新朋友上車。接到人了，才開始聽新朋友是怎麼從香港逃出來，一個帶一個，一個攝影師，一個鐘錶專業，來臺灣花了不少錢，安頓住處或成立公司都還沒著落，倒是開口說需要先上山買茶，促成了我們這次組成尋訪茶農的出遊之旅。

買茶喝茶是我自茶館離職後，與前同事們聯絡感情的一種聚會形式，茶葉流通的便利性，成爲習慣一段時間就需要添購的日常備品。然而，自己再怎麼講究喝茶，卻從沒生起過特別的心意想要專程去走一趟茶產區拜訪，這次倒是特別。

當窗外的窗景，不知何時從國道五號的快速道路，轉進石碇區，逐漸向山裡更彎處迴轉，香港朋友的政治話題，亦曲曲折折跟著行經的林相一邊深入繚繞。

天氣好得不像多變的春初，趕買冬茶的我們，也期盼今年的新茶可以搶先添購一波。

遠眺道路下方的北勢溪，自眼前一路延伸；當車子從下坑子口轉進九芎坑後，北勢溪仍或近或遠地在低處，放射狀地起伏。

午後的斑光紛落於柏油路面，抵達熟識的茶農農舍前的小空地，還沒下車，就聽舍旁看門的大狗熱情吠叫，更別說一行人各自下車後，免不了要給狗兒一輪仔細地嗅聞，才像安心搜身完畢般，准許放行我們進入屋內。

茶農年事已高，但仍硬朗的身子且底氣豪爽，快意招呼我們入座。原先在舍內還有其他訪客，見我們陣仗頗大，小小農舍瞬間鼎沸起來；起身讓位、陪笑致歉，一會兒聽眾人簡單自介背景與稱謂，一會兒又見茶農杯杯盞盞地要洗壺、要換茶、要夠足人數的新杯子，又嚷著要夠足溫度地在我們面前重新燒滾山泉水。

在場人的臉上，都發光般地映著各自的來歷與地圖，彷彿每認識一張新的人臉，就是一幅全新俯視的高空航照圖。不論是透過茶農的提問，重新再認識一次香港朋友的城市背景，呼應他們生活的氣味，刻畫在臉上的皺紋與肌理；同樣也跟著香港朋友一起認識茶農起居的所在地，包含悉心照料的茶園，和周圍的生態環境如何共生至今，維持平衡的可能性。

茶農的身邊還坐著一位親密的友人，聽其介紹，原來住隔壁山頭，是個喜歡走路當運動、散步散一散，就翻山過來串門子喝茶聊天的陶藝家；已成一派大師，且收徒無數，卻還是親親切切，不停搖手低頭說沒什麼、沒什麼，表示顧窯都要燒上好幾天，且顧窯需要的經驗不容易，特別是柴燒。

須等到數天密集的工作結束後，就會外出走走、散步，略事休息而已。

茶農聽著，邊舉起桌上的幾把壺，點名般擺在我們面前，說都是這位陶藝家帶來送他的，陶藝家客客氣氣擺手，說每次來都會喝茶，不好意思嘛。

談天的同時，茶農已經快手快腳泡好今年春的包種茶，我們接著切入去年茶葉收成的狀態，關乎氣候變遷影響品質的穩定度，或是產量的多寡，甚至聊到茶農一直以來在石碇一帶種茶時，不斷身體力行，與多方實驗的自然農法；扎扎實實給我們這些只懂得喝、只曉得聞香的門外漢，傳遞許多寶貴的生態觀念。

話題隨著一泡接一泡的茶款更替，我們陸陸續續在茶桌上輪番品過更多茶，從一開始的包種，到後來的東方美人、白茶、紫芽，甚至還拿出私藏的陳年普洱。

貼心的女主人怕我們茶喝得太多會餓，默默端出一盤盤的水煮玉米、水煮花生、蒸地瓜，都是自家種的，味道鮮美清甜而不膩。

看似簡單淡味的茶食，卻能迅速幫我們補充熱量，又不至於太過重口味，而影響了品茗時，最重要的嗅覺與味覺。

沒想到喝茶是眞的會喝餓的，或也眞是沒吃過農家自己栽種，或與隔壁鄰居交換來的天然美味，僅僅只是水煮的玉米跟花生，就香甜、甘口到讓人瞬間感覺自身彷彿赤腳在大地之上，純粹的能量，使身體被滋養的同時，也深深受到撫慰。

吃飽喝足的我們跟著茶農起身，踩穩了崎嶇的小徑，一行人跟著來到一區茶農自己專門規劃爲實驗場的矮坡地。

我們一起在現場觀察栽種的紫芽，是如何與環境中的昆蟲共生，不論是害蟲或是益蟲，茶農堅持不除蟲，不使用農藥。

他的理念出於簡單的道理，他說：「昆蟲會來一定是有原因的，不會沒有原因就出現。大自然中，所有的存在都是有道理的，既然如此，我就沒有道理要除蟲。」

茶農談起自身摸索、實驗的經驗，最後得出的結論：「應該是我要去思考，怎麼跟自然相處，而不是看到蟲，就只想著要趕快下藥、要除掉。一定會有其他因應的方法，只是我們要願意去想，願意去嘗試。」

對茶農而言，他認爲那些昆蟲的存在就代表自然，透過環境教育的機會，他告誡我們：「做人不要只想著控制自然。」尤其是做農的他，每天都花上許多時間在思考如何動用身體感官，跟自然相處。「自然教會我最重要的一點，就是尊重。」茶農說：「要懂得尊重一切的存在，不管是多麼微小的生命，都值得這份尊重。」

我站在茶園裡，身旁是間隔開闊的十幾株紫芽們，抽高得至肩膀處，芽尖處也如其名，深紫得帶點暗紅色，油亮地暗暗在發光似的。

眼見這區的實驗坡地，沒有想像中的那種慣行農法的茶園，種滿密密麻麻修剪、計算整齊的茶樹；反而是每一株茶樹都擁有足夠空間可以開枝散葉，甚至放任高至腳踝處的各種形形色色的雜草，一起與茶樹共生；不同於一般認知中，爲了除盡所有雜草，在灑過除草劑後，常見茶樹根部處一片僵硬光禿的土壤平面。

當我們所有人都看得盡興、問得過癮，心滿意足回到茶桌前，再次品嘗先前喝過的紫芽時，一切的感受與衍伸的意義，瞬間迴然不同於最初尚未實地走訪過茶樹時的心情。

從原本毫不在意或不知從何珍惜起、看似簡單的一小杯茶，彷彿理所當然的茶湯，在親自到現場觀察、感受茶樹種植的環境後，所有人面對眼前的茶湯，明顯凝聚出一股神聖的靜默。彷彿每個人都只能各自謙卑地面對自身的無知，甚或深刻承認自己從未想過；要還原一杯不受人爲藥劑汙染的純淨茶湯，背後需要給予的支持或堅持，是來自一份單純的、尊重自然的意願。

結束拜訪與買茶的行程後，我們告別茶農。離開石碇，跟著夕陽追出山區，重新遁入光燦刺眼的夜晚都市。

我們接著帶香港朋友，來到其中一位朋友的家中，持續之前彼此熟悉的喝茶聚會形式，一路叨擾到深夜，漫談更多茶之外的人間。

門口分別之際，開車的朋友拿出在道別茶農時，女主人不忘塞來的一大袋地瓜，將衆人的心神瞬間拉回白天時，在喝餓了茶桌旁，如何狼吞虎嚥那份簡單純粹的山中美味。

怎想得到呢？就只是歪歪扭扭、看似不起眼的地瓜條而已，卻多了一份飽受大地與人情共同照顧的心意。

返家後，爲了要仔細再品味一次今日買回的茶，捨棄發懶慣用的馬克杯，轉而挖到櫥櫃深處，非要尋出那支泡功夫茶專用的茶壺。

認眞尋出塵封已久的茶壺。又擦又摸，光是裝壺的木盒上，印有手寫的製作年份，亦有陶藝家的落款。

我一邊陌生，又似曾相識地思索起落款的名字，一邊小心拆開橡皮筋緊緊縛住的、用層層氣泡布所保護的壺身。

初買這把壺的時候，寶貝得要命，特別喜歡它能夠展現出圓潤、滑順口感的茶湯，尤其意外久浸時，亦不易顯得苦澀，使得茶湯的修飾度之高，發香的程度更是不在話下；卻因爲太貴了捨不得，買來後試用幾次，就緊張兮兮地束之高閣。

當我從壺身的胎土與工藝，重新憶起這把是柴燒技法的瞬間，也想起盒身上的落款，就是今日上山訪茶農時，初識現場的那位陶藝家的名字——即爲同一人——我錯失與這把壺好好相處的漫長時光，也錯過與製造出這把壺的陶藝家，現場相認的難得機緣；我呆愣看向壺身許久，回想陶藝家的面容與模樣，只能相信自己當下最需要的，就是好好燒上一壺水，認眞泡一杯茶給自己。

一個人爲什麼會想自己喝茶？原因還能有什麼呢？不過就是透過泡茶的儀式，同步以身心感恩天地，尊重並接受至今相遇的一切緣分，還原爲茶。

汪彥君，寫詩時筆名爲小令，畢業於臺東大學華語文學系，專職侍茶數年，現爲自由撰稿者。散文作品〈山與木頭人〉收錄於《九歌一〇九年散文選》。

用杵、磨鉢磨成的毛豆麻吉，無論其顏色及道具，都含有「金剛杵」「破與斷」的隱喻。因此，家有思春期子女的父母，會故意在放暑假前把它當做晚飯後甜點，趁機告誡孩子遇到桃花，也務必要適時揮刀斬亂麻。

慧劍斬情絲：毛豆小甜粽

——洪金珠

初夏時分，與節氣相映的「綠色」，包括碗豆、蠶豆及毛豆。上述三種，若用鹽水煮熟後、放涼，都會變成茶葉久泡後綠中帶黃的橄欖色。其中又以毛豆，用鹽水煮到熟軟，它顏色依然像古剎大門前的「青面金剛」般。日本人稱毛豆為「枝豆」，由於它的青綠色像金剛的「破」與「斷」，因此也是寺院僧飯常用的菜餚之一。

譬如，京都的曇華院有一道有名的禪料理。那是把毛豆用鹽水煮過後剝仁，豆仁與白蘆筍調白味噌成一盤；另外豆殼則同樣拌以香油及白味噌，兩盤一起端上來的這道菜稱爲「空蟬」。這道寺院裡的禪菜，隱喻了夏日熱帶夜，男女一夜情之後用計金蟬脫身，擺脫了「爛桃花」的文學故事。

「空蟬」爲「源氏物語」的第三回，談源氏十七歲時與人妻空蟬之間的偷情，沒落貴族女兒的空蟬嫁給老「國守」當妾，儘管受到源氏的調弄誘惑，最後仍堅守貴族女的矜持，卸下一衣於偷情的密室裡後默默離開。「空蟬」篇描寫源氏青春戀情，對象又是年輕的「人妻」，於是毛豆的空殼成了日本文青的「空蟬之戀」，毛豆成爲夏日青春戀情必要的苦澀味。

一般說來，毛豆的草綠色被視爲「苦色」，這種「青澀之苦」在日本電影、文學中的夏日祭典反覆出現。譬如村上春樹《挪威的森林》裡名字叫「綠」的女孩，《1Q84》裡也有個女主角叫做「青豆」；反覆描寫的「我」喝了一池子啤酒時，他的下酒菜也是毛豆。村上文學偏好「苦綠色」，這可能與他信仰禪宗有關。

毛豆富含優質蛋白質，若加鹽調煮，無論變成甜點還是放在白飯上，吃起來更加美味。那種自然甜，帶著一點鹽分，吃起來就像「母乳」般滋養。鹽水煮毛豆可配啤酒、天婦羅，還可以調葛粉做「青葉豆腐」。而毛豆是大豆的稚嫩期，只煮熟磨細趁熱調入滷汁凝結，就可以變成翡翠豆腐。

無論禪門的「空蟬」，或含著苦汁的青豆腐，對一般人而言做起來都太艱澀，搗成泥的毛豆與麻吉混伴成「ずんだ餅」，還是最簡單又老少咸宜的吃法。

大名伊達政宗發明了毛豆麻吉。話說某日，伊達陣營中一位兵士採得毛豆後，以鹽煮熟；慣食甘味的伊達一時興起，竟拿起武士刀以刀柄就著磨碗，連磨帶打地把毛豆搗到碎爛方止。接著淋上水飴，混上杵打完成的麻吉攪拌成一體，於是這道以太刃柄「磨斷」而成的家庭和菓子就誕生了！

同樣用糯米餅調合的和菓子，我則偏愛用的毛豆泥做餡，包成小甜粽的吃法。毛豆外殼比紅豆質硬，所以做泥餡時一定要剝殼，剝掉的殼我同樣用麻油拌抄當下酒菜配著吃。至於毛豆泥做法，我喜歡依古風用杵鉢搗碎，並直接倒入麥芽糖於鉢中混搗一遍。

若是想做「ずんだ餅（麻糬餅）」，磨斷的毛豆混合麥芽糖即可。但若準備用來包小粽子的毛豆餡，則除了麥芽糖還要調少許太白粉，再用平底鍋略略輕炒成泥狀；省掉這道手序，毛豆餡將會太酥軟，粽子無法包合。

用杵、磨鉢磨成的毛豆麻吉，無論其顏色及道具，都含有「金剛杵」「破與斷」的隱喻。因此，家有思春期子女的父母，會故意在放暑假前把它當做晚飯後甜點，趁機告誡孩子遇到桃花，也務必要適時揮刀斬亂痲。

毛豆易栽種，生長期頗長，且可冷凍保存，冷凍的毛豆退冰後依然是青金剛色，擅料理的母親會一次煮熟很多毛豆，剝殼剝仁後分袋冷凍起來，要用時才拿出適當量做便當菜。

毛豆泥不僅與牛奶、雞蛋很搭，信手捻來即可做成西式糕點、派餅、冰淇淋。與麥芽糖合作無間的毛豆餡，可包成甜粽子、大福，還可以蒸煉羊羹，甚至烤成四方形的金鍔。粗中帶細的毛豆泥，既能與西式糕點相匹配，也是和菓子最好的搭檔。從冷凍退冰的毛豆泥，直接加在剉冰上，甜而不膩的層次感，成為紓解梅雨前後仲春孩兒面忽冷忽熱氣候的聖品。

洪金珠，一個半調子的臺灣女性主義者，遇到了全方位的日本家父長，展開漫長又孤獨的「愛的冒險」。近年，更潛心於中國古典文學、日本近代文學的「味覺」研究。從實踐中體悟的釀造技術，運用在生活散文上均得心應手；她的文字及影像藝術，與愛情冒險一樣，充滿了「對立&結合」的可能性。

小小幾滴黃芥末，滴在舌尖上，整隻舌頭立刻就成為一座向上爬伸的樓梯，一階一階一階，每一階都臥著一隻芥末色的貓。所有的貓忽然移動了步伐，在樓梯與樓梯之間跳上躍下，踩過這裡，那裡，有的爪印名為酸，有的爪印名為甜，有的爪印名為辣。鼻腔裡漫開的涼嗆，便是那些貓們不約而同叫了一聲「喵」。

花・貓・黃芥末

——林薇晨

嘗過黃芥末的人，也許都會成爲黃芥末的信徒，堅信不管怎樣的食物，搭配它就必然是美味。蜂蜜芥末。第戎芥末。顆粒芥末。於我再多劑量也無所謂，毒物一般。顆粒芥末的樸野質地如此殊妙，咬嚙著那芥末醬中的或粗或細的芥籽，我總是覺得「臼齒」這名稱取得眞是貼切至極。

黃芥末宜於輔佐各式各樣的鹹食，烤豬排或燉牛肉都好，即使不過是就著即將過期的蝴蝶碎餅，喀茲喀茲地咀嚼，那也是令人沉迷到近乎上癮的地步的。小小幾滴黃芥末，滴在舌尖上，整隻舌頭立刻就成爲一座向上爬伸的樓梯，一階一階，每一階都臥著一隻芥末色的貓。所有的貓忽然移動了步伐，在樓梯與樓梯之間跳上躍下，踩過這裡，那裡，有的爪印名爲酸，有的爪印名爲甜，有的爪印名爲辣。鼻腔裡漫開的涼嗆，便是那些貓們不約而同叫了一聲「喵」。

大學時代，我曾短暫賃居在學校附近，爲了系上一門關於新聞採寫的必修課。兩班學生各要當一學期的實習記者，一學期的實習編輯，維持著一份報紙的運作。輪到我當記者那學期，改稿事務繁蕪，每週總有幾天要在學校忙到很晚，難以追趕最末一班通往市區的公車，於是我也成爲了外宿族群，和室友分攤著套房的租金。套房樓下有一間德國餐館，門外庭院圈出了小小的花園。沒有課堂的下午，我有時攜著筆電去那餐館，一邊吃飯，一邊打完一篇必須寄發的報導或訪綱。總是坐在地下室的位置，四壁塗著芥末黃的油漆，感覺就像坐在一罐芥末裡一般。

團團的客人散落嘈雜，訴說著我聽得懂與聽不懂的語言（這是個外籍生尤其多的學校）。我拿起小刀子和小叉子，謹慎切割著盤裡的法蘭克福香腸，蘸一些黃芥末，送進嘴巴。黃芥末在舌尖上點了一點，無聲的酸鹹香辣漸次甦醒，在口腔裡闖來闖去，躡著牠們纖巧的足趾。

那樣的時刻我總是想起《花樣年華》。傳播學院的學生必然看過的一部王家衛。在電影裡，周慕雲與蘇麗珍模擬著伴侶的婚外情，他扮演她的丈夫，她扮演他的妻子，撲朔迷離的四角關係。兩人相約在餐廳吃飯，各爲對方點了一份排餐。周拿起桌邊的小金屬盅，在蘇的盤裡抹了一些黃芥末。蘇叉著肉塊，蘸了一蘸，爲了知己知彼而嘗了嘗，然後睫毛簌簌抖了一下，道：「你老婆都食得幾辣架喎。」訝異於周的妻子的嗜辣。在燈光寂滅的電影教室裡，我暗暗想著，張曼玉眞是個連睫毛都有戲的女子。那黃芥末那樣辣，不知可是英式的辣味芥末，富於辣椒與辣椒萃取物。

蘇麗珍吃芥末醬，周慕雲吃番茄醬。曖昧的情愫交纏成某種名爲「Ketchup &

Mustard」的玫瑰花。有時我幫室友外帶一份香腸拼盤（也附上濃郁的黃芥末），走出那間德國餐館，夜晚的世界總像是秋天。室友是個疑似無性戀的男孩，不喜歡女性或男性或任何性別的人。晚上我們頭靠頭睡成L形，低低聊著二十歲的維特煩惱，對於自己至今仍未談過戀愛這件事，他一直非常不解。「反正你對任何人都沒有心動的感覺不是嗎。」我說。「對啊。但是應該要有很多人愛我吧我這麼可愛，有人愛我我就會跟他交往一下。」聽了這話，我不禁淺淺地笑了。也許比淺淺更深一點。

結束關於報紙的課堂，我還是保留著攝取黃芥末的習性。小小的芥籽，研磨成粉，懷抱著不爲人知的薰香，彷彿也是某種芥籽納須彌的啟示，儘管佛經上所謂須彌，該是一個多麼難以抵達的遠方。回想起那段賃居生活，它總是濡染著芥末醬的澄黃與黑褐，秋天的公園一般。整個天空再寬綽，也只是一張餐桌鋪設著麻料菱格桌巾，日月星辰無非桌上羅列的器皿，可以輕易執起，並且放下。從那個秋天來到這個秋天，中間倏忽就過了九年。世界似乎並未改變太多，又似乎一切都已經不一樣。不一樣的是什麼？是我終於知道黃芥末和綠芥末並不都是芥末？是我終於在獨居的公寓裡幫自己準備一份傍晚的早餐，全麥吐司夾歐姆蛋與煙燻鮭魚與一層厚厚的黃芥末？

這樣的秋天，人們可以穿著鬆軟的衣衫洋裝，在街道上慢慢地散步，經過咖啡店、家具店、理髮店，拜訪一座小島一般的公園。公園安靜漂浮在巷弄與巷弄的交叉之處，等待行人輕快踩踏，像貓一般的黃芥末踩過長滿味蕾的舌尖。

林薇晨，一九九二年出生於臺北，政治大學新聞學士、傳播碩士。曾獲林榮三文學獎散文獎、新詩獎，作品入選《九歌一〇九年散文選》、《二〇一七飲食文選》、《二〇一六飲食文選》，著有散文集《青檸色時代》。現爲報社編輯與副刊專欄作者。

輯四

漬物釀食

如果威士忌是穀物的靈魂之水，那麼釀酒師就是通靈人吧。通靈能世襲嗎？醃漬的神秘如同釀酒，我被漬魂養大，學會一些關於食物的事，祖母開缸的背影太神聖，聖地即荒地，我不認為自己遺傳了漬魂。

漬魂

——曹麗娟

氣味如鋼索，強勢賑絡著我半生的夏日記憶。

越瓜的氣味。不是一條兩條，是少則五十斤多則百斤。那麼多剖開的越瓜對一個五歲小孩而言確實堆起一座山，五歲的我坐在瑩翠小山前拿湯匙挖著瓜囊，盆裡越堆越高的瓢囊濡濕空氣，氣味濕而重而綿實而凝結如脂，飽脹撐開了天地。

那是暑夏早晨，我們住的日式老宿舍小聚落還安靜，院埕還沒匯集各家午膳油煙。

我浸泡瓜池像晨曦草原裡一隻小蟲吸吮露水，飽酣抬頭，看到祖母額上晨光樹影，她耳垂細小的澄黃曖金耳環輕輕搖晃如歌謠。更仰頭，是哥哥們爬膩的蓮霧樹，枝頭零星瘦果掛似鈴鐺，葉影間被蟲鳥咬壞的青白鈴鐺背後，是小孩眼睛尚不畏視的夏日藍天與炫目陽光。

阿妹你看，這越瓜眞新鮮，切開眞脆眞香。祖母彷彿自言自語，朝她五歲的囝孫女微笑，眼底盡是欣悅洸洸。洸河迤邐至我的瓜池，池面搖曳著祖母教給我關於料理的第一組密碼：醃漬啊，是對食物的一種讚美。

其實少有小孩喜歡吃醃瓜，我與越瓜的關係始於清洗，止於挖瓢囊，但也從餐桌大抵學會它的三種吃法。鹽漬脫水晒一兩天切薄片清炒，母親會加點糖加點辣，有時摻以肉絲，這道菜越瓜自己是主角。至於醃瓜祖母會分兩缸，脆的混在後腿肉末裡剁細做肉丸子，或切塊與五花肉同滷，去肉腥也柔軟了醬油。另缸是父親喜歡的軟爛蔭瓜，大人說拿來配稀飯最好。

比起醃瓜，兒時我更鍾意祖母的漬果。宿舍後院的老藤綠葡萄酸澀遭嫌，祖母糖漬發酵成酒，孩子們被允許每次放一兩顆泡皺的神奇甜酒葡萄在舌尖旋轉成萬花筒。野生芒果也澀，祖母做了萬人迷芒果青。鄉下親戚豐收送來的龍眼鳳梨太多，趁鮮分食左鄰右舍之外，祖母或切或剁，晾在中部平原豔陽下曝晒成果乾。

祖母也讚美落果，發育不良的野生楊桃讓她調理成酸甘鹹的星花與楊桃汁。她讚美碰傷的醜鳳梨，切片同木耳薑絲快炒淋烏醋，或切丁熬煮成的夏日開胃配菜，或熬更稠，讓我們沾饅頭抹吐司兩天吃光。不夠甜的黃綠小李子她拍裂撒糖摻鹽拌以南薑碎末，成了孩子爭食的重味零嘴。

當然祖母也有自己的偏愛，她醃紫蘇梅，她喜歡李子酒。端午前後，紅肉李整簍現身廚房。釀紅肉李要搶時間在一天內洗晾劃刀入甕，礙手小孩被趕得遠遠。再見它們已經初寒，甕裡舀出不可思議的血色酒飲。我央求著舔了一口，再央求，得了兩顆酒漬紅肉李。

我清楚記得單手揣著裝了兩顆紅肉李的小碗，另隻手拉了小凳背對廚房倚著門框坐下來，斜陽照進碗裡，李子灰沉暗紫，果皮塌皺看來並不誘嘴，白瓷碗底襯得一點點湯汁卻豔美異常。我小心翼翼咬了一小口李肉抿了點湯汁，一邊疑惑著碗裡奇幻的色態一邊又好奇再咬一口，漸漸屋內祖母與母親的笑語遠去，頭臉手腳暖意蔓延周身，止不住地好想睡啊⋯⋯「這個囝仔酒醉了。」再睜眼從一場酣夢醒來，眼前天已黑，母親與祖母輕搖我。「我的紅肉李呢？」醒後我問。低頭慶幸小白瓷碗仍穩穩托在我掌心靠著大腿窩。

酒並非年年釀，瓜也不是年年醃，漬果倒是隨四季輪轉。宿舍後院有葡萄龍眼楊桃芭樂蓮霧釋迦芒果枇杷，我認得那些樹，就沒見過李樹。青春期終於在梨山見到原來並不高的李樹，原來血色李子的花蕊竟如此潔白細秀，我站在樹下出神許久，瞬間明白了惆悵的輪廓。多想包幾朵李花回去給祖母。那時祖母已無法行走。

失去祖母那年我北上求學，之後留在北部工作成家，入夏總要在菜場超市短暫見著紅肉李，許多年來從未買過。溫度不對光線不對色澤不對，我總嫌它這嫌它那。我甚至看都不看它。生命裡總有因爲膽怯而不願靠近的荒地。我樂於在廚房裡瞎搞自己的創意料理，一度看食譜的興致大於看詩集，甚至做起麵條饅頭包子麵包蛋糕餅乾，獨獨，遠離醃漬。如果威士忌是穀物的靈魂之水，那麼釀酒師就是通靈人吧。通靈能世襲嗎？醃漬的神秘如同釀酒，我被漬魂養大，學會一些關於食物的事，祖母開缸的背影太神聖，聖地即荒地，我不認爲自己遺傳了漬魂。

山居時與兩樓高的三十年老桂樹相鄰，中部人與桂樹本無交情，一日在樹下清理狗便，才驚覺桂花滿樹無人聞問。一地落瓣如毯，我蹲下來注視狗便便上沾附的桂花，不知不覺脫口：「對不起。」撿起地上幾朵，吹去塵灰，攜入屋內放在小碟裡，打算一整天好好讚美它們。誰知也才半日，小花便全數萎褐。此後散步才發現，原來社區裡大大小小的桂樹這麼多。

隔年花季，我全副武裝長袖長褲帽子搽防晒且戴上墨鏡，腰間用晒衣木夾固定了兩只小塑膠袋，一個怪阿姨佇立那些較矮的桂樹下採桂花。我讚美每一朵認眞開成奶油色的肥滿花蕊，對它們霸道說，不在最美時跟我回家，日落後就是別人鞋底的泥渣。

回家後在桌上攤開白紙鋪上桂花，以小鑷子一朵朵夾去比髮絲粗些的花莖綠萼。初始桂花泡浸在摻了麥芽的糖蜜裡，後來花多得來不及煮糖，直接加蜂蜜。爲了好好感激那一罐罐桂花蜜，我甚至做了工序繁複的桂花南瓜包子。如果漬魂可以召喚，那麼吃下肚的桂花或許喚起了我血脈深處的漬物魂。

那年冬天摯友送來數斤山上阿婆種的嫩芥菜，怕吃不完糟蹋，我大起膽子醃成了雪裡紅。夏日在市場看到小農豐收的潔美嫩薑，忍不住醃上糖醋漬薑。後來做味噌醃小黃瓜，做川味泡菜。仍不敢做長漬之物。

其實動手漬桂花之前，我曾自故鄉攜回一只玻璃罐，裝著母親醃的淡琥珀色醬筍。那是母親逝後留下的唯一漬物，習自祖母。兄姊們憐我排行最小，把筍讓給我。

這醬筍怎麼吃？可配粥可燒魚，我最愛的是祖母手路菜之一，醬筍燒虱目魚。魚要鮮肥，油鍋乾煎後下薑絲、醬筍與水同燒，難的是魚要入味又不能燒老。湯汁淋飯，我十幾歲時可以吃兩碗。那罐醬筍我當成至寶，小心翼翼舀出來燒了兩三次虱目魚讓另一半分享我的回憶，然後又小心翼翼收進櫥櫃裡。不知道它能放多久。我覺得一定可以很久。

隔年醬汁變得稠黑，筍塊都融化消失了。我抱著罐子不可置信，一再一再確認，非常傷心。但終究要面對的傷心其實不是毀去的醬筍，而是關於失去。

此後我眼裡開始有節令。第一次看著貨運送來的二十公斤夏橙時，我憶起越瓜如山，感到一種隱微的驕傲：「嗯哼，我也是見過大風大浪了。」近日吃完冰箱裡自己熬煮的最後一口晚崙夏橙果醬，我洗著瓶子微笑。我們明年再見——特別喜歡賣橙的果農這麼說。明年，明年又明年，祖母在世時我以為她漬存了明年又明年的永恆，但原來，永恆的不是讓我們吃下肚的那些她努力挽留的四時瓜果，而是她對食物的詠嘆：「眞水，眞好。」

曹麗娟，畢業於淡江大學中文系。寫詩、散文、小說，出版過小說集《童女之舞》。得過幾個文學獎，做過出版與雜誌編輯，也寫過流行音樂歌詞與廣告文案。臺灣中部生養，北部熟成。寫作時喜歡赤腳，喜歡所有創造性物事，恐懼所有的「不能離開」。

在臉書看到半農老友種出了稀有品種旱稻紅糯米，我就死皮賴臉求她出讓一部分。那旱稻紅糯米果然是天賜好物，才沖水洗米，陣陣米香就讓人著迷；等到上鍋去蒸，滿室甜香，像蒸年糕一樣。此後，我就一直用她的旱稻紅糯米做米麴、鹽麴。

我的釀造桃花源

鄧美玲

會開始研究米麴、鹽麴和味噌，要說是受到日本釀造大師三角寬《味噌大學》的影響，還不如說，我身上的釀造基因，大概從我生作客家人，就早已經種下了。小時候除了阿婆和媽媽，村子裡的嬸婆叔婆哪個不是釀造高手？所以一年到頭屋簷下總有幾個大缸，酸菜撈起來就可以晒成福菜或梅乾菜；蔭瓜、鹹冬瓜、豆腐乳，那是終年都有的。當整個夏天的餐桌上只有絲瓜、蕹菜、番薯葉，那些鹹香下飯的醃漬物，就成了我們百吃不厭的珍饈。

所以，時序進入四、五月，天氣逐漸晴暖，家家戶戶就忙著煮豆子、做豆麴。把剛煮好的黃豆均勻鋪在竹編的大竹盤上，上面用才砍回來的桂竹葉覆蓋，放在屋子陰涼通風處，神祕的發酵作用就隨著時間釋放出不同的氣味。老實說小時候還眞怕那個味道。黃豆剛煮好時帶著點甜腥氣，總是嘴饞的我們，還會眼巴巴希望能分到小半碗當零食吃；可是當它開始發酵，氣味就一天比一天難聞。年紀稍長開始學會主張自己的意見時，常抱怨製作這些臭發酵物是頑固腐敗的陋習，但誰也沒理我，連自詡是開明進步新青年的爸爸都不理我。

幸好他們都沒理我，現在，我不但是幾個姊妹中唯一承襲這個「陋習」的，而且將發酵領域無限擴大，從醃梅子、醃橄欖……到自己發酵做米麴、鹽麴和味噌，家裡上上下下擺了幾十個從公賣局蒐購回來的老酒甕，後來發現窄口的老酒甕沒辦法做味噌，又找到專門在鄉下幫人拆老宅順便蒐購舊物的人，買了一批大小不等的寬口老甕。

有了老甕子撐腰，要玩發酵釀造，我就底氣十足了。經驗豐富的品管專家告訴我，同樣是釀酒，老甕子的效果會比玻璃罐好三倍。也就是說，老甕發酵一年，勝過玻璃三年。尤其看到三角寬說他們家有上百年的味噌、上百年的醃梅，我就忍不住肖想：如果用老甕發酵，要嘗到有上百年力道的味噌，只要再等三十幾年就還有機會。所以我排除種種困難，包括太重、毛細孔會滲汁、也看不到醃漬物的發酵變化……等等，堅持用老甕。

老甕準備好了，要做味噌，還得先會做米麴。儘管要找到市售米麴並不難，但我就愛自己動手，沒想到從此撞進更廣大的發酵世界，接下來就有玩不完的事。玩到這幾年我幾乎「不問世事」，朋友約我沒時間，參與二十幾年的團體說我「不務正業」，我自己呢！卻彷彿走進桃花源，樂而忘返。

最近幾年玩發酵的人越來越多，北中南都有團體在開課。我也認眞上過不同老師的課，有的嚴謹，有的散漫，但不論如何，我都受益良多。參考不同的手法，自己再摸索、歸納，最後總結自己適用的規律。

就說日式發酵之母米麴吧！自從發現用發芽糙米製作米麴，將會得出最迷人的風味，我就再也不用白米了。但發芽糙米處理費事，保留完整糠層的糙米，麴菌的菌絲很不容易長進去。我做出來的糙米麴，按常規標準算是失敗的，但用來做鹽麴，卻比任何一家市售鹽麴的滋味好得多。一方面也可能因爲市售鹽麴的含水量太高。

網路上或我所從學的老師教做鹽麴，水的比例都太高了。從洗米、泡米、蒸米乃至收麴，我都仔細紀錄含水率的變化，製作鹽麴時，我採取的是「浸潤」法。也就是說，米麴加上一定比例的鹽之後，入水量剛好讓所有材料浸潤在水裡。第二次加水時，看水被吸收的程度，再酌量增加。

做了幾次糙米麴，在臉書看到半農老友種出了稀有品種旱稻紅糯米，我就死皮賴臉求她出讓一部分。那旱稻紅糯米果然是天賜好物，才沖水洗米，陣陣米香就讓人著迷；等到上鍋去蒸，滿室甜香，像蒸年糕一樣。此後，我就一直用她的旱稻紅糯米做米麴、鹽麴。然後發現，素食者若能懂得善用鹽麴，就可以天天享受盛餐美食！將胡蘿蔔、青椒、木耳、杏鮑菇等多種蔬菜混合川燙之後，用鹽麴加苦茶油或橄欖油調味，每一種蔬菜的美味都被激發出來，天天吃也不發膩。

米麴、鹽麴都得心應手了，自製味噌就是順理成章的事了。只是我第一次出手就豪爽的準備了五公斤黃豆，等到黃豆下了鍋才發現，我的超級果汁機無法處理那麼多黃豆，我只好用擀麵棍把一鍋煮到爛熟的黃豆搗碎，再混上等量米麴和二分之一重量的鹽，入缸封存。

用柴燒老甕做味噌雖然好處多多，但從入缸後兩三個月，就不斷有汁液滲出來，過了半年，滲出的汁就越來越香。那是「味噌溜」，是最原始的醬油由來。香氣誘人的味噌當然放不到百年，才過一年半，就忍不住開缸分贈親友。接下來，我只能假裝忘記所有訂單，不然，我真的會待在釀造的桃花源裡，不肯離開了！

鄧美玲，生於臺灣新竹縣。國立臺灣大學中文系畢業，曾任媒體親子版主編、基金會執行長，近年來投入氣機導引的身體教育工作，目前在搜集發酵釀造的實務經驗，著有《蔬醒》、《遠離悲傷》等書。

用清晨露水來比喻人生，已經夠短暫了，況且還是蕗蕎葉上的露水，到底想要逼死誰？如果是芋頭葉上的露水，大顆許多，感覺上這條命會撐比較久。

蕗蕎爲什麼流眼淚？

——張健芳

每年蕗蕎只會陪伴你一個春天，蕗蕎一旦下市，代表夏天也等在門口了。春天離去，只剩醃漬品可吃。蕗蕎爲五辛之一，古名爲薤（音同「謝」），所以，薤鮮堪食直須食，莫待無薤空食漬。用鹽巴、糖、醋把洗淨陰乾的蕗蕎醃起來裝在玻璃瓶裡，很像我在西班牙時很喜歡的醃漬迷你洋蔥。

蕗蕎的葉子成細細長長的圓管狀，葉端收尖，纖細秀氣，水滴很難站得住腳，一瞬間就消失了，所以漢魏時期有一首樂府《薤露》，用蕗蕎上的露水來比喻人生短暫。

「薤上露，何易晞。露晞明朝更復落，人死一去何時歸。」

用清晨露水來比喻人生，已經夠短暫了，況且還是藠蕎葉上的露水，到底想要逼死誰？如果是芋頭葉上的露水，大顆許多，感覺上這條命會撐比較久。

一查典故，才知道是秦末自立爲齊王的田橫兵敗，拒絕歸順劉邦，不願受辱而自盡，追隨他的五百壯士也剛烈殉主。《薤露》引申爲送別王公的輓歌。

日本人也愛吃藠蕎（辣韭），酸爽開胃的醃漬藠蕎是吃咖喱飯的絕配。有時還炸成天婦羅。夏目漱石有一篇叫做〈薤露行〉的小說，改寫亞瑟王之死。用田橫和他的五百壯士來比喻亞瑟王和他的圓桌武士，雖然冷僻了點，不過刀劍無情，一介武人的性命的確就像藠蕎葉上的露水。

玄妙幽微，春天裡一株辛香小草上掛著的細微水滴所反射的晨光。

夏目漱石出生的那一年，阪本龍馬轟轟烈烈離世。幕府大政奉還，封建武士的時代結束，明治維新開啟了中央集權。

不過，現代日本其實奠基於古老的封建制度上，各個藩主統領藩士管好自己的藩國，高度地方自治，自古以來武士階層上上下下都很習慣在家鄉政治中扮演某個角色，也認爲自己天生有資格參政，劍及履及，充滿行動力。哪像中國士大夫被中央集權的龐大官僚體制收編良久，臃腫龍鍾，只會醬缸清議，之乎者也，天子腳下，折斷脊樑，跪裂膝蓋，一丁點自發的氣魄都沒有。

難怪我一直覺得幕末志士的行徑，雖然才距今一百多年，卻頗像司馬遷筆下那些仗劍行千里的先秦遊士刺客，慷慨豪俠，胸懷大志，題材足夠拍一齣又一齣的大河劇。夏目漱石就是聽這些故事長大的，他的父執輩可能還親眼見過那些知名人物。

楚漢相爭時的田橫只想做一個封建諸侯王，重建故鄉齊國。如果項羽獲勝，劉邦敗落，楚國貴族項羽會選擇回歸大大小小各封建諸侯國並存的體系嗎？那今日的中國人會不會少一點奴性？多一些貴族氣？

孔子的理想是大大小小的諸侯國依照周禮各自過活，周天子只是禮儀性的共主。中央集權只會汲取地方資源，壓制地方發展，殘害百姓。孔子一定會同理貴族田橫，本能性地厭惡貧民劉邦，把後世的大一統帝制視爲暴政，唾棄那些手無縛雞之力、只會拍皇帝馬屁的文弱儒生。

孔子不只搖筆桿子，他是能上戰場打仗的封建貴族武士，會騎馬射箭駕馭戰車。如果放在今天，他應該一身精實肌肉，會開戰鬥機。

《薤露》之殤是在悲嘆什麼呢？原來是在悲嘆，擁有武力的封建貴族像朝露一樣蒸發了。從此沒有任何權力能抗衡專制皇權，形成良性制約。

普天之下，只剩皇帝和奴才，鐮刀和韭菜。

中國人早在兩千年前就悲哀地喪失了另一條路徑的可能性。因為民主起源於國王和地方軍事貴族之間的博弈，你有刀槍兵馬，朕打不過你，所以朕跟你談條件簽條約，日積月累形成憲制。朕尊重你的自由，只因為你能打。

我有時候懷疑，如果西方人叩關時正值百家爭鳴的春秋戰國，中國現代化應該會順利一點。

為什麼日本可以快速脫亞入歐？因為幕末日本的社會結構和精神氣質本來就類似封建時期的歐洲，地方大貴族擁有武力和獨立財政，用土生土長的自家班底世世代代守護斯土斯民，和先秦時代的諸侯國一樣生命力旺盛。早在黑船駛進江戶港之前，各藩主就常借用商人資本撬動工藝技術的更新迭代，經營實業，互相競爭，盈虧自負，不敢胡搞瞎搞。藩政萬一破產，幕府會降罪廢藩的。

亞瑟王傳說剛好正是西歐封建騎士文學的最高峰，而日本受到海洋庇佑，被視為亞洲的英格蘭。明治時期的大文豪當然和漢洋三種文化皆通，但我總覺得他只是吃英國海軍傳進來的咖哩飯，配上一小碟醃漬蕗蕎時，湊巧聯想到這篇小說的名字的。

張健芳，患有重度背包客症候群，嗜旅行，熱愛食物背後的人情趣味，朝著作家之路邁進，立志當個「職業說書人」，帶著讀者在餐桌上環遊世界，著作有《一個旅人，16張餐桌》、《在異國餐桌上旅行》。

盡收天地精華的花兒，精氣神都收攏在冰糖覆蓋的世界裡，花兒的水分經過時間的淬鍊，一點點地流淌而出，再跟冰糖結合，與空氣中的分子發生作用，收攏在這只玻璃罐子，封存在這個時空中，隨著時間慢慢地發酵，過了三個月或半年，經過種種轉變，成為「釀」。

還魂桂花釀

——譚玉芝

想把秋天收起，我的目光停留在園子裡的桂花樹。

想像中，我是悠哉採花的小姐，桂花香氣通神，使人聰明，再用桂花泡茶，還能疏肝解鬱。

桂花樹分別站在前後院，後園邊陲之處排排站著共四棵，靜悄悄地露出疏枝，貼近屋子的那棵桂花樹，時不時花香飄進臥室裡，形成不同的場域，山邊的冷風將桂花的香氣吹進來，空中的熱氣，一下被濕氣包覆，成了一股冷香。

黃澄澄的桂花，一朵朵嬌氣地開在枝頭，在金色的秋陽下，五朵精緻花瓣組成的花兒，盡顯小而美小而巧的姿態。

去歲的桂花生命力似乎特別強，中秋時隱約見到它開放，居然在重陽節後，來個滿開。選個陽光正盛的日子，我們在上午十點左右開始工作，這時前晚花上的露水已蒸發，適合採摘。

桂花樹都是二十年的老欉了，約兩層樓高，我們架梯而上，一手拉枝，一手摘花，小心地將盆子放在枝條交叉處，摘下的花放盆裡，別一個不注意，掉下枝頭翻覆，那可是要捶心肝的。

採桂花除了眼力，手巧，更要耐心。

看準了整串滿開的桂花，手指往枝頭處一擰，一次摘下，可保花朵完整，也不費力，這麼做，除了不傷到花型，也能省去第二道去花梗的時間。

若是沒耐心，眼睛沒對準，手也不巧，隨手一扯一摘，只能抓到零零落落的花兒，待會兒去梗會讓你痛苦的掉淚。

摘桂花，是個細緻的活兒，撇開疲累，也可以是一種享受，除了觀賞它的花型，還能聞到花香，賞心悅目之外還能美肌通氣。採了一上午，臉蛋白裡透紅，微微發汗疏通能量，更被落下的花兒沾了一身香。

有了半盆的花，加上一兩片不小心連花順手扯下的綠葉，放在紅色的透氣盆裡，看起來黃澄澄，綠油油，顏色豐滿，接著把盆子放在戶外陰涼通風處的窗口，藉熱空氣收走花兒的水氣，此時陣陣涼風送來，室內盡是香甜的桂花香。

我們先睡個午覺，待會兒才是花眼力的時間。

第二道工序，去花梗，只留下花兒，面對千軍萬馬細小的花朵，用粗大的手指來對待針尖般的花梗，此時一手大拇指與食指壓住花柄處，另一手大拇指與食指壓著五六朵花兒，兩手一分，花體分離，完好俐落。

別看這半盆花，也要兩三個小時才能搞定，我們兩人老眼昏花，加上脊椎側彎，眞的是折花不易，留花也難，好不容易一點一點的把這精細活兒做完了，也已人仰馬乏了。

花兒精細，活兒也不簡單，我本自詡小姐折花，才知道這活兒全然不是小姐該做的事，只配得丫頭身分。

阿薰說：「丫頭只需伺候小姐，我們是長工身分。」

鬆完筋骨，取一乾淨玻璃罐，一層冰糖，一層桂花，直到最上層也以冰糖覆蓋，旋緊罐子，大功告成。

燈光下看著可愛的玻璃瓶，黃晃晃的金桂鋪成花毯，白色透明的冰糖，像冰晶疊加而上，一層黃一層透明的成品，忙碌耗時的一天，盡入罐中。放到牆角，讓時間來催化它。

第二天一早睡醒，什麼都沒做，先跑去看我的小玻璃罐的模樣，只見冰糖立刻降了一半高度，原來的高度，還有一兩顆冰糖來不及融化，黏著在玻璃罐上，而原來黃澄澄的小花毯，已經變色了，變成咖啡色的小碎花毯了。

我等著兩者融合，成爲桂花釀。

盡收天地精華的花兒，精氣神都收攏在冰糖覆蓋的世界裡，花兒的水分經過時間的淬鍊，一點點地流淌而出，再跟冰糖結合，與空氣中的分子發生作用，收攏在這只玻璃罐子，封存在這個時空中，隨著時間慢慢地發酵，過了三個月或半年，經過種種轉變，成爲「釀」，植物的花或果，與糖分同時性的結合轉換，留下生命的精華，成爲人們說的精華露，同時滋潤物質與靈魂。

五個月後的現在，我把放在角落的桂花釀拿起來看，已經呈現融糖的半流動狀態，乍暖還寒的春天，有位交情超過四十年的朋友來訪，既然是四十年的友誼，就來做一道時間釀的菜，桂花釀燒雞。

半隻雞切塊，燒熱水去血水，鑄鐵鍋裡略加些油，把薑片，蔥段，蒜頭煸出香氣，再把雞肉的雞皮面放置鍋中，一方面讓雞皮酥脆，也逼出雞油，將雞肉翻炒後，加入淺色醬油提味，再加入深色醬油著色，兩者合併，不淡也不鹹，翻炒過，加米酒，然後加水蓋過雞肉一半，大火滾過轉中小火。

此時加入桂花釀，讓桂花釀裡的甜味，取代味精砂糖，慢慢燉煮，中間稍微翻一下雞塊，避免焦化。

快收汁時關火，翻翻雞塊，讓桂花釀的糖衣均勻裹上每塊雞肉，滿滿的香味衝進鼻孔，大伙都餓了，擺桌開飯啊！

我夾起一塊桂花雞腿，那雞腿肉經過燉煮已經酥融，在黃色燈光下，還閃著光采，一口咬下，先是雞肉的軟嫩口感，再來是雞肉與蔥薑蒜交融的香味，而桂花香出現在口腔後的部位，然後蔓延整個口腔，往上升進鼻孔，再進入腦部。我訝異它尾韻可以拉得這麼長而久，簡直是小提琴的綿綿弦音了。

啊！去年秋天收攏的桂花香，此刻在食物裡還魂了。

友人開了六個小時的車程，一身塵勞，吃下桂花釀雞後，滿臉的舒適鬆散，再用桂花雞汁澆在花東Q彈的白米飯上，連吃兩碗，肚皮微凸。我們當初摘桂花，去花梗到流淚的辛苦都忘了，舉杯，致上對桂花與時間的滿滿謝意。

譚玉芝，曾獲兩屆鄭福田生態文學獎，臺北文學獎等，出版《台媽在大陸》、《台媽在上海》兩書。喜歡簡單生活，四處走走，因緣在花蓮山腳水源地居住，紀錄植物。

取出一滴用舌尖嘗試，只一滴卻是純純正正的酸味，再試一滴，完全不帶酒精的濃厚酸香席捲而來，餘味帶有微微蘋果的爽朗明快，最後留在喉頭一絲絲微苦，厚實的酸味橫掃過全身，竟將多日因忙碌而緊繃的四肢收服，不由自主的深深吸氣再緩緩吐氣，這，就是屬於我的果醋啊！

時間之美——濃縮與轉化

胡燕倫

身爲果農，自是要學著處理帶有瑕疵不能出售的果子，除了挑選出部分捐贈各機構之外，極少施用藥劑的水果仍會淘汰出如小山一般，我會環抱住果子們說謝謝，除去眞的無法再利用的埋進果園裡做肥料，剩餘的就是學習的功課，整理多年來的學習進程分別是，果酒、果醬而至果醋。

果酒在農家並不是一項太精緻的農產加工，通常，我們會備妥三百到五百公升的大桶製做果酒，水果與糖層層疊疊後密封三到六個月不等，待年底農事告一段落，開爐蒸酒，蒸出來的白酒濃度一般來說偏高，通常留存著自用，由於製作隨心蒸酒手法不同，各家自釀的果酒風味差異很大，近年來酒喝的少，我早已多年不做大桶果酒，偶爾做一小缸也不特別去蒸餾，發酵完去除果肉密封著，粗心如我，整理打掃時常常會意外發現四處存放著的陳年果酒，爲一趣也。

果醬則是這些年較常製做的副產品，一來，喜歡細細去分辨品嘗每一粒果子外表及果肉之間的關連，增加自己辨別水果的經驗與功力，二來，果醬製作的過程滿屋果香四溢，妥善封罐後能夠長時間保存，光是擺放在窗檯邊就能讓心情愉悅起來。

翻找昔日紀錄，在七年前冬季裡寫下過一篇〈濃縮〉短文，那是我第一次藉家門口的檸檬作醬，果皮的滋味濃郁，果肉鮮明的酸香，將檸檬洗淨日晒後，剔籽去白膜去瓣膜的一道道手續，是一種修煉也是一種自我辨別，手上忙著內心也不得閒，細細參詳著我那時而跳脫時而固執的內心，清清楚楚照見自己。

山野將碧綠濃縮成爲一滴滴清晨露珠
大海將波濤濃縮成爲濃烈的滋味
春天將睡眠濃縮於萬物萌發
夏季將溫度濃縮於你額頭上的汗珠
秋天將告別濃縮於嫣紅
冬天將雲濃縮，成雪成霜成爲呼吸之間的煙霧
而果實濃縮了四季
蜂將花朵甜美濃縮成爲孩子手上的蜜
孩子的眼睛濃縮了全宇宙的好奇
親吻濃縮了全世界的蜜
柔軟的心濃縮了愛與恨
懷抱將愛濃縮成爲安全的港灣
於是花開了於是草生長了於是你微笑了於是風開始流動
於是太陽出來了於是夜裡有夢
於是土地溫熱了於是你呼吸著你跑著跳著旋轉著

詩人將語言喜怒濃縮化爲靜默中的低吟
畫家將情感濃縮置放於你的心湖
歌者吟唱著你的純眞與苦惱，沉浮於眼淚與激情的河流
祕密濃縮了距離
爐火把溫暖濃縮在雙手掌心之間
我終將夢與自由化爲山野裡的等待
忠實濃縮著反覆的熱切
勇氣濃縮著堅定與自在
我將果實濃縮攪拌成爲一罐罐晶瑩的果醬
冬日 爐邊烤火

各種水果製醬並不難，調整水果與糖的比例用舌頭品嘗取捨。處理好的果肉與糖靜置一夜，隔日開火煮沸再小火收至濃稠，適量加入檸檬提味增加層次風味，中大火煮化纖維，小火收汁成膠，維持爐火滾燙裝罐密封。比較有挑戰性的是每一種水果釋出天然果膠的時間與風味有別，這些年益發自在的我，

喜歡酸甜並存滋味勝於單一的甜味；於是乎，總是花大量的時間在處理檸檬上，高山上的檸檬香氣芬芳卻不多汁，取皮切細取肉去膜成了整日整夜著魔一般的執著，開火煮醬的整個過程手上不停翻拌嘴裡不停嘗味於每一個階段，細細分辨每一種水果酸甜之間的差異再做紀錄，待到醬成才知覺手腳痠痛卻樂此不疲。

學習釀醋是意外的美麗。

前幾年，認識了一位買李子做果酒及果醋的朋友，經由她的介紹開啟做果醋的旅程。果子隨手可得，夏季的西瓜李，初秋開始各種蘋果水蜜桃及水梨，冬季裡的甜柿，紛紛被我投入玻璃罐密封，三個月之後再濾出果肉換瓶曝氣，參考文章及各家製作心得，心心念念卻等不到果酒轉化為醋。朋友為我寄來自家珍藏的醋種及書籍讓我練功，將珍貴的醋種加入醋缸的那天，彷彿參與了一場神祕儀式，消毒瓶罐器具後小心的將醋種放入酒缸，改以乾淨棉布封口，醋酸菌與溫度有著明顯關連，高山上秋冬的溫度怕是不能讓菌體活躍；於是乎，日日抱著醋缸出門晒太陽，黃昏時分再抱著缸回家，想開缸品嘗又擔心落入雜菌，每每拿著木杓蹲在缸子前猶豫不決，成為那一年秋季至深冬的風景。

某一天，經過轉角處，懷疑是不是果子滾落至角落發酸了招致果蠅盤旋，搬開幾個倒扣的紙箱，找到了一缸琥珀清透，急急忙忙的擦去缸上灰塵，打開封於缸口的雙層棉布，取出一滴用舌尖嘗試，只一滴卻是純純正正的酸味，再試一滴，完全不帶酒精的濃厚酸香席捲而來，餘味帶有微微蘋果的爽朗明快，最後留在喉頭一絲絲微苦，厚實的酸味橫掃過全身，竟將多日因忙碌而緊繃的四肢收服，不由自主的深深吸氣再緩緩吐氣，這，就是屬於我的果醋啊！不知何時竟將之遺忘，兩年多時光悄然過去，不再有執念乃至不再懷想，而塵封的依然默默轉化，遺忘的也有機緣帶來的時刻，書上寫的手上做著的心裡熱切盼過的，一樁樁一件件，又何止做醋這一樁……釀，逐漸孕育而成，醞釀、釀造、釀製，都將仰賴時光的轉化啊！

當下，縈繞不去的只有一句話：就是這樣，原來就是這樣！

揣想著古人第一缸醋，是否也是這樣無意中得來？不禁有些心弦激盪。

學到或是得到都是美好的過程，這其中也經歷過煮焦了的醬，火候不夠的醬，忘了濾出果肉仍至苦澀的酒，太濃郁比例不當而失敗的水蜜桃醋，封太滿發酵溢出的大缸小罐果酒。手忙腳亂、遲疑不定、心滿意足或者是開封品嘗的期待與讚嘆……鮮果給予我們以爽朗甜美，果酒賜予香醇讓人放懷，果醬濃縮觸發味蕾以愉悅，而果醋，我將之視爲轉化後的脫胎換骨，無論在果園裡在爐灶前在醋罈子邊，我都像個尋寶者像一個探險家，更像一個愛玩的孩子。

胡燕倫，一九九九年「九二一大地震」後決定上山耕作，沒有遠大的理想，只是希望能夠帶著孩子在大自然的懷抱中成長，並且，在實踐中摸索與自然共存的方式，以十年的時間漸漸減藥及等待生態平衡，達到豐產及無農藥殘留的農耕方式。務農時間逾二十年。

輯五——小吃小點

鹹粿與菜頭粿在臺灣看似有著一條南北界線，但顯然有一模糊地帶橫跨在中間，讓在來米粿可以因應時代變化、物產或人群的不同，找尋多元的出路；更讓我的粿之旅，可以嘗到各種多變的滋味。

鹹粿與菜頭粿的界線

陳淑華

這些年來，南北來回，發現不少南部人，早頓喜食粿，有人市場裡大床炊好的粿，切一大塊就買了家；亦有人往熱騰騰鐵板前一坐，一盤酥酥赤赤的金黃煎粿上桌，便吃了起來。起初我以爲這些一身白的粿就是菜頭粿，後來才知它們是南部人口中的「鹹粿」，也就是沒有加菜頭，只有落鹹泔，炊製而成的在來米粿。

頭一擺注意著「鹹粿」的存在，是多年前拜訪臺南的堂姑時，我雖生長於彰化，父親也在彰化出世，但阿公阿媽年輕時自府城移居彰化，我仍有衆多的親友在臺南，阿公唯一弟弟的女兒——堂姑，嫁入臺南碗粿老店，那回聽她聊起老店創始人，她的大官（公公），在尚未跟人學做碗粿，賣碗粿以前，賴以維生的是做米糕或九層糕、雙糕潤等各式糕仔粿仔來販售，過年時少不了也會推出應景的粿，鹹粿便在此時與甜粿、發粿一起現身。

當時，不僅在成長地彰化，就連後來落腳的板橋，我都不曾聽過「鹹粿」，且一直以來，我家過年供桌上除了甜粿、發粿，也必有菜頭粿，便以為全臺灣都是如此，沒想到這回聽聞的竟是鹹粿取代了菜頭粿。

以往，年的腳步近了，出身彰化農家的母親常順口說著：「甜粿過年，發粿發財，菜頭粿食點心。」而翻開日治時期的文獻，一九四〇年代《民俗臺灣》潘迺禎的〈士林歲時記〉裡，正月初一清早神桌上，春飯、甜粿、發粿、豆干、冰糖、茶、生仁、柑仔等琳琅滿目的供品中浮現的是菜頭粿。池田敏雄在〈臺灣的食習〉以艋舺為例，寫到為新年而做的粿，甜粿、發粿外，也見菜頭粿，甚至還多了芋頭粿。

同樣登在一九四二年《民俗臺灣》，川原瑞源透過〈點心と新春の食品〉整理了臺灣正月的粿，其中菜頭粿和芋粿（芋頭粿），以及金瓜（南瓜）粿等三種加了不同蔬菜的在來米粿被稱為菜粿，又名鹹粿。雖然「鹹粿」的名稱出現了，但並不見只加鹽巴的純米粿——鹹粿。

川原瑞原即王瑞成，他的弟弟王井泉於一九三七年在臺北大稻埕創立以臺灣菜聞名的酒樓「山水亭」，王瑞成所記載的飲食習慣應該來自當地。從潘迺禎的士林、池田敏雄的艋舺，到王瑞成的大稻埕，過年皆吃菜頭粿，與我自小的認知相呼應。後來結識苗栗的友人，他們的傳統亦是如此。

不過，同樣發表在《民俗臺灣》，朱峰的〈臺南年中行事記〉與劉淑愼的〈臺南の迎春〉卻不約而同提到年終臺南婦女要炊甜粿、發粿，也要炊鹹粿，對照我在臺南的聽聞，莫非臺灣有著中北部菜頭粿，南部鹹粿的不同節日食俗？

「過年拜甜粿，發粿、鹹粿。」「我們的時代，過年一定要做鹹粿。」在屏東潮州萬巒一帶，聽到幾位當地人如此說。有位來自屏東內埔的客家朋友也說她是出了客庄才知有蘿蔔粄（菜頭粿）的存在，她的童年記憶裡過年就是發粄、甜粄和紅粄（紅龜粿）。

確實，後來的南部旅行，特別是屏東，一再印證過去菜頭粿（粄）在這一帶很難找到立足的空間。記得有位屏東朋友提到，他們的鹹粿，無加菜頭，是單純米漿製成時，特別強調「菜頭攏提去豉，不就晒菜脯。」「菜頭，要儲藏起來，做下一年度的食品，不會那麼討債，提去生吃抑做粿。」不知臺南府城人過年做鹹粿的習俗是否也出自相同的原因？總之在臺灣，菜頭粿與鹹粿可能存在南北地域的差別。

「嘉義做粿真有名。」知悉了透早的煎粿在嘉義也相當流行，兩年多前我曾興致勃勃的前往。嘉義位屬南部，一開始我以為嘉義的煎粿，亦是鹹粿，誰知是菜頭粿。而在嘉義以北，雲林北港街上傳承三代的煎盤粿，卻又是純米漿製的鹹粿。記得劉淑慎的〈臺南の迎春〉，提到鹹粿時特別括號寫上「大根餅」，菜頭粿也，或許從前臺南也有人家做菜頭粿，只是被埋藏在鹹粿裡。

鹹粿與菜頭粿在臺灣看似有著一條南北界線，但顯然有一模糊地帶橫跨在中間，讓在來米粿可以因應時代變化、物產或人群的不同，找尋多元的出路；讓我的粿之旅，可以嘗到各種多變的滋味。

三十多年前，搬離彰化老家，回想彰化的歲月，幾乎只有過年期間才嘗得菜頭粿，日常的街頭，甚少有人賣煎菜頭粿，若對外頭的早餐有所嚮往，非豆漿饅頭燒餅之類的外省食物莫屬，在地傳統飲食則為碗粿，或羹湯切仔麵摃仔麵之類的。

十年前返回彰化記錄兒時的小食，在爌肉飯已異軍突起，霸占彰化早晨的街頭，終於發現了一賣碗粿的攤子，也兼賣著煎粿，而在彰化，當然是煎菜頭粿。雖然孤單，但也算獨樹一格，特別是它的淋醬不是豆油膏而是肉燥，讓我後來再回彰化，有時也會以它裹早晨的腹肚。

也許就是那一碗彰化的煎菜頭粿，讓我開始留意起南部林立的煎粿擔，在臺灣的鹹粿和菜頭粿之間，應還有無數的角落，等著我抵達。

陳淑華，作家，資深報導人。彰化出身。自幼生長於閩南人爲主的街區，北上就學後，透過臺大農業推廣學系課程才開始認識彰化以外的臺灣農村。之後，藉著雜誌採訪工作及博物館等相關研究計劃，深入臺灣田野，透過一次又一次的異文化接觸，開啟了對於自身閩南以外族群的探索之路。

近年喜歡透過一些日常被忽略的事物，特別是食物，重新發現生活的可能性。

著有：《島嶼的餐桌——36種臺灣滋味的追尋》、《彰化小食記》、《灶邊煮語——台灣閩客料理的對話》等。

在阿江的鱔魚攤，每一盤端上客人桌前的鱔魚麵都是當鍋現炒的，阿江將整鍋炒鱔的料一次下鍋，而非以一般蒜末、洋蔥先下鍋炒出香味再下主料的炒法，猜想是希望經由熱鍋的鑊氣一氣呵成，第一時間保留食材的鮮甜以及清脆的口感。

阿江的刀光血影

——林俊安

刀身敏捷的落下，砧板上的蒜粒瞬間碎裂，阿江用刀刃迅速的鏟起蒜末，放上已備妥蔥段、洋蔥以及血紅鱔魚的大碗公上頭，此時的鍋子正熱著，阿江望了一眼又回頭與攤頭前等候的熟客聊上兩句，轉身碗公下鍋，鐵鍋瞬間冒出水氣，阿江的鍋鏟快速的下鍋翻炒，霎時，鐵鍋的水氣瞬間轉換成火焰；一轉眼，阿江的乾炒鱔魚已經起鍋，一旁的幫手早已經將預先煮好的意麵盛盤，阿江左手抬起鐵鍋，右手拿著鍋杓，平均的將鐵鍋中剛炒好的鱔魚、洋蔥與蔥段，分裝在意麵上頭，幫手同時也順手的撒上白胡椒，一盤乾炒鱔魚意麵就此誕生。

這樣的工序，阿江一晚不知要重複幾回，臺南的炒鱔魚吃的是鱔魚的鮮脆，每日現殺的鱔魚，血淋淋的被擺放在攤頭上，在阿江的鱔魚攤，每一盤端上客人桌前的鱔魚麵都是當鍋現炒的，阿江將整鍋炒鱔的料一次下鍋，而非以一般蒜末、洋蔥先下鍋炒出香味再下主料的炒法，猜想是希望經由熱鍋的鑊氣一氣呵成，第一時間保留食材的鮮甜以及清脆的口感。

乾炒鱔魚之外，加入烏醋與太白粉勾芡也是另一種常見的做法，兩者因爲食材新鮮，當鍋現炒，同樣都有人喜愛，而做爲一個長年在外的離鄉人，來一碗乾炒鱔魚意麵外加一碗「牽羹」的炒鱔魚，一點也不會嫌份量過多。

會來阿江這裡的客人以熟客居多，跟光臨其他老攤的客人一樣都不太多話，但好客的阿江卻讓攤頭氣氛，如同火爐般整晚熱著；阿江講話的腔調，帶著濃濃的臺南腔，加上他談話中，會講出一些地圖上找不到的臺南老地名，像什麼樣仔林、米街、甕城腳、南廠王宮口等等，這些必須有點年紀的老臺南人，才可以分辨出方位的地名，從阿江的嘴裡說出更有老臺南的韻味，一種理所當然你必須聽得懂的傲氣，這是府城人特有的氣口，而這傲氣正是來自這城市數百年來文化堆累。

我喜歡過去還沒火熱前的阿江，並不是因爲口味變了，而是那時的生意還可以讓他有點喘氣的空間；自從十多年前介紹出差的同事來吃過，阿江的名氣慢慢的在網路上拓散開來，初期同事應我的要求不能公開地點，同事還好奇的問我爲什麼？我說理由很簡單，你看看那每一盤端上桌的炒鱔都是當鍋現炒的，一旦生意變好爲了應付生意，不是流程簡化，就是老闆體力受不了，萬一我回臺南吃到變了味的炒鱔魚，你覺得我會原諒你嗎？

後來同事幫他取了個名字叫「不能說的鱔魚麵」，結果這名號卻成了阿江在網路上的名號；有一次休長假回臺南，一走進阿江的攤子看他左手貼著藥布，一轉身看到我，便對著在場客人指著我嚷嚷說：「攏是予伊害的，害我一雙手這幾天都舉不起來……生意好到炒袂赴予人客……」我只能尷尬地笑著，結果阿江隨後又說了一句：「眞多謝啦……予恁按呢捧場……眞正是眞多謝。」我才知道，前面那句抱怨，其實是阿江給我的出場式，就像鄉下好朋友見面會先幹譙幾句一樣。

「口味會合袂？」阿江這樣問道，「當然會合，在臺北是吃不到這種口味……」我邊咬著清脆的鱔魚邊回答他，「口味若是袂合愛講喔！」阿江邊說手可沒停著，繼續準備著下一鍋的炒料，「咱逐工咧炒，若無人客佮咱講，咱是莫法度知影口味是不是有變歹吃……」這是阿江對自己這鍋炒鱔魚的品管要求，而他品管的大數據則是來自經常上門的老客人。

在報館上班的十多年，因爲過年都是留守，所以等到我開始休年假回臺南，都已經是初三之後的事了。大約十年前的那次春假返鄉，一晚在準備返家的路上，感覺儀式上似乎該吃點什麼來塡一下肚子才回家；那些年的臺南，世道上比較擁有正常的生活節奏，店家在營業與休息之間的界線十分清楚，城市中作息飲食習慣很固定，都依循著世代累積下的城市習慣脈動著；照理說，一般日常常見的小攤商，不到初五隔開是不會開市的，所以過年回臺南，要找到賣吃的老店並不是那麼容易。碰碰運氣車子往阿江的攤子開，遠遠看到那熟悉的昏黃燈光，運氣不錯，還可以在春節找到熟悉的老味道，心裡頗爲欣慰的這樣想著，人還沒走進攤頭，就聽到阿江宏亮的聲音：「新年恭喜喔～」

「你過年無休睏喔？」我這樣問阿江，沒想到阿江竟然回我說：「我若是歇睏，我毋著互人春？」我這樣回問他：「誰人遮爾大膽敢春你……」阿江說：「炒鱔魚這款物件，少年人袂曉吃，攏是濟歲人抑是像恁這款，以前序大人悉著恁來吃，恁毋才知影來吃，像恁這款年紀的，大部分攏出外吃頭路，干焦過年過節會倒轉來，我若是歇睏，害恁吃無，我毋就互舂？」

這時我才明白，原來阿江這攤持續點著的爐火，更像是為夜歸家人點亮的小燈，爐火燃著未熄，就等著為過年返鄉的出外遊子，端上一盤清脆的炒鱔魚。

農曆年，今年一定要來去看看阿江，探探那為外出遊子續燃的火爐，看看他的手是不是依然貼著藥布，當然要嘗一嘗他的鱔魚是否依然清脆，幫他品管一下……。

編註：阿江鱔魚已於二〇二二年七月吹熄燈號。

林俊安，一九六六年出生於臺南，北漂從事媒體工作三十餘年，喜歡臺南生活步調與人際關係，懷念舊時臺南的種種美好，堅信臺南爲此生最在意的城市。

最好的紅薯球，應該要用冰勺在紅薯泥中挖出一顆顆正圓形的球，且小巧、可一口放入嘴中，讓香氣四散。若分兩口也可以，咬下一口，外頭深紅色酥皮裹著內裡紫粉色的綿密紅薯泥，視覺上也充滿刺激，再放入嘴裡，「啊！太幸福了。」

紅薯球的滋味

——陳議威

南投幅員遼闊，每有人一聽聞我所來處，便興致高昂地說：「哇！上次才去日月潭而已，埔里東西好吃極了。」我急忙打斷，不是不是，再聽聞我來自「南投市」後，「南投也有市喔，你們山上應該不太方便。」接著話題通常斷裂於此，只剩下不明白的外地人，與怒火中燒的本地我。

不該是這樣，如此深愛之地無人知曉，身為在地寫作者，我有責任與能量，把地方清楚分享出來。南投市過於低調，鋒頭不及合歡清境山景、不及明潭湖景、不及草屯、集集、竹山這樣的熱鬧小鎮、甚至黯淡於涵括於其範圍內、名氣響亮的中興新村。但這樣一個里山之城，夾雜在八卦山與中央淺山之間，屬臺中盆地內南緣尾端，山與山那麼靠近的起伏之地，市街裡卻獨獨保有許多僅產地有的庶民美食，取自天然、風味不同、口感、嚼勁也無一處能夠比擬。

南投市場與果菜市場聯合起來，規模盛大，從山腰間的彰南路的圓環至信義路的平和國小，百家攤商從丘陵鋪落至和緩的平地上，街市裡走一回，薄薄一片片綠豆粉粿、冰鎮在市場老奶奶的手推餐車裡，透明幾片散裝於袋中，買完回車上現吃，拿在手裡，輕透淺白色澤，像是一片片清晨月亮，淡淡綠豆香，伴嘴齒嚼動、輕盈地瀰漫在舌尖上，好似剛醒來的夢，味道很快地淡去、卻令人回味。連忙接著一片、再一片，試圖挽留所有錯失的情節。

口感取勝，除了綠豆粉粿，還有另一款我欲藏私，又想讓世人品味一回的神奇丸子「紅薯球」。我願傾生命擔保、絕不誇張地說，這紅紅山藥做的丸子，是我的摯愛、是世界上最好的食物。

很抱歉，但我對夜市裡的「地瓜球」總看不上眼。在我心裡，地瓜球就是包裹空氣、空心的瑕疵品，缺少綿密的感情，即使如今，在全臺的夜市裡，地瓜球已有各式各樣的變化型態，雙色交疊、大小幻化、清脆或黏牙，從小吃紅薯球長大的我，常常憐憫他地，只能嘗地瓜球沾沾自喜。

在我個人淺薄的田野調查裡，紅薯球攤商的大本營便在南投市、接著有零散幾間在名間鄉松柏嶺上祭拜玄天上帝的受天宮周圍、草屯市街也有一家，中興新村員工消費合作社也僅有一家，一脫離南投縣域範圍，除了少數攤販偷渡外溢到臺中旱溪夜市、或員林夜市，紅薯球的產地限定標誌十分鮮明。

以前我帶朋友來訪南投，我一定大聲告知：「只有南投有喔！別的地方可吃不到。」直到有一回彰化來的女孩J也很堅持的說：「可是我在員林也吃過。」經過一番調查，我才終於願意承認，或許好滋味已經散播到中部其他鄉鎮。

地區限定過於迷人，但除了地區限定，它也是季節限定。「紅薯」球的紅薯即是紅山藥，在臺灣漫長的夏日，莖葉繁盛起來，吸取許多養分，過了夏日抵達八月，日照漸短，養分開始儲存到地下莖去，地底紅皮白肉的紅山藥壯大起來，十月初即可採收。

初冬至春末之間，南投市南崗路往名間、竹山驅車前行，路上到處是販賣白山藥、紅薯的店家，停妥車下車選購，揀選好中意的山藥條，回家剖面，鮮紅的斷面即可引起食慾。

爲了體會自製紅薯球滋味，我曾嘗試買新鮮紅山藥切片蒸熟、加熱加糖、攪混太白粉油炸，也曾光臨南投市清水火鍋旁現成的紅薯泥，買回家入油鍋，或許是油溫的控制、或許是紅薯分量比例的拿捏、或許是捏成球的大小，遺憾的是，我從未成功複製出市場裡的口感與滋味，往市場裡尋覓較爲了當。

南投市的紅薯各有特色，我自小吃到大的是夜間的紅薯球，周三的家樂福夜市、周一周四的南崗夜市，炸紅薯球夫妻倆的油鍋，幾乎一周三次餵養我成人。他們家的紅薯球大小適中、渾圓飽滿，咬下去山藥泥與纖維交織，後味衝上鼻腔，好吃極了。離開南投的日子，偶有返家，家裏知道我嗜吃，常常買五十元大份量於餐桌上，夫妻倆裝滿出紙袋，我三兩下就能夠完食一整包。

若在白天抵達南投市街，可在民權街市場入口嘗鮮，那裡的紅薯球碩大、油量的份量較多，在冬日將現炸熱呼呼的丸子放入口中，一口還吃不下，但好味道總能用發燙的舌頭迎接。大概兩三粒就能飽足。但近日，老闆娘似乎愈炸愈畸形、油量也愈用愈猛，開始粗糙起來，我便較少光顧了。

最好的紅薯球，應該要用冰勺在紅薯泥中挖出一顆顆正圓形的球，且小巧、可一口放入嘴中，讓香氣四散。若分兩口也可以，咬下一口，外頭深紅色酥皮裹著內裡紫粉色的綿密紅薯泥，視覺上也充滿刺激，再放入嘴裡，「啊！太幸福了。」我每品嘗一顆，內心懷著感激之情，怎麼市上能有如此美味，我知而不爲大衆所知。而有一間位在平和國小附近，便擁有完美的滋味，但近期排隊人潮愈發洶湧，我便不願透露更詳細的地址了，若有心追尋，來南投市帶上我，我帶你前往，你買一大包我們分享。

季節限定，約莫進入春末初夏，最難過便是紅薯球攤商一間間收起來。暑夏朋友來訪，我們只能想像紅薯的滋味，在腦海裡望「薯」止渴、望「薯」莫及。期望紅薯枝葉度夏茁壯，到下一個秋天，在豐饒的南投淺山地底，一天比一天脹大。

而至於紅薯餅，偶爾會加入葡萄乾或紅棗，但口感無法與紅薯球的鬆軟與綿密堪比，並不是我所愛好的，因此不加贅述，敬請諒解。

陳議威，筆名Fog，一九九三年生，中興新村人。在臺中、臺北、北京、清邁生活過，在亞洲兜一大圈回到南投。嗜甜食、嗜旅行，曾營旅行播客節目《三刷遠方》，講世界上第三名非主流城市的故事。

不能動身之時，不小心種出一片雨林，收納我游移晃動的心。三隻臺灣狗、上百盆植栽，畫畫地圖、想念遠方，安定下來、經營生活與現在的我。

一湯匙舀起，雪白虱目魚片與碩大鮮蚵推推擠擠，肉燥、蒜酥、紅蔥頭、香菜也不甘示弱冒出頭來，光看而已，就有飽足感。

鹹粥的召喚

周姚萍

食物，往往藏有魔法，能召喚往事。

似魔女念咒，就簡短兩字，念出我家對鹹粥的慣常稱呼：「鹹糜！」真真召來過往，並非因它而起的故事，卻是伴隨它所發生的片段。

一年六月，為了工作取材，與友人前往臺南，住在一位年輕女孩開的巷內民宿。早起一下樓，女孩總忙著，餐桌上也備辦好臺南的特色早餐；每日不同，分別為鹹粥、米糕與碗粿三款。

入住的第二天一早，迎著我們的便是鹹粥，一湯匙舀起，雪白虱目魚片與碩大鮮蚵推推擠擠，肉燥、蒜酥、紅蔥頭、香菜也不甘示弱冒出頭來，光看而已，就有飽足感。

據說府城鹹粥多爲飯湯，亦即煮好湯底後，放入米飯稍微滾一下便起鍋，有些像日式茶泡飯，湯、飯分明，但這家鹹粥用的是來自漳州、泉州的半粥式煮法，以魚骨熬湯，再將生米入湯煮到透明狀，讓米飯可多吸附些湯汁鮮甜。

對北部人來說還有較意外的一點：鹹粥搭油條！將油條掰成小塊放入粥湯內，時間任人選，短一點的話，油條外軟內酥，泡久一點便化爲軟糜，呼溜一下隨粥入口。

當日，我們預計搭十點鐘的火車到新營，與當地友人會合，由她領路拜訪鹽水、白河、土溝等處。享用鹹粥後，時間尙早，大夥兒悠閒在客廳閒聊、看觀光小冊，突然間雷聲隆隆，隨後大雨傾盆而下。說大雨尙不及，該是豪雨、強降雨等級，出門即便撐傘也看不清楚眼前路，且絕對淋得全身溼透。

這下我們緊張了，很擔心叫不到計程車前往火車站，導致錯過準備搭乘的班次，趕不及已排好的約訪，於是趕緊撥了叫車電話，果然沒車！三支手機，一通一通又一通，始終沒好消息！

或許海味鹹粥給了我們與狂風驟雨一搏的生猛氣力，大夥兒沒放棄，加上民宿老闆幫忙，終於險險在時間內叫到一輛車。生猛力續航，我們向老闆借夾腳拖換上，衝入雨陣，衝進計程車，順利趕抵火車站。

那天，走入白河蓮田，踏上鹽水八角樓，遊逛於一整座農村就是美術館的土溝，雙眼所見識的豐富，市鎮所蘊蓄的力量，恰恰飽滿如一早所食鹹粥。而那碗加上油條品嘗的鹹粥，也因那場大雨，添了更多的意外滋味。

不同於南部鹹粥通常採魚骨熬湯，配料用魚鮮，北部的鹹粥多用豬骨熬湯，配料用豬肉，因此似乎可歸結出「南魚北肉」的原則。

在臺北吃鹹粥，它雖是主食，但如同切仔麵一般，總有各式繽紛小菜更搶人心思。

前兩年，到剝皮寮看展覽，結束看展後一轉，有間店竄入眼簾，是老字號的肉粥店，客人捧著托盤川流不息，上頭絕對少不了小小一碗粥，更澎湃的是紅燒肉、花枝、粉腸、土雞肉、嘴邊肉等諸多小菜。

這間店我僅光顧過一次，還是打包外帶，卻對它難以忘懷，只因一段往事。

那時，家裡的毛孩子患重病，從住家附近的動物醫院轉往臺大動物醫院。臺大看診總要等到地老天荒，排檢查更是，於是他們轉介我到廣州街一間由臺大醫師開的動物診所，自此，每週跑一次那兒。

即便是動物診所，因有不同專科，動物患者非常多，我家毛孩子狀況不佳，醫師體恤，主動叫我在開放掛號前先到，按了門鈴，她就開啟鐵門讓我們進去接受診察、治療。

爲了免去搭公車、捷運的顛簸，母親總開車載我們前往，只是，我家毛孩子每況愈下，我也愈來愈愁眉不展。

一日，看診加上治療，時間已過中午甚久，回程經過那家店，爲了回家後快速止飢，我匆匆下車外帶，並無心思再選小菜，只買了肉粥。

這家老字號肉粥呈淡淡褐色，上頭漂著細小的豆皮和油蔥酥，沉在飯湯裡的，有裹粉豬肉塊與些許蝦米。由於我的心情如同粥的配料，既漂浮不定又低盪沉落，所以匆匆吃罷，根本食之無味。

其實，我甚少選擇外食鹹粥，大概因爲認定它是家裡的吃食。

過去，我家做生意，大人很忙，然而過往年代，再怎麼沒時間，晚餐還是會正式煎煮炒炸一番，七口之家，總要有四菜、五菜加一湯，至於鹹粥、炒米粉這類，往往是中午時分的快速餐食。

母親的鹹粥系出北部，蝦米、香菇爆香起鍋後放一旁，炒香紅蔥頭再加醃過的肉絲拌炒，接著蝦米、香菇回鍋，再放切成細絲的竹筍炒一會兒，加水煮滾，入米飯煮到軟爛程度，最後調味。芹菜切成珠狀盛裝於盤上，每個人舀了鹹粥再依喜好撒芹菜，我愛加很多，白胡椒粉更是絕不能少。

與竹筍同樣夏季限定、適於熬鹹粥的蔬菜還有菜豆、蒲瓜，冬季則是高麗菜、白蘿蔔。這些蔬菜的清甜，總能從肉粥的油潤豐腴中跳出來，再返身協調出一種平衡。

父親是獨子，過年過節時，姑姑等親戚們回來，母親總要辦桌似地煮上兩桌大菜。我沒學會那些精細手藝，倒默默記住鹹粥的基底做法：「蝦米、香菇爆香起鍋後放一旁，炒香紅蔥頭再加醃過的肉絲拌炒……」我覺得那堪稱萬用基底，可用於炒米粉、炒什錦蔬菜、煮什錦麵種種料理。一次，我買了客家豆腐腦，原是附了薑汁黑糖的甜品，但不嗜甜的我就是想改成鹹食，於是套用這基底，竟可口極了。

更經常的是，慢慢地煮上一鍋鹹粥，召喚回小時候家中忙碌時分仍享有的豐腴美味。

周姚萍，兒童文學作家。行至不惑，才因書寫土地正義少兒小說《守護寶地大作戰》，感知自己原種於田土、生於自然，開始了親土生活的實踐。儘管手不能縛雞，腰難以深彎，但日日以小農友善種植作物餵養自己，長出氣力，願再反饋自然萬物，予生機蓬勃。

基隆廟口的豬腳都使用前腳，因為前腳比後腳肉厚、皮Q，口感較好。在那吃豬腳，你不能只跟頭家說你要點豬腳，因為這裡的豬腳分成三種部位，你最好先知道每種部位的臺語俗稱。

撐起基隆廟口的兩隻腳

——曹銘宗

看到本文標題，讀者應該知道我講的腳是豬腳。沒錯！基隆廟口美食琳瑯滿目，但單價高、生意好，從早上十一時接力賣到凌晨一時，就是仁三路第22號攤的滷豬腳，以及愛四路夜市的紀家原汁豬腳。

雖然大家都知道豬腳，但很多人還是弄不清楚豬腳的部位及其定義，尤其不懂爲什麼說豬的前腳比後腳大？豬的前腳，廣東人稱「豬手」，就是「德國豬腳」使用的部位。

豬的四肢，可分成後肢與前肢。後肢分成上下兩部分，上方是肉多而肥的「蹄膀」，下方是骨大肉少的「後腳」。前肢則統稱「前腳」，所以看來比少了「蹄膀」的「後腳」大。「前腳」上方因肉多又稱「小蹄膀」（相對於後肢較肥大的蹄膀），下方的肉也比「後腳」多，所以價格較貴。

基隆廟口的豬腳都使用前腳，因爲前腳比後腳肉厚、皮Q，口感較好。

在基隆廟口吃豬腳，你不能只跟頭家說你要點豬腳，因爲這裡的豬腳分成三種部位，你最好先知道每種部位的臺語俗稱。

豬前腳上肢肉多的大腿部位，稱之「腿庫」或「腿包」。下肢則包括兩個部位：豬蹄部位稱之「跤蹄」（kha-tê），小腿部位稱之「中箍」（tiong-khoo），臺語「箍」指圓形的塊狀物，所以就是整隻前腳的中段。

豬前腳的「中箍」，以其筒狀內有四根骨頭、可看見四根骨頭的切面，也稱「四點仔」；又因可以切稱四塊，故稱「四周」（sì-tsiu）。臺語「周」指圓形物縱切成弧形的一片，因此有切做四周、六周的用法。

這三種部位，雖說人各有所好，但以其皮脂肉均勻的「中箍」（中段）最受歡迎，加上量少，所以最早賣光，想吃要趁早。

上午十點半，基隆廟口第22號攤尚未開張，就有人坐在攤前等吃滷豬腳。半小時後開張，頭家就不停的快切豬腳，小攤不到十個座位總是客滿，還有很多人排隊外帶，一直賣到晚上八、九點賣光爲止。

此攤主人姓呂，戰後即在此擺攤，從一九七一年賣滷豬腳至今，已經超過五十年了。客人點一份豬腳（用秤的）約一百元，加上滷肉飯、蝦仁焿，在基隆廟口算是高消費額，但愛吃的人永遠不會嫌貴。

我曾在一九九七年訪問此攤的第二代攤主呂芳寶，他講出滷豬腳的方法：

一、整隻豬腳火烤去毛，再泡水刮掉部分皮層，這樣滷時才不會黏鍋，吃起來也才會Q彈。

二、每隻豬腳切成腿包、中箍、腳蹄三種部位，分成三個鍋來滷。

三、滷汁僅用醬油、鹽、冰糖、味素，不加香料，只靠滷的火候和功夫。

四、滷時不斷撈掉浮油，才不會油膩。

他還自薦本攤滷肉飯，因爲滷汁使用滷豬腳的原汁，帶有豬腳筋的黏性，大概是全臺唯一。

三十年前，我有一位臺北企業家朋友常來基隆廟口，他特別稱讚這家滷豬腳不但好吃，頭家切豬腳的快刀手法也是絕技。他還交代，頭家味自慢，千萬不要跟頭家說吃起來很像萬巒豬腳。

我帶客人來基隆廟口，都會推介這攤滷豬腳，吃到的人皆大歡喜，但也常因客滿、沒時間等候而放棄，即使外帶也要排隊很久。

本攤因爲太小，所以排隊有點混亂，我經過多次觀察，細聽頭家與客人對話，歸納如何吃到本攤豬腳的方法如下：

一、頭家以內用優先，然後處理外帶。

二、內用排隊沒有動線，請站在食用者的後面等候。

三、等到位子坐下之後，不要急著點菜，等頭家問你再回答。

四、外帶請在攤前排隊，先弄清楚排隊的方向。

結論：想要內用的人，一到場就看哪個位子的客人快要吃完？然後站在他的後面等，他會感到壓力而趕快吃完。你不必內疚，因爲下一個客人也會這樣對你。

臺灣常見滷豬腳，少見水煮豬腳，其中又以基隆廟口夜市紀家「原汁豬腳」最負盛名，自一九六四年開業至今，除了愛四路上的攤位，旁邊的二樓、三樓還有座位，從下午四點賣到凌晨一點，近年並發展宅配業務。

所謂「水煮豬腳」，與「滷豬腳」相比，不只是清燉與紅燒的差異，還包括不加任何材料，就是純粹的水煮。水煮看以簡單，其實處理過程非常複雜，洗淨、除毛、去腥、撈油都要功夫，還要注意火候，必須煮得Q軟卻不能太爛。因此，在沒有醬油掩飾、香料壓味之下，水煮豬腳要做得好，其實更加耗工費時。

紀家豬腳第一代紀文良，苗栗後龍人，十幾歲就來基隆廟口發展，賣過幾種小吃，後來以原汁豬腳成名。

紀家豬腳第二代紀柏宏說：「原汁豬腳是我父親在基隆廟口發明的！」他還補充，他去過福建很多地方，包括福州，都沒看過這種不加藥材、蔬果等調味料的純水煮豬腳料理。

我接受「發明」的說法，雖然水煮豬腳不是原創，但使用臺灣溫體豬、挑選大隻的前腳，在沒有醬油掩飾、香料壓味之下，費工讓豬腳「美白」、沒有腥味，並因賣量很大才有足夠豬骨以小火熬成濃郁的白湯，在基隆廟口賣了一甲子，可說就是「創造的傳統」了。

我看臺灣其他地方的水煮豬腳，包括臺北大稻埕（許仔）、屏東里港、新竹城隍廟附近（老黃），似乎與紀家豬腳有所不同。紀柏宏說，紀家豬腳每天豬腳用量很大，至少在熬湯上占有優勢。

我也探查水煮豬腳的源頭，包括有福州人說他們也吃水煮豬腳，中研院臺史所翁佳音說琉球人也有水煮豬腳並稱來自福州。但我後來認爲，清燉是常見煮法，也會加入不同材料，所以未必要說從哪裡起源？

原汁豬汁最大的特色就是呈乳白色的湯汁，無油不膩卻充滿膠質，放冷就會「堅凍」（kian-tàng）呈固體狀。因此，很多人吃原汁豬腳就是爲了喝湯，後來店家也提供免費加湯。

早年，客人在攤前滾燙的熱湯中挑好豬腳，由店家撈起秤重，每塊價格不同，然後去骨切塊，再放在大碗裡，加入豬腳湯。雖然湯汁濃郁，但店家還會再加味素，以及一種無色醬油，臺語稱「白豆油」，即戰後初年臺北商人陳順天所稱的「鬼女神味原液」。近年來，紀家豬腳已改爲小碗（二百元）、中碗（三百元）、大碗（五百元）。

至於水煮豬腳專屬沾料辣椒醬油從何而來？紀柏宏說，大概是爲了與麵線、燙青菜的蒜蓉醬油區別，紀家豬腳一直使用早年最好的金蘭醬油至今，但如何不死鹹有點祕訣。

紀家豬腳開業二十年後，有員工出來創立「林家豬腳」，在廟口附近田寮河對岸義二路二巷開業，但已在二〇二一年一月十八日停業，長達三十六年。

林家豬腳的營業時間似乎刻意避開老東家，從早上十點至傍晚，假日常在下午四點前就賣完。但林家豬腳以相對湯汁較清爽、價格較便宜，口碑很好，後來媒體報導基隆原汁豬腳都以林家爲代表。

基隆冬季濕冷的天氣，林家豬腳提供豬腳湯加麵線的早午餐，這是基隆人特有的窩心美食記憶。

林家豬腳的店面不算小，但外帶很多，中午時間常見二十多人排隊，讓頭家夫婦後來加上兒子都快應付不過來。

停業的前幾年，林家豬腳在攤前貼出「雙手難敵衆人口，還請耐心多等候」的大字報，「衆人口」包括兩種：一是內用吃肉啃骨喝湯之口，一是外帶因不耐等候而碎碎念之口。我覺得這樣應該能夠博得顧客同情，歡喜吃就要甘願等。

二〇二〇年十月，我聽說林家豬腳準備停業，心裡一驚，早上十點專程前往探查，果然爲眞。掌店的少年頭家說：做到農曆過年前。頭家娘說：忙不過來，身體愛顧。

我問少年頭家不能接下嗎？他說兩老都不做了，他一個人做不來。

我再問不能請人嗎？頭家娘說：請不到合適的人。

隨後我在路上遇見老頭家，他說他咳嗽一直沒好，醫生說是過勞，果然如果休息症狀會有改善，因此決定停業保養身體。

我問不能請幫手嗎？他說找不到，「不能把品質顧好，不如停業！」

我隨後去店裡拍下七十二歲老頭家工作的身影，在臉書預告林家豬腳將要停業。後來的三個月，媒體不斷報導此事，林家豬腳的排隊人潮卻愈來愈長，直至停業的前一天。

相對於林家豬腳停業，紀家豬腳第三代已經接手。基隆廟口近年有幾家著名攤店因無人承繼而永久停業，所以我特別跟紀柏宏說，請他一定要好好傳承下去。

以上，我以基隆年輕耆老的身分，講了基隆兩種豬腳的故事。

曹銘宗，臺灣基隆人，東海大學歷史系畢業，美國北德州大學新聞碩士。現任作家、講師，兼任導遊，關注臺灣庶民的語言與文化，致力臺灣歷史的史普寫作。

曾任聯合報文化記者及主編、東海大學中文系兼任講師、中興大學駐校作家、聯合新聞網〈讀．書．人〉專欄作家。曾獲三次吳舜文新聞獎文化專題報導獎。

出版四十種臺灣歷史、文化、民俗、語言、人物著作，包括：《吃的台灣史：荷蘭傳教士的麵包、清人的鮭魚罐頭、日治的牛肉吃法，尋找台灣的飲食文化史》（與翁佳音合著）、《蚵仔煎的身世：台灣食物名小考》、《花飛、花枝、花蠘仔：台灣海產名小考》，以及小說《艾爾摩沙的瑪利亞》等，傾力於臺灣歷史、文化、語言、飲食、人物等著作。懷抱自由、平等、民主等普世價值，繼續在臺灣書寫臺灣。

以番薯粉、黑糖加水沖泡飲料起源於何處已不可考，卻是當地非常普及治療中暑的土方法。「小時候生病沒有東西，在黑糖水裡加一點番薯粉，攪一攪以後喝下去，胃口不好媽媽就給這樣吃。」有時甚至會加上鹽巴，當地耆老回憶。

黑糖粉圓冰，濱海鹽工消暑土方

——吳比娜

炎熱盛夏，陽光灼燒著路面，白花花的讓人睜不開眼，四周地景平坦遼闊，距離下一棵可躲避的樹木遮蔭處還遠得很，只有海上吹來的風，拂過魚塭水面時，帶來一絲清涼。

我埋頭躲在帽簷下，催動著機車油門的把手，渴望著尋找一方綠洲。忘記是怎麼發現這間濱海的餐飲店，它躲在樹籬裡，座落在魚塭畔，九重葛開得豔麗，室內稍微阻隔了南國的陽光。我點了一碗粉圓冰，上面有著圓仔、情人果、鳳梨，最吸引人的是份量十足的粉圓，一顆顆晶瑩、Q彈，配著黑糖冰吃起來，嘩，暑氣全消！全身燥熱，頓時降溫下來。

這麼澎湃的冰品，卻有一個樸素平凡的出身。

此地是臺南西部沿海地帶，古稱臺江，內海淤積後形成海埔新生地，因陽光強烈、冬季少雨，東北季風旺盛，利於海水結晶成鹽，是臺灣重要的鹽場。從北門、七股到安南區，自清朝、日治到民國，遍布著鹽田，居民靠海為生，鹽工、漁民形成了一個個聚落，「鹽田兒女」、鹽分地帶文學，皆出於此處。

身處海角邊陲之下，人們練就一身在炎熱氣候生存的本事。以番薯粉、黑糖加水沖泡飲料起源於何處已不可考，卻是當地非常普及治療中暑的土方法。「小時候生病沒有東西，在黑糖水裡加一點番薯粉，攪一攪以後喝下去，胃口不好媽媽就給這樣吃。」有時甚至會加上鹽巴，當地耆老回憶。

對於整日曝晒在太陽底下勞動的鹽工，喝番薯粉黑糖水能降火，也能迅速補充熱量，提振精神，是日常必備的飲料，做法是在水中倒入一大杯番薯粉和黑糖粉，不停攪拌使其均勻，有時甚至會加上鹽巴，有「鹽工茶」之稱，爲居民因應濱海地區熾熱天氣所衍生的消暑祕訣。

老一輩的人認爲，番薯粉能幫助體內暑氣排出，黑糖有清肺、清肝、促進新陳代謝、補充微量元素的效果，是貧乏生活中僅有的物資享受。朋友是鹽工之子，說他小時候的任務，是在熱天到村子的冰廠運一塊冰塊，提到鹽田旁邊，等待爸爸、親戚午後歇息，作爲重度勞動後的體力。

濱海生活條件較好後，開始也有小販們會將番薯粉製成粉條、粉圓，到鹽田旁叫賣。就像這家餐飲店的老闆，說起四十年前，他的父親爲了貼補家計，於從事漁農的空檔，以手工製作粉圓，他用竹扁擔挑著簍子，一邊挑著黑糖水，一邊挑著粉圓、碗等物事，從靠海的四草聚落出發，挑到安順鹽場賣給鹽工，再經過媽祖宮村莊回來，也覺得這是好長一段路程。特別是在酷熱的天氣裡。一碗黑糖粉圓賣三分錢，如此十幾年，拉拔大了家中七個小孩。如今店裡還留有當初所使用的竹扁擔，兩端已見彎曲，可想見爲父者挑起家庭擔子之沉重。

數十年以後，周邊一代的老居民，仍會懷念手工黑糖粉圓的味道，年輕後輩也回到老家，重新整理魚塭旁的老厝，種上花木，仍以古早方法製作粉圓，將番薯粉加水搓揉後，以竹篗過篩，耐心慢慢搓揉，到顆粒大小分明後，再晃動過篩，搓出來煮後，是透明無色的。口感嚼起來有彈性，淡淡的香氣配上黑糖冰，的確是絕配。

我曾經帶許多朋友來吃冰，這現代豪華版的黑糖粉圓冰，讓許多被陽光晒得直叫的婆婆媽媽露出了笑容，我也把這冰品帶到研討會、演講等討論台江傳統飲食文化的場合，參加者吃得讚不絕口。

目的不是在推廣哪個店家，而是透過一碗冰品，追溯它的緣起，憶起它形成的風土。先民以簡單的食材去因應酷熱的沿海環境，黑糖粉圓冰是古早預防中暑的食療祕方、鹽工嚴苛工作中的小確幸，一顆顆晶瑩的粉圓，只是番薯粉以手工、耐心製成，滋味還是那麼自然樸素。

吳比娜，臺南人，《尋訪台江古早味》作者，透過研究了解自己的家鄉根源。喜歡田野踏查、與土地和人接觸。

南國多熱，無冰不歡。南部小孩吃冰是不分春夏秋冬的。愛吃冰，總要設法進階為甲級技術能力，開始學製上道的冰棒。

我的撩慾食物

簡國書

創作料理的動機，隨著個人年紀的增長已經從撩妹轉爲食慾的安慰。

南國多熱，無冰不歡。俗話說「第一賣冰，第二做／告醫生」（「告」是現代版，同學從醫跟我道不盡心酸）。回憶年幼在高雄的時日，總有廣播放送的小貨車販售「凍凍果」，是種裝在長型夾鏈袋中的糖水冰棒，它比起其他沿街叫賣的小食，諸如：豆花、爆米香……永遠更能引起小阿國的食慾衝動。上小學後，在福利社發現有一種進化版叫「棒棒冰」，是更細長的塑膠袋封裝橘子色素水而成的冰棒，須直接咬破袋子才可享用，吃法眞是豪邁無比，完食整個舌頭都是豔麗橘色。

某北部局外人疑問說：南部不都吃芒果剉冰？刀削蜜豆冰？拜託，那是有經濟能力的人才能吃，小屁孩難有機會到冰果室吃冰！除購買廉美色素冰棒外，多數必需自家產製冰品。丙級技術自力更生者，只能把媽媽煮好的綠豆湯裝在碗公凍成冰塊，嘴饞時再徒手以鐵湯匙把如石堅硬的冰磚慢慢刮出冰沙，口感極好像雪花冰，但要刮很久手很痠！乙級技術自力救濟者，發現更簡易可口的替代方案，就是把洗好的葡萄或剝殼的荔枝直接冰凍，不但味道甜美，大小也容易入口含舔！但，合宜的水果並不是終年都產（南部小孩吃冰是不分春夏秋冬的）。

愛吃冰，總要設法進階爲甲級技術能力，開始學製上道的冰棒。冰棒好吃除用料實在，重點是拿捏口感，過於硬脆會咬不動，等稍退冰一咬又分崩離析，這種不合格！冰棒所含水分，如何與其他成分水乳交融乃口感鬆軟的關鍵。無怪乎多數商業販製的冰品，成分表上都有「乳化ＸＸ劑」之類的標示。乳化非壞事，是一種物理現象，但用什麼成分來促進乳化，比較令人多慮。至於家用等級，我倒是從阿母身上學到一招。小時候我媽自製冰棒口味是煉乳，她先把過甜的煉乳加水稀釋煮到適當的甜度，再用地瓜粉勾芡讓這鍋煉乳水回復濃稠狀，稍放涼後就可灌入模子冷凍備用。這款冰棒對年幼阿國眞是極品，香~甜~綿~

長大後我屢屢試著再回味，並在煉乳冰棒中添加顆粒適中的配料如紅豆或水果粒，顏色風味都會更上層樓。但冰棒體的主原料是煉乳跟勾芡，跟時代的健康潮流有點背道而馳，阿國只好再次開始土法煉鋼研發新配方。

我把冰棒體口味，從加工品的煉乳改爲天然水果，有甜更有風味。在家用環境的產能下，挑水果有三方向：一含水量高，最好不加水就能用果汁機打得動，因加水後味道變淡就想再加糖調味，會增加身體負擔；二風味要足，因冷凍後食物氣味會打折，家庭製冰的好處是規模小可逐一監控，等水果放到接近軟爛熟透才開工，堪稱手工精品冰棒；三多方嘗試，有些水果經果汁機攪打，即刻氧化變色讓人興趣缺缺，有時加檸檬汁可以改善，但合適與否要親嘗百果才得解。

至於促進乳化程度的祕方，阿國試過芭蕉跟白米飯都不錯。沒錯，就是白米飯，你家電鍋的剩飯即可，但要盡量攪打得夠細緻，飯粒才有辦法跟跟水果產生乳化效果。至於爲什麼是芭蕉非香蕉，主要是氣味的調配。香蕉的戲路有限，跟多數水果攪拌後它的氣味往往喧賓奪主，而芭蕉能演能歌能舞老少咸宜，搭配其他水果不會過度突兀。

一個多月前，我在食堂招待客人餐後端上冰棒，年幼的小來賓第一口就大呼好吃，跟我說：你教我配方！接著他阿公說：那我也來一枝試試看。我心中感嘆，我的食物都撩不到妹，愛的不是小就是老。

阿國，簡國書。廣告自營商兼俬廚料理人，喜歡正經作夢與不正經做人。

輯六——農耕漁獲

穀場的老闆身上有種説不出的疲憊，但依舊穩紮穩打地指揮動線。「唔……到底要不要問？」猶豫的幾秒，內心不知道已重複多少次這句話，最後才趁著他與別人談完的空檔上前詢問。老闆對了一眼，應該是有聽到，面容不改地說：「大家的情緒都很滿。」

好天著存雨來糧

——陳煥中

宜蘭稻作收割季大約落在夏至初到大暑初，剛好符合蘭陽平原的節奏。去年雨季斷斷續續地耍賴，直到頭頂終於等到無盡藍天，好到藏不住存在感很強的太陽——適合收割的日子。割完稻，我跟著已上岸的金黃穗浪離開，前往鄰近的烘穀場，後方的田只剩乾裂的黃土。看著前方一袋袋的太空包轉換心情，胸中大石終於放下，一不留神已經抵達烘穀場。不過，這裡其實不只能烘穀，還包含冷藏、碾米與包裝，或許應該稱爲「產地穀倉」。

隨著時代進步，有了機器大力幫忙，農人們看天吃飯的故事少了許多。直立的烘穀機，因爲可以在更短的時間負荷更多稻穀量，工作密度也跟著上升，省時常常就是省錢。

記得當時抵達後，看到前方排了好幾部大貨車與小貨車，原本放下的大石又不小心提起來。心想：「既來之，則安之。老天都讓你收了，請再等一下。」自己解讀起老天的意思，夾雜心虛與安慰。天氣很熱，適合割稻的天氣，但不適合等待。我默默地把機車停靠路邊，走到廠區外面的鐵皮屋簷下，躲在陰影中，側看光線照著飛揚的灰塵、碎葉與稻芒，聽著門口附近的碾米機轟轟作響，不時吸著載運稻穀的貨車與堆高機的柴油味，還有焦慮的二手煙。

我正躊躇換個地方待，一起步就看到老闆走出來，想上前問今年的收成如何？秤重了嗎？他身上有種說不出的疲憊，但依舊穩紮穩打地指揮動線。「唔……到底要不要問？」猶豫的幾秒，內心不知道已重複多少次這句話，最後才趁著他與別人談完的空檔上前詢問。老闆對了一眼，應該是有聽到，面容不改地說：「大家的情緒都很滿。」我又安靜地退回一旁，繼續等待秤重的結果。

如果遇到雨季或颱風季前的搶割，以及老天賞臉的好年冬，這時候外頭農人們的激情隨著熱風一同吹入穀倉，與收割時期湧入的大量穀子，考驗著師傅的手路與脾氣。員工們忙進忙出，一團混亂中，隱隱有序地完成被交付的任務。想要近距離觀察，又怕被白眼，一瞬間覺得自己好像惡婆婆盯著媳婦掃完地般令人厭惡，不小心也漸漸地感染「大家情緒都很滿」的心情，只好觀察靠近廠區門口的碾米作業，分掉焦躁的心。

眼前，烘完的稻穀被倒進碾米機，隨著客戶的需求碾成糙米、胚芽米或白米，金色與白色交錯在機器的出口。過了一會兒，裝載我田裡穀子的太空包終於被堆高機提起秤重，立馬跟上，跑到磅秤旁邊等待開獎。不知老天準備留多少給我？開花期經過大雨洗禮，以為平均一分地的產量會少於去歲的好年冬太多。還好只差了一點，注定的數字終得出來，不能再說甚麼。再次提起勇氣詢問老闆何時烘完穀子，先行離去。

過了幾天，我重回現場與老闆結帳，剛好遇到他正處理我的稻穀。烘穀機在廠區最裡面，對著冷藏庫，中間的氣溫既舒服又複雜。走過去和他打聲招呼，默默地跟他一起望向頂到天花板的機器。大概不知道要聊什麼？老闆突然冒出一句：「這是循環式烘穀機。」接著一手拿著起重機的遙控器，一手翻掌說明稻穀從料斗倒入，提升機送上頂端，透過分散盤將稻穀均勻送入均化儲藏層及乾燥層，稻穀將暫存於均化儲藏層進行溫度、水分調節與均化。再往下到乾燥層，利用溫度較低的熱風（大約攝氏48度到54度）乾燥稻穀。乾燥後的稻穀，排至下方的輸送部，透過下螺旋送至提升機，再往上送至均化儲藏層。如此反覆至乾燥，至所要求之含水率爲止。老闆大概解釋後，又開始安靜地操作機器。

可能我陪著老闆罰站太久，老闆動身與我結算費用。廠區其他的員工叫聲與機械運轉聲翻湧。最後他忍不住說了一句話：「這馬就趁好天存雨來糧。」「嗯？什麼意思？」老闆寫著帳單邊說：「這麼好的天氣，要趕緊準備雨天需要的糧食。」彼時天氣眞好，節氣是大暑，夏季的最後節氣。老闆轉身穩住腳步，走進最裡頭繼續「厚工」顧著爐火。外面的田已變色，而秋風秋雨就快來到。

陳煥中，在宜蘭種田，也種自己的生活。有時會把務農的愛恨情仇化為文字。經營臉書粉專「雲子」農場。

電話撥通給 kacumuli 確認他們家仍有收蝸牛後，殺生派與放生派終於達成了協議：養雞的會殺雞、養豬的會殺豬，蝸牛是我們田裡的木瓜生的、木瓜是我們種的——某種意義上，蝸牛也是我們的作物了。

木瓜與蝸牛

楊富民

我的母親愛吃螺肉，尤其是我爸炒的螺肉。他們叫這道菜名爲三杯螺肉，從小便是家裡餐桌上的常客。國中後我才知道他們所謂的螺肉，其實就是蝸牛。當時我的國中同班同學家裡就是專門賣蝸牛肉的，住在隔壁村裡；剛上國中初識時，他自我介紹說家裡賣螺肉，當時沒多想，直到去他家玩，看見院子都是蝸牛這才知道。

蝸牛的處理分爲簡單與繁瑣。簡單的方式，便是直接買去殼的蝸牛，回來泡米酒後汆燙，權作殺菌消毒。撈出瀝盡後，以三杯的方式料理。首先倒油，加入薑、蒜爆香，接著放入蝸牛，炒上一會，從鍋邊淋入醬油、麻油，再放入米酒去腥。待蝸牛炒至乾香、收汁，放入九層塔，再翻炒幾下，便可上菜。彈牙有嚼勁、香味十足的三杯蝸牛，一道菜就能配上一碗飯。

如果講究的人，就會用繁瑣的方式處理蝸牛。他們將去殼的蝸牛先用灰燼或麵粉搓揉，將蝸牛自帶的黏液沾裹在粉末上，揉至成團後，蝸牛的黏液便先被去除，再一一將蝸牛肉剝下洗淨；之後再用明礬反覆洗淨蝸牛三至五次，爲的是消毒殺菌。接著同樣汆燙，再用三杯的方式進行料理。

蝸牛還不只有三杯的料理方式，花蓮也有許多人家會拿其煮湯，整鍋湯會變得濃稠無比。料理方式我便不知曉了，畢竟我看到蝸牛湯的勾芡，實在會有諸多聯想。但身邊倒有幾個朋友喜愛到欲罷不能。

不過，大學畢業後，我是再也不喜吃蝸牛了。雖然父親還常在餐桌上爲母親準備三杯螺肉，但每每看到這道料理，都會難免有些不自在。這事得從大學初畢業那時說起。

那時因緣際會下，村裡的長輩看我們一群年輕人畢業後回到家鄉成天遊手好閒，於是借我們一甲地的田，要我們好好學農，唯一的條件是不撒農藥、不施化肥。因爲豐田在一九七〇年代時，曾因種植無籽西瓜，當時的農民們不懂得輪休，撒大量的雞屎肥，八年的時間就將村裡許多的農地種壞。長輩希望他的田要給村裡的後生好好學習與愛護，要我們記取前人的教訓。

當時我們一群人，有的正等兵單、有的還念研究所，閒來無事，便答應長輩。畢竟田上已有近百棵木瓜樹，若是新種的農作被我們種死，還有保底百棵木瓜源源不絕的爲我們產出，我們心裡想得美。

起初事情的確順遂，每天都有將近成熟或半熟的木瓜可以摘採，於是我加入到清晨鬧街擺攤販售自家蔬果的婆婆阿姨們之間。學著她們拿帆布鋪起自己一塊小小的地盤，搬著塑膠小矮凳，撕下紙箱一面，寫上「木瓜」二字，看看又不滿意，右上角再寫上「無毒」，畫個圓圈了起來。當一切搞定，擺攤的婆婆媽媽們對我很是好奇，其中一個阿婆一邊拿著小刀剝牧草心，一邊用紅色的塑膠杯倒著米酒，叫我喝上一杯。大家看著我飲酒，哈哈大笑，來往經過的行人們也對一群「年上街攤團」裡冒出一名年輕的傢伙而感到好奇。

第一個上門的客人，是常在街上出沒的大姊。她問我木瓜怎麼賣？頓時間便將我難住：木瓜要賣多少錢？我趕緊看向左右的攤位，希望尋得一些啟示。但不巧，今日僅有我一人賣木瓜。我小聲地問著剛剛請酒的阿婆，這木瓜該怎麼賣？阿婆說，這邊賣東西，開的價有人買就好。我想想，轉頭問客人說：你看這要賣多少？

大姊聽了笑，說一顆四十五元。我答應，一下就賣出三顆半熟的木瓜。待大姊走後，旁邊的阿婆才與我說，下次人家買，你一顆賣六十元。我問她可以嗎？她說行啊！憨仔，你這又大粒、還無毒的！

那一天賣木瓜所得幾百元，我跟夥伴們買了手套、雨鞋，還貼錢買些農具。總算不用穿著運動鞋下田，也不用向鄰田的阿媽借工具。

不過好景不常，我們馬上就遇到耕田以來的第一個災難——蝸牛。牠正式的名稱是非洲大蝸牛，牠們開始入侵到我們的田園裡。最初我們不在意，看著木瓜樹上爬著蝸牛，大家爭相拍照上傳，回頭還向家人炫耀。但得意沒有太久，我們便發現木瓜樹開始萎靡、葉片軟爛下垂、瓜果逐漸變色、果樹旁的嫩葉也在出生後的隔天，離奇消失。

當時我們還不知道是蝸牛的關係，向鄰田的阿媽求救，她才告訴我們蝸牛要除。夥伴一邊聽著，一邊拿出手機查著，背著阿媽輸入「蝸牛、木瓜」兩個關鍵字，發現木瓜的大敵還眞是蝸牛，確認阿媽誠未欺瞞，偷偷地向我們點頭。我趕緊問阿媽，那蝸牛該怎麼處理？是要在樹旁設小圍籬，又或者……撒鹽!?我天眞的想，撒鹽蝸牛就會脫水，或許就不敢來再靠近。

阿媽看著我啞然失笑：撒鹽!?搖了搖頭，旋即起身、佝僂著走進我們的田，在木瓜樹下看了一眼，便從樹幹上瓜果的陰影處裡找到了躲藏的蝸牛。她隨手拔下一隻，看也不看、頭也不回，便往後方拋去……一會就聽到啪地一聲，蝸牛劃出了一道拋物線，重重地砸在田邊的柏油路面上，蝸牛殼碎裂飛散，留下一灘屍體在初夏的路面。不難想像待到太陽一兩小時後完全升起，那一灘蝸牛將會成爲路面上的黑漬，散發濃烈的異味，令人作噁。我們被阿媽突如其來的舉動嚇得還未反應，第二隻、第三隻蝸牛便又陸續的撞擊到柏油路面……。

我們趕緊阻止阿媽，嘴角澀乾地向她道謝。她回到自己的田裡時，叮囑我們要記得每天除蝸牛。我們幾人後背發涼，躲在她視線外圍成一圈，重新討論該怎麼除蝸牛。要我們這群人一個個殺蝸牛，心理負擔還是太大了些。本以爲躬耕生活可以養生，沒想到此刻卻得殺生。

桶裡，傾倒在田裡的一隅，眼不見爲淨。但我們始終還是小瞧了蝸牛，一週後木瓜樹的狀況仍未好轉，蝸牛反倒越除越多，田邊倒蝸牛的角落，甚至在隔日未見一隻遺留。爲了確認這些蝸牛是不是又跑回樹上，我們拿有色的膠帶貼在幾隻蝸牛的殼上做記號。果然，隔天又在木瓜樹上發現牠們，這令我們不得不開始認眞地討論除蝸牛一事。

我們決定取巧，每人拿著一個水桶，將百棵木瓜樹上的蝸牛盡數拔除，扔在水

於是，耕田團隊爆發了第一次的衝突，五個夥伴分成了兩派，一派爲殺生派，若不選擇像阿媽那樣殺死蝸牛，那也可以將蝸牛通通倒進水溝裡，任其沖走；另一派則爲放生派，他們認爲不若把蝸牛全部抓盡後，找塊荒田倒入，任牠們在裡頭自生自滅。

殺生派指責放生派這樣會造成生態浩劫，放生派則指責殺生派爲了作物，就要殺掉成千上百隻的蝸牛，難道良心不會不安嗎!?

當兩方都爭論不休時，我突然想起了那個家裡賣蝸牛的國中同學——「kacumuli（南勢阿美族語，蝸牛之意）」，本姓倪，我們都叫他 kacumuli。他家就在隔壁村往南的省道上，一間磚砌的平房，院子邊角長年堆積著蝸牛殼，像座

小山般高。他家好認得很，除了院子小山般高的蝸牛殼外，入口還有塊招牌，用紅色的廣告顏料寫在黃底的木板上，就大大兩字「蝸牛」。

許多採摘野菜的婦女也同樣會捉蝸牛去他們家販售，通常晝伏夜出，在夜裡頂著頭燈揹著竹簍於溝邊、田邊這些溼氣重的地方尋找蝸牛，直到清晨將蝸牛送至他家販售。他們家再去殼、依照大小，散裝在透明的塑膠袋裡，用紅色的尼龍繩繞上兩圈束緊冷藏或冷凍。一袋一百五十元或兩百五十元，端看大小與重量。

總之，電話撥通給 kacumuli 確認他們家仍有收蝸牛後，殺生派與放生派終於達成了協議：養雞的會殺雞、養豬的會殺豬，蝸牛是我們田裡的木瓜生的、木瓜是我們種的——某種意義上，蝸牛也是我們的作物了。於是，我們花一早上的時間，撿三大桶的蝸牛去到國中同學家，滿心歡喜地給 kacumuli 的母親秤重。

最終秤得幾斤忘了，但換算錢才一〇三元……三大桶的蝸牛、一個早上，只變成一張紅色薄薄的紙鈔與三枚小銅板。夥伴們不服氣，事後再次打電話給 kacumuli，想要問清楚他媽是不是坑我們的錢。kacumuli 聽後氣得笑了：你們的蝸牛還帶殼的，殼的重量不用算嗎!?去殼的工不用算嗎？

他罵得我們啞口無言、面色羞赧，甚至難以回嘴。掛完電話，回到田裡，看見木瓜樹上又有蝸牛爬上，想起鄰田阿媽俐落身手，以及田邊柏油路上那幾攤再去不掉的黑汙，我從此對蝸牛這道料理便興致缺缺。

楊富民，一九九二年生，東華華文文學系畢業，花蓮繭居族、社區工作者。任職於社團法人花蓮縣牛犁社區交流協會，專職社區營造與輔導、地方發展、青年培力以及地方文化與藝術工作。

「我沒有吃過山蘇，山蘇是拿來賣的。」部落 INA 冷冷一句道出，原來山蘇僅是入山行獵時，打打牙祭的野菜而非常見的餐桌主菜，卻突然落入部落的換種系統，起先老人們上山採山蘇苗，經過一批批的栽培管理，再由家族與部落間不斷交換繁衍。

下山的山蘇

Apyang Imiq 程廷

Bi~yi ~ Brayaw Bi~yi~ Sruhing ……

（**姑婆芋和山蘇搭建的獵寮……**）

古調的開頭是這樣唱，曲調耳熟能詳，部落裡朗朗上口，接續後面的歌詞有太多的變換，我總是記不清楚：

「給我小心一點，我是太魯閣族的勇士……」

「山上所有的獵物都是我們太魯閣族的……」

「不要惹我……」

山蘇是支亞干主要的地景之一，平地、山坡地、臺地，俯拾即是。但事實上，山蘇過去對我來說，一直沒有好印象，我心中的山蘇總是危機四伏。

碩士期間，爲了撰寫論文，四處訪談部落長輩，他們談及一座位於山蘇田裡的游泳池。日本政府曾經在現今部落的第一鄰興建番童教育所，學校的旁邊設置大型水泥泳池，泳池的水同時灌溉下方的水稻田，這些我在文獻及訪談得到的故事令我興奮不已。

某個夏天，我和小弟一起尋找那座老人家口中，不會游泳就不能畢業的泳池。詢問附近的大哥，確定位址後，我們闖進那片檳榔山蘇田。檳榔整齊列植遮蔽天空，山蘇鋪滿剩餘的空地，我們在夾縫中緩緩前進。才瞥見泳池幾秒，一大群蜜蜂飛出來咬我們，百米賽跑後小弟被螫兩包，咬牙切齒不喊痛。此外，山蘇田裡總是謠傳各種危險事跡，農夫採摘嫩葉時被毒蛇咬，利齒穿透雨鞋，送榮民醫院或慈濟醫院打血清。於是，對我來說，山蘇田加上夏天等於危險或者冒險。

那天，我們好像古調裡的太魯閣族勇士，歷經一番冒險只爲看一眼那座灰白色的游泳池。

山蘇爲什麼都遷徙下山了？過去姑婆芋和山蘇都是山林裡常見的植物，他們因爲張狂的外形及入山的行獵文化，成爲特殊的的山林符碼，青綠色的長型葉片，重複交疊，築構山上人的手作基地，蹲踞深邃綠色底下的獵人，注視著獵物，那樣的畫面，多麼帥氣。當代上山「巡邏」已經有別於古調中的歌詞，我們很少再看到姑婆芋和山蘇搭建的獵寮，再多麼簡易，也至少有藍白相間的帆布遮風避雨。有趣的是，現在姑婆芋仍舊留在山上，山蘇卻集體遷徙下山了。

大約二十年前，山蘇搖身一變，成爲多數太魯閣族部落規畫種植的產業作物，我的 Baki 還活著的時候曾經在山上種滿山蘇，依照他的說法，那個時候日本人來花蓮遊玩，無意間在山產店吃到山蘇，驚爲天人，吸引大批觀光客前來。在店家與中盤商的遊說下，部落開始大量推廣種植。山蘇原來僅是入山行獵時，打打牙祭的野菜而非常見的餐桌主菜，卻突然落入部落的換種系統，起先老人們上山採山蘇苗，經過一批批的栽培管理，再由家族與部落間不斷交換繁衍。光是在支亞干，就有高達三十甲的山蘇田。

山蘇的栽培管理相對容易，初期控制雜草的生長，等到葉片伸張開來覆蓋地表，幾乎不需再使用除草劑。山蘇吃肥量不高，兩個月撒一次肥料，花費的成本相對低，再來就是環境，多雨潮濕的近山部落很適合山蘇，尤其我們的原保地大部分是山坡地，受限於水土保持管理辦法、現代農業技術及青壯年流失等客觀條件，許多土地都被安置於林務局規劃的造林補助政策，種植一棵棵筆直樹木，這些環境條件讓山蘇得以填塞在回收成本緩慢的造林地，形成特殊的「部落式林下經濟」。

此外，部落裡的山蘇產業保有過去的換工制度，過去部落人的生活同質性高，造就許多共作機會，家族性的換工特別明顯，今天整個家族幫這個家庭翻土，過幾天輪到下一個家庭，稱爲 smbarux 和 smtuku。進入現代社會後，生活逐漸多樣化，換工的景象鮮少可見。但因爲山蘇大量栽種，smbarux 和 smtuku 重新回到部落，生產出各種「山蘇班」，農人們將有限的勞力集合起來，共同進行勞務的分配達到有效的種植。

務農初期，曾經也想著種山蘇，但在了解山蘇產業生態後，骨子叛逆的我打消這個念頭。山蘇雖然是目前看起來最適宜部落的經濟作物，但後端的收購與銷售全仰賴外界，價格隨著冷季、熱季及市場而變動，天冷的時候產量豐沃，價格隨之降低，天熱的時候產量降低，價格隨之攀升。此外，花蓮北、中區許多部落與社區均種植山蘇，銷售端卻僅仰賴十根手指頭數不完的中盤商，農人即使清楚收購價格遠低於市場賣出價格，卻仍舊配合演出，時間到了把山蘇安裝在箱子裡，擺放在門口等著老闆開著貨車搬走。如此看來，種植端保有部落的傳統性，銷售端卻落入了現實的新臺幣市場機制。

回溯姑婆芋和山蘇之歌以及接續各版歌詞：

Bi~yi~ Brayaw Bi~yi~ Sruhing……

（姑婆芋和山蘇搭建的獵寮……）

「給我小心一點，我是太魯閣族的勇士……」

「山上所有的獵物都是我們太魯閣族的……」

「不要惹我……」

我曾經看過另外一種說法，這首歌是女性在諷刺男性能力不足，只能蓋出用姑婆芋和山蘇葉做成的簡陋房子，遮風避雨都可憐。我想起前一段時間曾經跟附近的阿姨聊天，我好奇阿姨怎麼烹調山蘇，「我沒有吃過山蘇，山蘇是拿來賣的。」她冷冷的回覆我。最近再去造訪，她說身體老了，心臟越發肥大，一個人種不下去，山蘇田讓給其他人經營。

馬克思「異化」的特性在於原來自然附屬或協調的兩物，最後導致分離與矛盾，山蘇在古調裡作爲太魯閣族英勇的山林印記，或是揶揄一個人的生活能力強弱，現在的山蘇，卻看似與傳統悖離。當然傳統會隨著社會不斷轉變，如因爲山蘇的栽種延續發展的換種系統及換工制度，但也許我更期待山蘇依舊如過往，盤據在樹枝上，有自己的高度，有自己的故事，有自己的權力。

Apyang Imiq 程廷，太魯閣族，生長在花蓮縣萬榮鄉支亞干部落。畢業於臺灣大學建築與城鄉研究所，現任社區發展協會理事、部落簡易自來水委員會總幹事、部落會議幹部、部落旅遊體驗公司董事長。

曾獲多屆臺灣原住民族文學獎散文組獎、二〇二〇臺灣文學獎原住民族漢語散文獎、二〇二〇年國藝會創作補助，著有《我長在打開的樹洞》。

大浦港邊的螺貝種類相當多元，從較具分量的淡菜、佛手、石蚵，到小型的蚕螺、米螺、外型如斗笠般的笠螺、嘗起來微苦卻充滿回甘層次的苦螺等等，都是在地居民較常食用的種類。另也有御敵時會蜷縮成球狀、外貌形似遠古三葉蟲的石鱉。

退潮之際，鮮甜濃郁的海洋零嘴

——李盈瑩

因爲工作的緣故，有一年夏天來到馬祖東莒的大浦聚落駐村一個月，雖說主軸是帶領養雞課程，但在島上的期間卻也洋溢濃厚的海味與生活感，其中最令我懷念的味道，是那些隱身在潮間帶的螺貝滋味。

馬祖的地勢險峻，那種「險」是，方才還覺得自己身處山間、在平緩的腰繞路、在植滿農作的谷地間行走，但幾步之遙，猛然一個陡峭的下坡就撞見了陽光下閃閃發光的海波蕩漾，這種在視覺上突如其來的接近，果眞有幾分撞擊之感。

初次來到大浦港的印象也是如此，前一日還在臨海的白馬尊王廟望著底下的海角深谷與陣陣激浪，予人一種蠻荒原始與遙不可及的意象。想不到隔日隨著夥伴們循著蜿蜒小徑一路陡下至港邊，不消幾分鐘就迅速置身在礁岸之間。

夏至前後，島上的南風習習，幾分黏膩，卻也讓酷暑不至於太過悶窒，馬祖的夏季漁獲種類雖不如冬季豐盛，但此時卻是各種螺貝類盛產的季節。我們趁著大潮之日，穿上溯溪鞋、戴上棉手套，前往港邊的礁岩縫隙找尋可食之物。首先躍入眼簾的是夾縫間成排聚集的小淡菜，馬祖的淡菜遠近馳名，但一般吃到的多爲人工養殖，而這種透過天然採集而來的，則是外型嬌小許多的野生淡菜，牠們暗藏在礁岩夾縫中，團聚在一起的比較小顆，獨立生長的個頭較大，退潮時越近海水的越益肥美。此外，學名「龜足茗荷」的佛手，是馬祖在地的特色螺貝，其外型奇異，擁有手指狀的殼板，下方接連著蛇皮般的構造則是螺肉主要集中的部位，只是佛手較不容易完整撬出，十分考驗採集者的技巧。

大浦港邊的螺貝種類相當多元，從較具分量的淡菜、佛手、石蚵，到小型的蜑螺、米螺、外型如斗笠般的笠螺、嘗起來微苦卻充滿回甘層次的苦螺等等，都是在地居民較常食用的種類。另也有禦敵時會蜷縮成球狀、外貌形似遠古三葉蟲的石鱉，只是石鱉的肉質偏韌，在地老一輩鮮少採集，偶爾有村民會搭佐排骨久燉後食用，也頗具風味。

由於食材新鮮，我們將螺貝洗淨後直接在冷水階段就丟入鍋中、摻些鹽巴，待滾沸後稍待一陣即可撈起，不需其他辛香佐料就能嘗到濃郁海味。而像這種吃巧而非吃飽的海鮮零嘴，時常是飯後才會開吃的一道尾菜，在東莒的期間，我最難忘晚飯後眾人邊聊天、邊埋首於吃螺作業的時刻，每個人專注以迴紋針作爲食具，沿著螺紋彎道順勢將螺肉挑出來，時不時發出吸吮螺肉的滋滋作響，這般即景是在海島生活別有的日常風情。

「到潮間帶採集螺貝、海菜等海產」，馬祖話稱作「討沺」，讀音爲「妥拉」，東莒除了南面的大浦港，北端的福正沙灘更是居民最常去「妥拉」之地。年輕的「大浦 plus+」團隊因爲常年駐島，對於島上居民的作息脈絡也略爲知悉，一日他們從福正返回大浦，苦笑嚷嚷說：「有事情要找叔叔阿姨們討論，但這幾天剛好大退潮，他們全都在沙灘忙著妥拉，沒人要理我啊！」這份小牢騷聽來可愛又充滿在地氣息，似乎在海島生活，人們的行事依據必須緊緊跟隨月亮與潮汐——採集螺貝類要抓準乾潮前後；到港邊海釣鯷魚，則是滿潮前一小時漁獲最豐；倘若要登往陸連的西牛嶼，要趁大退潮的時刻；夏季夜裡要到福正踩踏星砂，潮水退至最低線，正準備慢慢回漲之際最是理想。

人們等待著、盼望著每隔半個月的大潮之日，在潮差相距最甚的日子下海去，像集體受到了月球的引力暗自密結，不約而同到海邊聚眾活動，膜拜自然、採集自然。於是駐島的日子我們也習慣時不時就觀看月亮，比起關注太陽，賦予了更多的凝視。

某日午夜從大浦散步至福正聚落，本來在白天已悉透的山形，在夜裡顯得更加粗曠、原始而神祕，那種荒涼感有那麼一刻彷彿置身在月球的表面。而就在返回的途中，我們轉身回望，突然見到一輪既紅且大，緊緊貼近於海平面的血月，關於月的面貌，另一回則是在起居室的露臺抬頭望見月亮，其外圍籠罩了一圈霧白色的圓影，同行之人說那是「moon dog」，「幻月」。一個與「血月」一詞的意境相仿，同樣替月亮增添神祕氣息的美麗辭彙。

李盈瑩，現居宜蘭，以採訪撰文爲生，飼養小雞數隻、耕作辛香蔬果三十餘種，著有《養雞時代：21則你吃過雞卻不了解的冷知識》、農趣小品《與地共生 給雞唱歌》、紀錄青春山海的十年散文《台灣小野放》，以及在地旅行書《花東小旅行》、《台北小旅行》、《恆春半島祕境四季遊》。

海哪有髒，我與孩子拿起玩具塑膠鏟挖沙，「多深多深，還有多遠能到地球中心？」孩子問。我繼續挖，沙有生物吐水，我更賣力挖了，直到袖子浸濕，腋下沾滿了沙。才知道沒有東西。我寧願相信牠是逃跑了，而不是這片沙灘髒到沒有東西。我們挖了十幾個洞，偶爾興奮看到貝殼，只有貝殼，沒有貝類。

乾殼

——林楷倫

「耙呀耙，耙到這樣深就有了。」阿晰比小腿肚表示要挖到這麼深。我帶孩子去高美濕地挖蛤、挖西施舌前問他怎麼挖怎麼耙。每天都從鹿港開車來臺中交赤嘴的他，一定知道怎麼耙吧。

阿晰知道呀，但他交的赤嘴才不是他親手耙的。他說：「哪那麼歹命還耙咧。」

那是他小時候的海邊遊戲，拿起玩沙的塑膠鏟，挖呀挖。沙中、海水裡點點吐息，那裡有生命，那裡有吃的，那裡有玩的，如果是沙腸，他會拿鹽撒下看牠扭曲。赤嘴、文蛤、血蛤或竹蛤，餓了直接劃開閉殼肌將內臟刮掉，生食，偶爾吃多拉肚子，變成隔天的笑點，卻還是生食。

吃的都是貝類的唇。「貝類可以生食喔？赤嘴咧？」我問。

現在不行了啦，白癡。海太髒了。他說。

入口的鮮，礙口的沙，裂開的手指。

高美濕地的沙灘一個個孔洞等於一隻隻招潮蟹，海哪有髒，髒這些會活嗎？一隻招潮蟹夾著一片塑膠碎屑，蟹鉗與碎屑卡在洞口，以爲是食物，卡久了想放棄了，水一來塑膠袋吸在洞口出不來了。海哪有髒，我與孩子拿起玩具塑膠鏟挖沙，「多深多深，還有多遠能到地球中心？」孩子問。我繼續挖，沙有生物吐水，我更賣力挖了，直到袖子浸濕，腋下沾滿了沙。

才知道沒有東西。我寧願相信牠是逃跑了，而不是這片沙灘髒到沒有東西。我們挖了十幾個洞，偶爾興奮看到貝殼，只有貝殼，沒有貝類。孩子蒐集起貝殼，說要做貝殼畫。走得越遠，靠海越近，旅客聚集在遠遠的乾沙處。海只是拍照的背景，海好美喔，我們遊客都這樣說。還要繼續走嗎？我問孩子。他們玩起積水處的螺類，再走遠一點，一位拿著土鏟的阿伯，腳踩鏟，深深地挖。挖出了洞，海水滲入，他沒管什麼繼續挖。

我以爲挖的深度是祕訣，他挖到跟手臂一樣深。

他挖的洞跟我一樣深呀，爲什麼他一眼見到一個小孔便知道有西施舌？或是沙灘上一顆顆小小的沙球，便察覺那是生物的屎，對阿伯而言，挖潮間帶的貝類跟生物課挖蚯蚓一樣。他的袖子浸潤海水，太陽晒了乾了，又濕。海風海水會蝕物，海旁的房子與家電都易壞，衣服碰到海水容易變色變質。他身上的衣物如同我賣魚時那些破衣，領子鬆扭像是西施舌的貝唇。「先生，想吃喔？這配酒的。」他邊喝啤酒邊說。挖的時候配酒，挖回去煮西施舌也配酒，是多愛喝，我想。

他挖到一隻沙蟲，海水洗洗，生食扭動的沙蟲。說很補。

我跟他說起十幾年前臺灣養過西施舌，有中毒案件。他開始說那是養殖池髒，這裡是大海乾淨多了。剖開一顆西施舌，指甲含沙與陸地工作上的黑油漬摳入西施舌的內臟，殼上留下貝唇，拿給我吃。貝唇抖動。

「現剖的鮮喔。」他說。我吃。入口的鮮，礙口的沙，裂開的手指。

他喝了口啤酒。我買了兩斤西施舌，只用手秤。我想說以後交餐廳能用，跟他要了電話，他直說自己手機沒繳錢，他給了家用電話，說早上下午都沒人接晚上不想接，我呵呵兩聲。

「要不然，年輕人你借我五百去繳電話費。」

我心想，他會拿去喝酒吧，要把五百塊掏出來給他時，他卻說開玩笑的。

他走幾步挖一個洞，往海那邊去。

在過鹹的水裡，吐吸，在緊縮的袋中，壓縮。

我還要往前走嗎？高美濕地的工作人員大喊說要漲潮了快回木棧道去。

「海浪還沒到呀，還想繼續玩呀。」孩子說，孩子鬧。我找了隻與小孩掌心一樣大的螃蟹，跟孩子說：「我們把牠放到安全的地方。」往木棧道走。

但無海之處，對螃蟹是安全的嗎？我們沒等到潮來，將小水桶裡的螃蟹放在木棧道前的沙地，孩子丟了幾個挖到的小蛤說要給螃蟹吃。

我 Line 給阿晰問西施舌怎麼吐沙，他回說鹹一點呀你新來的喔。

３％？５％？

比海水還鹹。他回。

讓貝類吐沙跟催吐沒兩樣，讓牠們身體不適，吐，又喝，又吐，直到胃內無物。吐過的貝，更快死了。

我又問怎麼保存？又被笑了一次是不是賣海鮮的啊。雙枚貝類綁緊再綁緊，像眞空一樣鎖緊殼，讓牠閉嘴無法呼吸。

在過鹹的水裡，吐吸，在緊縮的袋中，壓縮。哪個是窒息？酒蒸的西施舌，閉殼肌熟了，死透了開口。盤底的湯汁是西施舌體液的灰藍與更底部的沙黑。

孩子一口一顆，但嚼幾口吐出，跟口香糖一樣。內臟裡太多沙了，吐不乾淨。大人們吞下了些沙與貝，直說好吃。我傳了幾張餐盤裡西施舌配上紅椒番茄的照片，給幾位主廚。主廚傳了吃西施舌中毒的新聞，我回野生的不會啦，主廚叫我送一點過去。打給西施舌阿伯，卻是空號。

問阿晰有西施舌嗎？他已讀不回。

海很髒、漁民很貪婪、漁民沒有海。

沒多久東北季風來了，高美濕地太冷沒人要去。阿晰的赤嘴肉瘦不賣。

東北季風走了，我問阿晰還有赤嘴吧。他說沒了，他不賣赤嘴了。不是因爲不好賣，他一天交上千斤怎會不好賣，他唸起離岸風機，說什麼電纜埋沙灘下，不能耙挖赤嘴，更何況西施舌了。

「為了環保咩。」我說。

「都市人懂屁。」他回，這兩天要北上抗議。白白的布條上寫著罔顧漁民生計，一則新聞寫漁民的角度，一則社論則寫貪婪漁民與環保，另一則新聞則是寫污染的海與消失的貝類。沒有一則是眞的，沒有一則是假的。海很髒、漁民很貪婪、漁民沒有海。

去鹿港時，他帶我與孩子往海邊走，岸上的風機轉呀轉，離岸風機很遠很遠。沙灘旁幾個人挖蛤，跟我去高美濕地一樣。阿晰笑說挖沒幾斤累整天。沒交赤嘴的他，賣起從中國、菲律賓來的海瓜子，或是從越南收的蚵殼（帶殼牡蠣），「哪有法度，洗個產地也是臺灣貨啦。」他指向海上的蚵架，他說那是他家的沒做了。

「海風很冷，有風扇就更冷一點。」他說。

他的海褐色，遠一點變藍。往高處開，他指著遠方的作業船，說從這裡到那裡都會插滿電風扇，挖蛤產業先慘，最慘的是沿海漁業連漁場都沒有。

「好險你還能賣進口的。」我說，只不過我不買那些，我沒有說。

阿晰所在的漁村，周圍都是工業區，前方的海插滿了風扇，不斷地轉，高度卻像是工廠的煙囪。

都圍起來。圍網捕撈起裡頭的人。他們這些討海的怎麼辦？做工啊，阿晰只想到這個答案。

髒掉的海，不是漁民的錯。

無魚的海，或許貪心，或許貪心的不只是捕撈的人。貪食的我們，有能力消費的我們，一口說起環保與過度捕撈，口水吞嚥後，又開始飲食，最後，不吃的都變廚餘。

怎不會說自己貪心？

淨灘團不來太髒的灘，髒得剛剛好，才能好賣。

沙灘不能挖赤嘴，阿晰便問我怎麼搞觀光，他這裡不能做用牛車用機車帶去挖蚵的生意，怕輾到在沙灘深層的電線，壞了怕被人說話。「沙灘是大家的吧？」他重複這句話好多次。是大家的呀，所以看得到世界各國的寶特瓶、浮球。「要不然開淨灘團。」我說，但那片沙灘滿乾淨的，阿晰的員工下去挖赤嘴順手淨灘，現在沒挖一兩個月，也沒什麼垃圾。

「要多點垃圾，髒一點才能開團啊。」他笑說這好主意，說起這漁村還有哪裡的海最髒，最髒最髒的是一堆消波塊，誰也不想下去清。阿晰沒有赤嘴可挖，我跟他沒有生意可以做，互傳的訊息少了，隔十幾天他傳了海灘的照片，髒了一些，又十幾天，他傳了淨灘團的照片，包起了淨灘團的飲料與伙食，淨灘團吃起越南的蚵、東南亞的海瓜子，阿晰都說是這片沙灘的產物。

阿晰仍然會去清沙灘，淨灘團不來太髒的灘，髒得剛剛好，才能好賣。什麼才是剛剛好？

「誰知。」他回。他又傳了遊客彩繪蚵殼的照片，乾了好上色。高美濕地拿回來的殼，晒乾在陽臺，我與孩子慢慢地鑽，鑽出一個個洞用繩串起，掛在窗外成為風鈴。沒多久那些殼沒了貝類的虹光，乾了變成白枯的齒。

風一吹，聲響依舊，吹來的風，沒有海味。

炒一盤蛤，孩子不吃，說有飼料味。想吃野生的，求我找阿晰叔叔買貝類，又求說去高美濕地挖一些。只能回好，卻好難做到。

挖呀挖，能挖多深，才能找到乾淨的棲地，或只剩下乾乾的殼沖刷成沙。

林楷倫，一九八六年生，想像朋友寫作會的魚販。林榮三文學獎二〇二〇年短篇小說首獎、二〇二一年三獎，時報文學獎二〇二一年二獎、臺北文學獎、臺中文學獎等。

人生的愛片是周星馳跟李力持導演的《喜劇之王》，若自己能有張柏芝的泛淚眼珠那就太好了。

有隻手把不知何物扔進角落的一個籃子裡，發出清脆的撞擊聲，我湊上前一看，竟是一隻還活著的道氏深水蝨，十四條腿仍在空中奮力的划動，淡橘色的身體隨之前後搖晃。同一個籃子躺的都是長相怪異的傢伙，披著金甲的松毬魚、帶著紅盔的波面黃魴鮄、還有一尾像笑脫了臼般咧著大嘴的巨口魚……。

雜魚雜紀

林敬峰

機緣下得知了大溪漁港下雜魚區的位置，於是隨便找了個無事的周日，打算前去看看有沒有能作成好標本的魚隻。所謂下雜魚，大抵都是隨著拖網漁船被捕撈上岸，太小的、太怪的、太醜的、太毒的，總之那些人們下不了口的漁獲，就會被扔到這一辭條之下。至於他們將會前往何處，多數人並不在意，反正魚鮮上桌，張嘴動筷子就完事了，誰還有暇把思緒扯到漁港遙遠的角落。

揹著一背包磅磅作響的標本罐，我再一次在臺北車站迷路了。叨擾了好幾張不同的嘴巴之後，終於登上了前往宜蘭的區間車。坐定後翻開一冊劇本《犀牛》，劇中第一頭犀牛正轟隆隆穿越市區的街道。

區間車一路顛簸，一個個寫有地名的牌子在窗外短暫停留後即離去，我所在的車廂漸漸空蕩，到基隆時只剩下我和對面的四個外國人，他們小聲交談，把發亮的螢幕遞到他人眼前，然後對著手機裡的內容發笑，如是重複。

車門哐噹開啟，上車的是個阿婆，短髮花白，醬紫的上衣，眼睛與嘴巴都已坍塌成臉上的一條條溝縫，她一手拽著鐵板小推車，另一手摟著好幾個茄芷袋和一柄帶著泥的鋤頭，搖搖晃晃坐到我斜對面去，與四個外國人同一側的座椅末端。坐定後她把小推車平放在身前，然後把茄芷袋、鋤頭和雙腳都放在小推車上，動也不動的把目光拋向遠方。四個外國人瞥了瞥她，再度把注意力轉回到手機上。

我繼續翻閱手中的劇本，劇中的人物正一個個變成犀牛。車門再度打開，又上來了一個阿婆。同樣的茄芷袋、同樣的醬紫上衣，卻頂著一頭爆炸的灰髮，指尖吊著幾莖地瓜葉。她走到短髮阿婆的對面，坐了下來，椅墊都還沒坐軟，她突然發話了。

「我共你講，頂工阮兜走來一條飯匙銃，遐大條呢！」炸雷一般的言語從她口中噴發，撼動整節車廂的寧靜。

「喔！彼條飯匙銃閣按呢，按呢共頭擧起來，」她說這話的時候身體斜倚在座椅的扶手上，目光似睡非睡地落在車廂地板。「就佇阮兜客廳，啊我就毋敢過去。」

「後來是隔壁姓林的彼个後生，阿成啊！阿成你知毋？伊提掃帚愛趕彼條蛇，彼咧飯匙倩就按呢『呼！呼！呼！』咧叫，」她鼓著腮模仿吐著信的眼鏡蛇，這條蛇從她口中竄出，卻驚慌失措不知該前往誰的耳朵，只好從闔不攏的車門鑽了出去。

眼鏡蛇和林家阿成的對峙結果如何我記不清楚了，阿婆還說了很多話，關乎種菜心得、不落雨的天，還有其他生活瑣事，一整路從不間斷。我同時閱讀著書頁裡的中文、外國人的英文、長髮阿婆的臺語，以及短髮阿婆的沉默，終於我再也受不了，把背包甩上肩換去另一節車廂。

劇本裡，小鎮上除了主人公以外的所有人都變成了犀牛。我又想到長髮阿婆，或許她在沉默中生活久了，卻不如短髮阿婆一般甘於如此，於是她用言語奮力填滿空間，召喚出林家阿成拿著掃帚畚箕匡匡匡把死寂驅離。

於此同時，寫著「大溪」的車站牌子也慢悠悠晃到了窗前。步出車廂，踏上無人的月臺，從欄杆和柵欄的間隙可以望見不遠處的海，還有怎麼看也不像龜的龜山島。車站門口有個老頭拿著選舉發的扇子在搧涼。「你是用悠遊卡的喔？彼爿！彼爿！」看到我走近，他站起身舞著扇子指引我，把我搧出車站。

從車站到漁港還得走一段路，春末正午的高溫下，路上一個行人都沒有，倒是在橫越馬路的電線正中央纏著亂草築成的鳥巢，裡頭窩著隻烏鶖。身旁的山不如我所慣見的一般岡嶺起伏延綿不絕，反而似是遭人用指擰捏，偶見掰下來的一個口子，或是被拉尖的峰頂。峰頂處有隻黑鳶在劃著圈在盤旋，繞著繞著不見了，繞著繞著又出現了。

我邊走邊追蹤著天邊忽隱忽現的鷹，忽然一腳踏進了一灘黏稠的喧鬧裡，攪和著喇叭聲、引擎聲、談天聲和吆喝聲。這裡大概聚集了小鎮所有的聲音，我想，一邊看著嵌入眼中的巨大牌子，上頭寫著「停車請入內，平日每小時二十元，假日每小時三十元」，同時伴著一行小字「大溪觀光漁港」。

此時的漁港漁船大多還沒進港，正從遠處的海面突突突犁開碧浪駛近，但一旁三層樓高的熟食區已經有了蟻巢的擁擠，魚市場也開始了一天的交易活動。「鮟鱇魚，鮟鱇魚你愛不，一公斤百五？」「手擘的蝦仁喔！紅蝦嘛有。」「赤鯮午仔紅甘黑喉石狗公！」要到達下雜魚區，得先穿過整個魚市場的肩膀與腿，同時避開魚販們的呼喊，那些我不甚熟稔的魚蝦蟹在他們的口中變得格外生猛，似乎在刮鱗破肚之後還會忽地一個打挺把鼎鑊掀翻。

擠出魚市，走過泊船的堤岸，四個赤足的漁工坐在地上理著巨幅漁網，熟練而繁複的動作像在撥弄無聲的樂器；一旁泊著的船上有個漁工光著膀子在睡覺，身旁的紅色收音機用破嚓的嗓子播報來自遙遠陸地的記憶。

前方一群鷺鷥引著頸子徘徊，一旁就是處理下雜魚的鋼棚了。聲音在這棚子裡似乎被抹去了。

漁工們把一個個裝滿的橘色塑膠桶抬上岸，用帶鈎的木棍拖進鋼棚，再五人一組把桶中的魚獲倒進許多較小的籃子裡，然後一一秤重。秤旁的塑膠小凳子上坐著個乾癟的老人，秤重的結果從他帽簷下鬱鬱的傳出，秤過籃子就被推到鋼棚邊緣，由一位粗壯的大哥一落落疊好，等著搬上卡車。偶爾有幾條魚從桶中飛濺出來落在地上，就立刻會有窺伺在一旁的鷺鷥湊上去用長喙挾走。

我也是鷺鷥群中的一隻，不過我覬覦的是在桶子深處的魚隻，那些生得奇形怪狀，能成爲好標本的個體。爲了不打攪忙碌的漁工，我只能乘他們不注意，偷偷摸到尚未秤重的桶子邊，往裡頭翻找。桶中的魚隻在冰水中浮沉，多是鰻、鯙、鰺、鯛、鮋、鮃、擬鱸、披肩騰一類，另有幾桶多是魴鮄、鼬鳚、鼠尾鱈，大概是來自較深的水域，桶中的魚開著大嘴，像是一隊隊被凝滯了的合唱團。滿身魚鱗的漁工夸夸夸又拖來一桶子，裡頭堆疊著燈籠魚、銀斧魚等，他們大多破皮爛肉，用死白的大眼睛瞪視陌生的太陽，我將手指插入桶中冰冷而黏滑的魚屍之中，在柔軟的軀體間翻弄，突然指尖碰到一粗糙的硬物，摳出來一看，是一塊珊瑚礁石。

粗壯的大哥用幾籃秤好的漁獲把卡車填滿，揮了揮手示意卡車可以開走了，那一車的死魚大概會被做成餌料，投進養殖漁業的魚塭，然後幻化在你我下一餐的餐桌上。目送卡車離去後，大哥撇頭看了我一眼，又繼續回去工作。見漁工們都不太睬我，我膽子開始大了起來，在棚裡棚外瞎繞。

有隻手把不知何物扔進角落的一個籃子裡，發出清脆的撞擊聲，我湊上前一看，竟是一隻還活著道氏深水蝨，十四條腿仍在空中奮力的划動，淡橘色的身體隨之前後搖晃。同一個籃子躺的都是長相怪異的傢伙，披著金甲的松毬魚、帶著紅盔的波面黃魴鮄、還有一尾像笑脫了臼般咧著大嘴的巨口魚，不知道什麼原因牠們被特別挑了出來放進這個籃子。

就這樣過了約莫一個小時，我手中的袋子已經有了沉甸甸的腥味，身上也沾滿了雪片般的魚鱗。我再把手伸進秤好的籃子裡，搜尋更多來自深海的記憶，卻被什麼東西扎了一下，指尖熱辣辣的疼痛。我嚇的把手抽出來，看清了原來是一條絨皮鮋。

粗壯的大哥在一旁看到這眉頭稍皺，向我走來。

「你讀啥物學校的？」他開口。

「我藝術大學的。」

「啥？」

「臺北藝術大學。」

「啥？」他的眉頭更皺了。

「啊……我畫圖的啦！」不知如何解釋的我只好這樣蒙混過去。「我毋是讀這個的啦！」我用手比著面前的下雜魚這樣補充。

「毋是讀這閣來揀這？」他的方臉寫滿困惑，面對這個問題我也只能傻笑帶過。

「你來揀這愛較細膩咧，上好是愛掛手橐仔，」一邊說他隨手從籃子中扯出一條帶魚扔進裝帶魚的桶子。「像阮按呢做足久的閣毋免，攏慣勢矣。你看這個，」他向我伸出粗糙的右手，虎口處一道巨大的疤痕，由細密的圓形浮腫如鎖鏈般串接而成，框住了大片肌膚。「鰻咬的。」他說。

我從魚推中挑出一頭豹魴鮄，他曾經艷麗的大胸鰭在拖網的過程中已經損毀，與一柄骨架殘存的破傘無異。把豹魴鮄放回籃子時，一條小盲鰻因此滑落地面，我俯身把盲鰻揀起來時，在一旁喝提神飲料的大哥又說話了。

「無目鰻喔？」

「啥？」

「無目鰻啊！彼个足好食呢！」我花了幾秒的時間才把他口中的臺語名與手中黏滑的東西連結在一起。

「是喔？這會使食喔？」盲鰻死前分泌的黏液實在太滑了，又從我指尖再度掉到地上。

「會使啊！毋閣攏是食大條的啦！進前市仔攏會賣，」他一邊用手掌比出他認爲美味盲鰻的長度。「但是這幾年愈來愈少啦，攏無看著，」一邊說著他一邊喝了一大口瓶中的液體。「這幾年掠到的魚攏愈來愈少啦，」他又喝了口飲料。「進前無人愛食的魚這馬攏有人咧食啦！」他似有若無的嘆了口氣，把剩下的飲料一飲而盡，把空瓶拋進垃圾桶。

天色開始微微發紫，漁工也把最後幾籃漁獲秤好，堆到卡車旁，我從中撿起一枚吸睛的巴掌大的怪魚，艷紅色的身體像被壓扁了一般，還密密麻麻鑲著硬刺。我把怪魚捧在掌心遞到一旁粗壯的大哥面前。

「這魚叫做啥？」

「紅水雞啊！」他順口答道。

的確，這魚如蛙一般凸眼大嘴，還有一對大腳一樣的胸鰭扯在身後，這個名字輕輕落上我手中的魚將他點醒，然後展開胸鰭踩著水從我腦中滑過。

我收拾東西跟大哥告別，轉身離開空了的棚子。魚市場的人潮漸漸散去，賣魚的阿婆手中支著一筐魚對著面前的白髮老頭叫喊。「這竹筴魚全部攏予你，十二尾算你一百啦！我共你刣予好。好毋好？好啦！」這樣的強勢下老頭顯得有點靦腆，交出鈔票看著阿婆拿起尖刀開始打鱗。我順道買了盒煠過的章魚，一邊吃一邊走回車站。

我想，這些海產在端上桌之前就已經被咀嚼多遍了，以語言的形式。出海前的臆想、收網時的嚷嚷、魚販叫賣、顧客砍價，海島上的居民用唇齒舌咽輪番啃咬一尾尾鮮活的海產，啃咬了十年百年。

候車時用手機上網搜尋，得知紅色的怪魚在科學中多是被稱做棘茄魚。不禁開始胡思亂想，是否有一天，網中再也不見紅水雞，只留下生硬的棘茄魚令世人咬得滿嘴生疼。

編註：作者為保留方言獨特之韻味，對話均使用臺語書寫。文字參考自教育部臺灣閩南語常用辭典。

林敬峰，我是螞蟻獵人、蝙蝠聽眾、猫仔追隨者，我任林野的豔陽在皮膚上烙下印記，與植木扶疏的土壤共色。生於盆地埔里，被群山予以更多的溺愛，於是我走向群山，用有限的感官與她對話，並耙梳成文，試圖讓生命在文與字之間現蹤。

而後我才看透，是我的身體經過印度兩周熱性食物的滋養，與阿育吠陀療癒法的溫潤，身體有了肉眼看不見的力量，終於足以面對我在臺灣長期蓄積的潮濕寒冷體質，冰火不相容大打出手，無論什麼藥帖，中藥草藥西藥都只是過客，直到全身系統被生理期調整一回，才一掃兩周以來的莫名其妙。

生命中的藥草之旅

——陳牖心

九歲是一個特別的年紀，過去沒有顯現過的自我意識會在這階段甦醒過來，意識到自己是獨立的，因而與他人、與周遭世界格格不入，德國教育家史代納（Rudolf Steiner）博士以凱薩誓與羅馬共和國決裂，跨越盧比孔河決鬥，來形容這一階段是生命裡回不了頭、必然得經歷的轉變。

在我九歲時，的確發生過一些事，我感到自己是獨特的，其中一件，就是想像我是一位收集藥草的人。我在校園掃除時間打掃滿地落葉，對一個小小的孩子來說，松樹高聳入天，校園遼闊寬廣，那一天我開始聯想自己是大園子裡的小園丁，負責收集這個區域的草藥。這樣的想像充滿樂趣，整個掃除時間變得格外有幹勁。後來，我曾負責打掃校長室前的院落，我總對滿園植物說話，甚至颱風天裡也記掛著風雨中的植物。

我天生就容易寄情於物，高中初嘗戀愛，與女友抄寫《詩經》諸多篇章互贈，采采卷耳、蒹葭蒼蒼……詩裡盡是藉著植物抒寫情懷。隨著這段戀情談到二十幾歲，我都以浪漫的心態心儀植物，精確來說這多數是書裡的植物、眼睛裡的植物。直到即將步入三十歲，接觸農耕，信手捻來才是眞正接地氣的植物，也是這時我才開啟了在生活中應用植物的智慧——吃下肚、穿上身、入於心。

植物爲動物和人類所用，對我來說它們是地球上全然奉獻的一個族群。我相信植物具有生命，也有記憶和情感，如彼得渥雷本（Peter Wohlleben）在《樹的祕密生活》寫下樹木之間相依相生的交織。儘管那不是以動物或人類的大腦、心臟等器官來運作，但都値得我去信任一顆種子能夠記載所屬的風土，選擇在條件具足的環境中落地生根。植物在其食用部位成熟時，以高昂的姿態，精神抖擻地等待被動物和人類取用。試想，除了植物，哪有任何一種生命會輕易地以這樣的姿態奉獻出來？

植物與我的相遇，或許就是來教導我大方地奉獻。只要手中握著帶有療效的植物，很自然地就會懷抱善良的心意，想要把這樣的療效帶給別人分勞解憂。

艾草是第一個讓我感到充滿治癒力量的植物，也是由它開始讓我在動物夥伴們身上看見童年採藥師圖像的實現。舉凡貓狗遇到任何皮肉傷，還是慢性疾病如濕疹，突如其來的身體不適，我都是採集艾草爲主的草藥來緩解牠們的症狀。我用於自身，除了皮膚上使用，料理中品嘗，走在蒙古或是尼泊爾等偏遠山區也都遇過艾草，直接嗅聞新鮮艾草總能帶來心情安定。我聽聞長年在尼泊爾工作的朋友說當地並不擅長使用艾草，想來是風土民情不同，在南亞地區有其他爲他們所熱愛的民俗藥草，我親身體會過。

北印度的瑞詩凱詩（Rishikesh）以瑜伽聖地頗負盛名，在全球新冠疫情爆發前，氣溫低迷的一月，我和未婚妻來此小鎮位於山邊的阿育吠陀學校，阿育吠陀（Ayurveda）意指生命的知識，在印度古老智慧中，結合了瑜伽、藥草與飲食的天然養生智慧。我們安排了一周的課程，上午我學習阿育吠陀料理，她則是穴道按摩；下午我們善待自己，安排一周的阿育吠陀療程。

我的療癒士是位樸素又親切的媽媽。每天例行性療程是以豐沛的油脂按摩頭皮與頸肩；以溫熱的藥草包熱敷背部；隨之臉部蒸汽、鼻腔淨化，與蒸氣坐浴。滑膩的油脂和著蒸騰的熱氣，充盈在小小的療癒室內，令我想起小學二年級以前都是媽媽爲我洗澡的回憶。彼時的北印度山區寒冷極了，而這裡就是天堂。

我尤其喜歡藥草包熱敷背部，草香氣息濃郁，這是該地熱門的民俗藥草——神聖羅勒，印度名Tulsi。學校內種植盛大的一株，聞著與在臺灣大快朵頤熱炒烹調所用的九層塔似是而非，它們都是唇形科羅勒屬之下眾多品種之一，神聖羅勒多一分清新曠遠，在印度古醫學當中用於療癒，常見於藥用、茶飲。

我殷切詢問熱敷藥草包如何製作，我的療癒士請年輕的同事用英文爲我寫下作法，多種香料放入神聖羅勒油當中焙香，多像料理！我深知廚房裡的一切不僅爲塡飽肚腹，也爲療癒身心，一如我在廚房裡油煎中藥，熬煮宋朝流傳下來的藥方；還有在夜裡反覆熬煮的植物染液，就爲製作一襲溫暖子宮的茜草色洋裝。

常聽聞旅人在印度當地水土不服上吐下瀉，我們在當地沒有慘烈的遭遇，卻在一踏上臺灣土地後，整個人開始虛軟無力。回到濕冷天氣中的宜蘭，更是加劇拉肚子的病情。每當腹瀉之後，整個人精神好胃口佳，一旦食物入口又瞬間跌入腸胃疼的慘況中。

而後我才看透，是我的身體經過印度兩周熱性食物的滋養，與阿育吠陀療癒法的溫潤，身體有了肉眼看不見的力量，終於足以面對我在臺灣長期蓄積的潮濕寒冷體質，冰火不相容大打出手，無論什麼藥帖，中藥草藥西藥都只是過客，直到全身系統被生理期調整一回，才一掃兩周以來的莫名其妙。

也因爲這一場冷熱交戰，由衷地敬佩起薑黃。薑黃是印度咖哩中的要角，在阿育吠陀料理中每天都有這一味。近些年來在臺灣也足見其藥用價值赫赫有名，只是獨自薑黃一味，好似不怎麼融入本地常民百姓的生活肌理中，總是爲了保健養生的人才耐得住它獨特的氣息。煮咖哩絕對是老少咸宜的首選，但臺灣也以市售咖哩塊爲多，不若我在印度廚房中，新鮮調製薑黃與各式香料融合的咖哩粉。

離開了阿育吠陀學校，下山開始背包客旅行後，立刻就染了感冒，我們到市場攤販上買得新鮮薑黃，再加上老薑與柑橘類水果，就在下榻旅社熬煮水果薑茶療養。薑黃的蹤影隨處可見，在瑞詩凱詩的小鎮鋪子裡，也名列護膚與保健的產品中，舉凡薑黃精油、薑黃手工皂、薑黃咳嗽治療液。

正因爲餐餐吃了咖哩，養足了溫熱的體質，回到臺灣我開始悉心應用園子裡的新鮮薑黃。磨製成粉最易於保存，我選擇兩種途徑，一是切片蒸熟再以日頭晒乾，而後磨粉；另一種是經乳酸發酵再晒乾磨粉，此法是受教於「發酵迷」。兩種方式其實都是爲了讓食材經過加熱，增加溫潤的風味。蒸煮，顯而易見這經過高溫烹調；借麥可波倫（Michael Pollan）《烹：人類如何透過烹飪轉化自然，自然又如何藉由烹飪轉化人類》一書的說法，發酵則是藉由看不見的冷火加以沸騰。

薑黃粉再調製炒香過的印度香料，經豐富層次的料理手法：炒料、煨煮，那就是香潤可口又滋養的南洋風咖哩飯了。老實說，既不是我吃過的印度味，也絕不是和風咖哩，而是屬於我自己的風土味。我就是這麼飽餐一頓後，更勇敢地下定決心和伴侶舉辦一場婚禮。

在當時的山坳家屋裡醞釀低調又安靜的婚禮所需的一切，採擷植物、裁布、染布。我選擇月桃當作陪嫁的植物，取其果實作爲裝飾，取其顏色作爲婚禮現場的意象，在桌布上配襯蔬食佳餚，盼望開胃、心怡。取月桃莖葉而染出的色澤會接近粉紅色，我更喜愛果實那嬌俏的橘色，因此第一道以洋蔥皮、梔子染出鮮黃色，第二道再藉由茜草染調和出溫潤的粉橘色。

月桃果實之所以令我印象深刻，起初來自一杯月桃茶。某年旅行在京都，偶然走進哲學之道左近一間寺院內的展覽，服裝設計師以植物染布料製衣，將每一個色系的布幔由淺至深漸層次第張掛在寺院廊道內。寺院肅然，顏色以寧靜訴說奔放。展覽一隅設有茶席，小小的圓杯裡盛著極淡雅的粉橘色茶水，漂浮著一朵橙色月桃果實。我以英文請教一旁的日本女士該怎麼用日文讀這一杯茶，她的聲音和這杯淡雅的茶相稱極了。我以跪坐靜靜地待了不一會兒就腳痲了，在那一小段寂靜的片刻，月桃得以行氣上下已充盈在我體內。

全株皆能運用的月桃，我以莖葉煮水泡腳或提煉純露；以花苞炒黑糖可充作茶飲；以盛開的花卉釀漬蜂蜜；以果實磨粉和馬告共譜調味鹽。

婚姻是什麼？紅塵世界裡的婚姻生活，有這般點綴生活的小小幸福，就足以再忍著風雨繼續向前了，一如月桃總甘願矗立在貧瘠或潮濕的地界。

現在我們借來了一塊地，開墾了一片小園子，種菜間雜著種香草、藥草。艾草、羅勒與薑黃都是座上賓，月桃則等著我育苗播種。直到如今，我仍然採集藥草給動物敷藥，採擷它們作爲生活良方。我的採藥職責還欣然掛在肩頭，我想好好地把它們種下，伴我生命。

陳牖心，本名陳怡如，出生新竹香山，現居宜蘭礁溪，著作有《泥地漬虹：女同志 x 務農 x 成家》、《漬物語》、《食農小學堂：從田裡到餐桌的食物小旅行》。每一場寫作都是打開心內門窗，有心人行走有情人間。

輯七

利其器

就像情人相處之後才知適不適合。器皿也一樣。使用買來的器皿後，更加能察覺藏在細節裡的用心。

器物控的養成之路

——徐銘志

我是先買器物，才學會怎麼使用器物的。

三十多歲時，身處高壓快速的媒體工作，卻開始對理想生活有了些許憧憬。從蒐藏器物的朋友家宴發現，原來好好吃飯是這麼一回事。不是一般家裡常見透亮的瓷器，而是來自日本、大小形狀各異的質感陶器，沒有任何花紋圖案，樸實中帶著美感的視覺比例，搭配簡單不花俏的菜餚。整個晚上談笑風聲，令人舒心。

那次，就像一把鑰匙，打開了我的器物大門。一頭栽進器物世界，先是花了不少時間迷航。最先接觸到的日本陶器，根本大千世界。投身器物的工藝家眾多，材質、手法各異，風格各有所擅，名家新秀皆有。選擇太多，往往讓人不知從何下手。那就先用看的吧！那段時間，大量翻閱相關的日文雜誌，也在臺灣看了幾場器皿展覽，才讓心裡憧憬的器皿漸漸浮現。

趁著一年數次的日本行，紙上談兵終於可以進入「實際操演」。走進器皿專賣店，親自拿起來器皿觸摸觀看。花點時間，才能決定，要把哪些帶走。就這樣在每次的旅行中，一件一件慢慢地添購。從玻璃杯到餐桌上的陶盤皆有。

那時，我還住在家裡。廚房裡的餐具由來已久，有的是母親尾牙抽獎得來的微波瓷盤，有的是家人在五金行添購的大衆款。先發主導權不在我身上，於是我把買來的心怡餐具都擺進床下儲物空間，每隔一段時間便拿出來欣賞。夢想有一天，擁有自己空間時，這些器物可以各司其職的發揮。

打醒這有點可笑行爲的，是短短幾年間親友在人生精華時刻相繼驟逝。我問了自己：廚房裡的餐具是眞心喜歡的？那些餐具可以形塑出自己？沒隔多久，床下買來的餐具都躍上了廚房的櫥櫃，我也開始家宴之路。

就像情人相處之後才知適不適合。器皿也一樣。使用買來的器皿後，更加能察覺藏在細節裡的用心。譬如說，西山芳浩的玻璃杯有著凹凸不平的表面，光線總是透過折射，在桌上落下饒富詩意的畫面。拿起來就口時，才發現杯緣是微微的外翻，完全和唇形貼合。木工大師三谷龍二製作的木頭片口（專指日本帶有嘴的器皿）在斟茶時斷水斷得乾淨，完全不滴漏。

迷上餐具後，只要是出國旅行，選品店、餐具專賣店、市集等必定列入行程，從泰國曼谷、美國紐約、丹佛，到越南胡志明市、非洲摩洛哥等，都有餐具的戰利品。不過，日本仍是大宗。每次造訪日本該城市前，必先上網查詢餐具店、選品店，往往都能有一長串的名單收穫。

有豐厚飲食文化與歷史的日本，對於餐具可有嚴格的規範。豆皿（指十公分以內的小碟）、中皿、大皿、飯碗、湯碗、片口……，各種餐具都有其專屬的歸類。這在選購挑選上幫了不少忙。只要從使用需求、情境出發，就可以快速地鎖定範圍。

因爲有了好看好用的器皿，我的生活有了很大的變化。在家做菜吃飯、享受舒適餐桌時光的次數變得更頻繁外，做菜也變得更爲有趣。每每把菜做完、盛盤前，便會站在偌大櫥櫃前東張西望，看看哪只盤子與該道菜最爲合拍。雖說，餐盤有其使用上的定義，不過到了後來，不按牌理出牌的方式，也增添不少驚喜。像是，把巨大且深的片口拿來裝沙拉，而不是盛裝液體（按常理多半會裝清酒、茶）。

看著家中一百七十公分乘上一百七十公分的櫥櫃，裡頭盡是晚近六、七年來四處蒐羅來的數百個餐具，似乎也長出一個很像我的樣貌輪廓：沒有張揚的亮麗色彩，近看卻不乏細節紋理。像是，工藝家藤塚光男的韓風青白磁遠看就是一只白盤，細看卻有些許的黑點紋理，加上青磁的顏色，反而久看不膩。

有朋友曾問我，欲望永無止境，會不會在一路買的過程中被餐具綁架了？事實上，夠用之下，加上儲藏空間有限，這幾年添購的餐具並不如以往多。通常，購買的只是心儀工藝家的作品，或是櫥櫃裡缺少的品項。爲數並不多。

從一個依附在家中廚房的人，到清楚知道我喜歡什麼器皿和風格。可以說，器皿不僅替生活添色，還讓我成爲自己，成爲現在喜歡的自己。

器皿入門指引

以下，純實用，寫給想要透過器皿實踐美好生活的人，一些經驗參考。

一、從日常使用的器物著手。這能確保這些器皿不會被束之高閣，也由於你對該類器物累積不少使用心得，在下手前，會更有看法。例如，如果你尚未開始做菜，那麼茶杯、咖啡杯、水杯等就是很好下手的品項。

二、不需要一次購齊的採買。過去，很多人入住新家，多半希望能一次或幾次內採買齊全的餐具。不過，這很大手筆，一次要投入不少費用。建議，分批買、慢慢建構屬於自己的器物觀與世界。例如，我很想擁有的漆器碗價格不菲，是先買了兩個，使用後發現喝湯不燙手，加上器形優美，爾後又兩個、兩個添購了兩次。

三、不追求成套。成套的器具是一種路數，並無不好。但以日本爲例，追求小而美的工藝觀是主流，器皿產量不多，也鮮少出現成套搭配。其實，不用擔心沒有成套會亂了風格。畢竟所有的器皿都是由你購得，會有個脈絡可循，且餐桌的風景也因此會變得更加有趣。

四、不用擔心毀損或使用痕跡。使用後的餐具不可能和剛買時一模一樣，甚至可能因不小心而有缺損。使用痕跡會讓器皿更具生活感。若器皿有缺角、破損先別丟棄，可透過「金繼」的方式修補。修補完後，會有另一種美感與韻味。

五、多看，多觸摸。實際看看器皿、拿起來觸摸，有助於找到喜愛的風格。在新冠疫情還無法正常旅行的現在，臺灣仍有不少專營器物的店家，值得前往。像是，溫事、小慢、小器生活、實心裏生活什物店等，都販售日本器物，也耕耘臺灣市場許久。此外，近年來臺灣生活陶藝家也逐漸成熟，可透過展覽活動與他們互動。

徐銘志 Eric Hsu，媒體工作資歷超過十五年，現爲作家，文章散見於各大報章雜誌。同時也斜槓多個角色，包括：行銷公關顧問、料理研究、選品品牌經營者。著有：《暖食餐桌，在我家》、《私・京都 100 選》、《日本踩上癮》。

這些老餐盤一上了茶桌、甜點桌、餐桌，都能以其氣質立刻改變整個空間的氣氛，更何況不論它們是如何地老態龍鐘，對於臺灣人，都是新意萬千的。

餐桌藝術的文化衝擊

魏聰洲・蔡潔妮

甫入法國時邀請法國在地朋友來家裡作客，一入餐桌，他們就在交換眼神，其中一位還低聲告訴其他人：「就是學生生活吧。」耳尖的我是從這句話覺醒的。原來，待客之道不只是透由盤中菜肴表達，桌上藝術（arts de la table）也是很重要的。這藝術指的是由桌布、餐巾、餐巾套、刀叉、餐盤、海鮮盤、酒水杯、麵包盤……所構成的飲食環境。那時，來自臺灣的學長姐會在離法前將家當分贈給剛來的臺灣人，以致於我們擺到桌上的家當是左拼右湊而成，自是亂無章法到些微失禮了。

這是一種文化衝擊，身處異國的我們被迫要快速演進，未曾受過此類衝擊的臺灣人，其實在這幾年也有所進展。由於社交網站的興起，展示日常成爲日常，從今早穿什麼上班到今晚煮什麼晚餐都可以是社交話題，點讚數成了最直接的引導；那些餐桌上還會出現廁所衛生紙所受到的注目，一定是少於用餐巾；那些還在用報紙鋪底的年菜所受到的注目，一定是少於鋪個桌布的；那些還在用保麗龍盤作底的生日蛋糕所受到的注目，一定是少於瓷盤的。

不過，如果您想要給法國朋友來個文化衝擊，可以試試報紙、衛生紙、保麗龍盤的組合，保證比臭豆腐更能讓他坐立難安。

臺灣有不計其數的書在介紹法國的飲食文化，談論它的菜色、甜點、餐廳、文學，甚至禮儀，但卻幾乎找不到一本談它的餐桌上藝術，殊不知在這一點上法國也是領先全球，而且領先時間已長到成爲收藏的一大領域；有些研究國族認同的學者指出，在今日，沒有一套標準化的日常行爲能比用餐行爲更具穿透力：不論出身，全民共享同一習慣，甚至移民也能很快融入之，它是建立法國認同的養分之一。有一種國族認同是和厚工（kāu-kang）的用餐習慣與用具連結起來，這算是一種幸福吧。

對於法國的桌上藝術，活躍於社交網站的人們比出版界更加敏銳感受到它的品味穿透力，他們大量進軍臺灣人經營的古董古物收藏網站，秒殺著法國及比利時法語區生產的老餐盤，然後再將其使用中的容貌貼上網路，最後迎來親友羨慕的眼神；這些老餐盤一上了茶桌、甜點桌、餐桌，都能以其氣質立刻改變整個空間的氣氛，更何況不論它們是如何地老態龍鐘，對於臺灣人，都是新意萬千的。

就算不再有新意，老餐盤對於法國人也是美物一件，過去可能是在婚禮布置或客廳櫃子會出現，現在是愈來愈多家庭將之拿回餐桌使用，至少有ELLE雜誌、Marianne雜誌、法國公視第一臺，都在今年上半年報導了這個重回現象，Dior自二〇一〇年代末起推出一系列新舊難辨的設計餐盤，可能參與了鼓動這個風氣。

看著臺法在愛好上的趨近，我們似乎可說此文化衝擊會漸漸隨時間而散去，但就目前的狀況，仍很容易從比較中發現阻隔，或許可在此談談四個遺憾：第一，每一個年代的陶瓷都有其特別的風味，但臺灣消費者非常不計較其間差異，許多賣主宣稱的老餐盤其實不過三、四十年，但消費者仍是趨之若鶩。以法國瓷都limoges的產品爲例，只要用dictionnaire estampilles limoges去google，就能從瓷器上的印記去掌握物件的大致年代，進而從中了解時代風格及判斷價值，這項學習並不困難。

第二個遺憾，是發現不少臺灣人是東一件、西一件地買，這對法國人而言有點奇怪，舉例來說，落單一件的茶杯對他們而言使用價值不大，因爲要拼湊出一組來源不同但彼此有協調性的茶具組，難度太高；可想而之，正是因爲這些落單品在西方的價格夠低廉，才會大量流入臺灣市場；當然例外也經常存在，罕見品就算落單也有收藏價值。

另一個遺憾，臺灣的收藏市場相當偏愛繁複多彩的花卉彩繪瓷器，但這其實並不一定適合每個空間，應該多想像組合起來的感覺後再下手。經常，有節制的裝飾是產生氣質的條件。

最後的遺憾，是許多人只愛好茶具，不愛好餐具；就臺灣的飲食文化而言，西洋餐器組不僅少了碗，而且盤子多了點，讓人對於入手一整套餐盤器組裹足不前，不過請記得，其實我們常在家吃西餐（比如義大利麵、牛排），以西式餐器盛裝米食也不是大挑戰，也許有一點深度的湯盤不失爲解決之道。

在離開法國之前的一場作客中，見法國女主人捧著一個大蛋糕上桌，我稱讚了作品的美麗後，接著指出蛋糕盤的產地及生產年代，很幸運都猜對了，贏得他們佩服的眼光；那一刻，感覺「就是學生生活」終於結束了，博班畢業事小，桌上藝術也畢業，才是眞的有資格告別法國。

如果說這項畢業有什麼令人不情願的後遺症，那就是我再也無法對「報紙、衛生紙、保麗龍盤的組合」無動於衷了。

魏聰洲，法國社會科學高等研究院（EHESS）歷史與文明博士，南藝大藝術碩士，臺大理學士，是一名知識、文化與政論工作者。著有《呼吸巴黎：典藏古美術讓法國成爲日常》（與蔡潔妮合著）。並籌設伏爾泰藝文沙龍（西洋古董古美術）。

蔡潔妮，法國社會科學高等研究院（EHESS）藝術社會學博士，紐約普拉特（Pratt）藝術學院美術創作碩士，洛杉機歐蒂斯（Otis）藝術與設計學院藝術學士，是一名知識與藝術工作者。

冰箱有絕對的領域性，它帶有主人的氣味，像一棵經常被同一隻熊摩擦背部的樹。我的母親偶然來到我家送魚，拉開冷凍櫃並且評論了一句：「你要記得清冰箱啊！我都會清冰箱欸！」不知怎麼的我感覺有點火大，就好像在我最喜歡的樹上聞到另一隻熊摩擦後留下的毛。

關於永凍層的二三事——包子逸

同樣是在應付「時間」這個奧客，如果說按部就班的鐘錶做的是預示未來的工作，性格凜冽的冰箱顯然走的是反方向，它負責蹲點按下暫停鍵。由於冰箱在本質上就是負責應援的後勤部隊，無法隨行在側（除非搬家的時候），一個人的冰箱，永遠比外露的錶更私人，它具體而微體現了一個人的各個面向，好比一個人的房間，向來比帶出門的行李箱更全面，更難以矯飾。

冰箱有絕對的領域性，它帶有主人的氣味，像一棵經常被同一隻熊摩擦背部的樹。好比說我的母親大人，其冷凍庫永遠是一個宇宙大爆炸的狀態，塞滿了她家宇宙運行的道理，我閉著眼睛都能看到裡面有超過兩打以上戰糧般的自製五穀雜糧饅頭（早餐），幾包美濃帶上來的冷凍波羅蜜肉（甜點），以及來自大溪漁港的分裝鮮魚（晚餐與便當），這幾個基本元素日升月落不斷循環出現在餐桌，確保家的運作如常。至於冷凍庫其餘品項我不太清楚，主要是因爲所有的內容物幾乎都分門別類用只有她認得的塑膠袋層層密封，冷凍櫃一打開一般人只會看到一球一球看起來像鵝卵石的塑膠袋，除非眼睛內建X光，內容物無可辨別。

常言道，一個廚房容不下兩人，一座冰箱也容不下兩個主廚，意見太擠。我認識自己的親生母親數十年，從來沒有好好認識過她的冰箱，是因爲我知道她也不太想知道我的看法，我們兩人對於醬油品牌都無法獲得共識，她經常毫不矯飾地對我的烹調建議嗤之以鼻，更別說是如何安排冰箱的布局。一般狀況下，我們應該彼此看不順眼彼此的冰箱，但是無論怎麼無法忍受對方的廚房習慣，我都選擇自掃（冰箱）門前雪，這是能夠快樂活下去的首要基本心理素質。

因此當我的母親偶然來到我家送魚，拉開冷凍櫃並且評論了一句：「你要記得清冰箱啊！我都會清冰箱欸！」不知怎麼的我感覺有點火大，就好像在我最喜歡的樹上聞到另一隻熊摩擦後留下的毛。我試圖想釐清她到底看到的是什麼，到底是她餘光掃到了先前送我的一小罐炒花生（剩下十來粒，我以爲我很快會把它變成木瓜涼拌的一部分）嗎？還是不小心知道角落那包大紅辣椒已經閒置太久？

總之聽到她越界的評論時我馬上起立答辯，用儘可能自信的語氣跟她強調我會清冰箱，而且我的冷凍庫可是有分門別類的，我很早便弄來了幾個客製的L型透明壓克力板，把冷凍庫區隔成三大區：肉類、海鮮、配料與雜貨，要拿獅子頭就往左伸手，要拿馬頭魚就往中間翻尋，充滿了科學精神。我希望她能聽得出我的暗箭，因爲她的冷凍庫在外人面前看起來就像豪雨過後的土石流，我的像設計過的花圃。

我家冰箱剛來的拓荒時期，冷凍庫並沒有分隔板，但是很快我就厭倦了大海撈針的挖掘工作，因爲每次伸手進去找一樣食材，都會不小心翻攪到其他，使得冷凍庫就像旋轉中的洗衣機一樣，把不同屬性的食材翻到雲深不知處。對我來說，食材的曝光度能有效爭取它受到處理的速率，一個人平常要同時處理三百六十五件凡塵瑣事已經讓人身心俱疲，根本不要期待自己能夠深刻記得冰箱某個離奇的小角落夾藏了一小袋待處理的蓮子——我們都忙到連昔日戀人的長相都已記憶模糊，怎麼還會記得那不到半公分厚的澎湖扁魚乾放在哪個隨機的角落。

我的訴求很清楚，我需要冰箱內部建檔，最好不要浪費太多時間在無謂的尋找，最好是肉啊魚啊都像站在高原上大喊「快來吃我！」那樣，擺在沒有太多雜訊的正確地理位置，這個原理和 Tinder 相去不遠。人類確實是視覺性的動物，看不到的食材就像網戀一樣飄渺，冰箱裡的東西你必須清楚看到，才會感覺需要，才會把它挪出來變成盤子裡可夾食的美味，這是一個簡單而殘忍的事實。

然而即便我已努力科學性處置我的冰箱，依然還是有讓人迷惑的片刻。那天在雜貨區翻找干貝的時候，突然從深淵一樣的底部掏出了一包……到底是多久以前冰進去的香茅？啊是的，應該是當時買來準備做越式嫩雞時提味用的，這麼一想，幾乎可以想像手上的香茅被敲裂時迸發出來的檸檬甜香。可惜當天我要做的是西式料理，於是我把它慎重放回座標位置。此後這包不顯眼的香茅三擒三縱被我驚詫地從底部捧出來三回，那道料理依然被無限期擱置。我默哀，到底是它的存在感低落，還是自己的記憶力頹危？我漸漸覺得是後者，想到前陣子整理在雲端的「幾百種網頁登入密碼之自製提示一覽表」突然人間蒸發，我簡直如喪考妣。

比起打開一個人的衣櫥、一個人的臉書、通訊紀錄或垃圾桶，打開一個人的冰箱可以揭露的訊息永遠比自己想像的更多。過剩的、空洞的、重複的，只有冰面膜或冰啤酒的，或者一打開便山崩的。

不都說冰箱具體展現了一個人的方方面面嗎？這個頓悟是從與人合租宿舍的時期開始的。常常聽人老派地手背拍手心說：「知人知面不知心啊！」我都很想講講幹話，說，不知心的話你可以去開一下他的冰箱啊。

此生我搬家的次數不多，曾經擁有過的室友（扣除家人不算）卻過剩。只要開過社區管理委員會的人大概都知道，即便是沒有住在同一個屋簷下的鄰居都很容易讓人忍不住按摩太陽穴，直接在居住空間內部遊走的室友加倍容易觸動情緒火災警報。分享其實是痛苦的事，尤其是相互傾軋的那種。

經常開伙（我指的是計畫性烹調，而不是大鍋菜吃一個禮拜）的人可以告訴你，如果一個人的時間有限、經費有限，又不像澎湖或馬祖離島的民眾那樣在家擺了巨無霸冷凍庫，隨時可以冰進一整隻海運來的豬——在家煮飯這件事其實需要有點基本的邏輯與評估能力，它需要釐清先後順序，計算平衡與速率，並且能夠設想大局。使用冰箱，人必須誠實。

比起浴室排水孔誰的陰毛沒有撿乾淨，或者誰偷用了我的洗碗精這種小型的零星內戰，共享冰箱簡直是一座四方體的濃縮星際大戰，一次出現四個黑武士的那種。可以撿起來、可以洗乾淨的東西只是點到點的代辦事項，雖然偶爾牽涉到一個人的品格，但不論怎麼心不甘情不願，還算是可以剷除的障礙。共用冰箱不一樣，它很容易就發生侵門踏戶的事件，但很不幸地冰箱最曼妙的作用就在於擱置，無論好的壞的，它是一個延緩劣退的原件，以至於如果有什麼讓人看不慣的事件點起了狼煙，也是以樹懶般的消極節奏，反正，「一切都冰起來了」。

我如果有任何基本的做菜能力，基本上都是租屋在外催逼出來的求生本能，尤其租屋處不像臺灣一樣，隨便下樓就能吃到便宜又大碗的東西。在這種處境之下，冰箱就像野外求生的火種一樣重要。對於許多室友來說，把東西冰進冰箱這件事，類似於把長毛象封入永凍層的概念，冰箱本身是一座史詩級的博物館，這都必須感謝「冰起來就不會壞」這個亙古以來的謠言。

倘若有新的室友要加入我們的小型聯合公寓，導覽守則第一條就是介紹冰箱的分層，一般來說，長老級的室友會告訴新來的室友每一個人大概可以盤據的冰箱位置。冷藏空間比較寬裕，除了有人經常像老鼠一樣偷吃別人東西的禍害，沒有什麼太大問題，但是缺乏隔層的冷凍庫就像阿里巴巴與四十大盜的賊窩一樣，它的問題不在於無端消失，而在於死不消失，永遠會出現一些類似於史前遺跡的化石，無人招領。

我曾經有過一位研究癌細胞治療的室友愛蓮娜，她應該比誰都還要清楚細胞膜與細胞核，以及正常的生物細胞放在冰箱冷凍庫不等於永生那一類的事。如果僅靠著一些社會性的頭銜判斷而不夠認識她的話，也許會以為愛蓮娜數學很好、邏輯甚佳，並且行事作風小心翼翼。實際情況是，愛蓮娜開車的技術讓她經常差點輾過路上行走、時速一公里的雁鴨，而且她不拘小節的生活習慣讓我懷疑這才是人類到目前眞正無法破解癌症的根本原因。這個風格也許不能從她這個人的形象、交友關係與房間的陳設看得出來，但是完全可以從她與冰箱束手無策的失憶關係彰顯出來。

租屋在外賦予我的第二項能力，就是有話直說。要練習這個能力最好的練習，就是從共享冰箱的冷凍庫拿出一塊礦石般滯留太久的食材，走到每一位室友的房門面前，面不改色地敲門，開門見山問對方：「請問一下這個是你的嗎？」當你要爭取冰箱空間（或者其他本來就該屬於自己的東西）的時候，你就應該這麼直接，而不是忍受別人的忽視，或者冰箱內部無謂的擺爛。

「愛蓮娜，這玩意兒是妳的嗎？」愛蓮娜注視著我從冰箱裡拿出來的即期品，經常歉然地表示她忘了。後來我們發展出一種若即若離的新室友模式，在她丟棄的過期食材已經累積到不可原諒的時候，我們開始一起吃飯，她提供食材，我提供烹調技術。再後來她拿到了癌細胞治療領域的最高學位，但是她決定離開這個科學領域，我們雖不夠親密，但某種程度上我能理解。她從來不是能夠從重複規矩的實驗中獲得快樂的人。

後來我又遇到了號稱養生但冰箱裡除了補品就是零嘴的人、重複買青蔥但不斷不斷讓青蔥爛掉的人、總是一次煮好一個星期份白米分裝成小磚存入冷凍庫的人……我可能已經不記得這些人偏好的服裝款式，但是這些人曾經的冰箱作爲卻很精準地讓我憶起關於他們的性格。

我的母親大人總是喜歡耳提面命，到菜市場買菜要跟著季節走，如果不是當季的食物，它太貴，而且不好吃。在某種程度上，冰箱是旬味追尋的調節器，比如說，我家常備冷凍澎湖日晒小管一夜乾，寒流的時候一邊翹腿看著電影，一邊烤幾片小管下酒，也能感受到夏季暖呼呼的陽光與海味。既人性又科技。

安頓一個人生活裡的時間感，首先要有耐跑的鐘錶，其次要有座不錯的冰箱，最好是自己的。安頓，多麼慈祥的狀態，可惜無論是鐘錶或者冰箱，都各自有各自的極限，時間自有安排。

我喜歡戴錶，甚至睡覺的時候也喜歡戴著，因爲醒來的時候睜開眼睛就知道時間，有種寒流中受到棉被簇擁的安全感。

這並不表示我是個非常有時間觀念的人，實情完全相反，且這劣根性從小時就表露無遺，印象裡面我總是那個升旗典禮都已經進展到一半，才匆忙從校門口跑進來，小偷一樣跑到排尾去站好的人。小學時早上練跆拳道，原本是想逃離升旗典禮，結果連練拳也遲到，一遲到就被教練往腦殼上賞好幾個爆栗子，拳法我都忘了，教練敲頭的指節手感倒是很深刻。

我的時間觀念終究在社會化之後稍微被制約了一點，畢竟無情冰冷的打卡鐘不像朋友，只要遲到就會被扣錢，非常讓人心寒。經過長期飆摩托車飛躍大臺北、極速趕打卡的終極訓練之後，久而久之我還是不免俗地變成了體制的動物，大幅度矯正了遲到的謬誤（催稿的編輯可能在這邊要舉牌表示不同意）。

不過呢，雖然這一輩子都在截止日和遲到線前奔波，我和時間本身到底還是相安無事，我喜歡手上有時間，看得到時間，就好像我喜歡檢查冰箱裡面的有效日期那樣，防堵任何腐爛的可能。

包子逸，常寫散文、影評與報導。熱衷挖掘老東西與新鮮事。喜歡自己做菜，珍惜使用餐櫃裡的老碗盤。散文曾獲臺北文學獎、時報文學獎、林榮三文學獎，譯文曾獲梁實秋文學獎首獎。著有散文集《風滾草》、報導體散文《小吃碗上外太空》。

旅舍的空間調度者，我，也不致於讓精心挑選帶回的，神采奕奕的食材們，處於異常窘迫的境地，總希望它們在進入廚房之際，還能保有初見面的光彩，所以，進行採購時，會略微盤算鮮物預計登場的時機及組合，作為旅舍容納數量的參考。

來自「有餘旅舍」的冰箱風景

——周憶璇

生命的旅行是流動的，不停地轉換型態傳遞著能量，鏈結而成就龐大生態體系的循環。人類身在其中，以精明的手段爭取延展時間與空間，期待便利與美味兩者兼得，於是開展各種可能的嘗試，介入動植物（尤其是作爲食材看待的那些）原本於自然環境週期中的變化，冰箱的發明是其一。

在我生活的公寓裡的一隅，彷彿還存在著另一棟小而獨立的樓房，門上貼著一張「年年有餘」的紅色斗方，姑且就稱其「有餘旅舍」吧。這個和我身高相仿的長型方箱簡直是魔幻之地，直挺挺矗立著，上下兩大門之後，分別存在寒帶的冷冽與溫帶的沁涼兩大區域，提供不同需求的旅者短暫數日的住宿或者略爲長期的月租方案。來自遠近各地的新鮮食材，赴宴之前，時而有需要維持最佳鮮度狀態的等候者，恐怕現實的溫暖會讓它們太快身心疲憊，以致蜷曲萎縮，或者著急地爛熟，旅舍則提供了紓緩平靜的駐顏妙方。

這兒從不過問旅者的身世，無論是途經傳統市集，尚且洋溢著本地泥土氣味的作物，還是歷經遠洋奔波，包裝縝密宛若西裝筆挺紳士的外來食材，進了旅舍大門，擇一方棲息之地的同時，必須在有限的空間中和諧相處，大量進駐住客的時節，即使感到擁擠也請盡量保持自身優雅。當然，旅舍的空間調度者，我，也不致於讓精心挑選帶回的，神采奕奕的食材們，處於異常窘迫的境地，總希望它們在進入廚房之際，還能保有初見面的光彩，所以，進行採購時，會略微盤算鮮物預計登場的時機及組合，作爲旅舍容納數量的參考。

「有餘旅舍」的室內空間規劃巧妙，屬於冷凍區域的寒帶彷彿是模擬冰原的極地方箱，即使空間量與冷藏空間相比，僅有其一半，卻是鮮物爭相投靠之地，特別是不急著退房的肉類、魚鮮等，擅長等待的冷凍食品如帶皮毛豆、水餃、蔥油餅皮、魚丸、貢丸者流，還有常駐的不老傳說乾貨例如紅棗、枸杞、魚乾、蝦米、櫻花蝦乾、干貝乾等，分別以原包裝或裹上方便辨識的透明夾鏈袋作爲睡袍，依類型、量體大小及輕重有秩序地群居著。

空間容量較大的冷藏區，披掛著冰鎮涼爽的喜悅和浪漫，散發多彩氣息，嚴肅到旅者需要挺直肅立的極低溫狀態，在此區域是不存在的。因應各類進駐者的多元的天生特質，其中還大致再分成三個區塊：包容性強的一般冷藏空間、溫度略微放鬆的大抽屜（通常會是大部分蔬果類宜居的空間）與相對略低溫的小抽屜（此區熟悉的住客，大部分是數日內即將派上用場的肉類或魚鮮）。

冷藏空間中，依季節律動，來來往往短居的旅者衆多，不盡相同；經常來訪的也有，像是菇類，舉凡新鮮香菇、杏鮑菇、金針菇、蘑菇、袖珍菇……等，時常三兩結伴同在，可說是「有餘旅舍」的常客。若要列出十大常客名單，板豆腐、嫩豆皮、嫩豆包等豆製品，肯定也是座上嘉賓！而在這開放如公共營地般的區域裡，眞正擁有獨立空間的，是雞蛋，獨享可容納十五顆雞蛋的保鮮盒，不知身在其中的它們是否略感尊榮禮遇呢？

吾家的「有餘旅舍」，不是走在時代尖端那種極具收納功能和節能效率的時尚冰箱，它的氣質和內涵，帶有那麼點樸素復古感，媽媽的時代氣味，甚至媽媽的媽媽的時代氣味，若有似無在拉開冰箱門之際時而閃現，也許是情感上的幻覺，不過仔細看看冰箱門上長期住宿的各色醬料：醬油、醬油膏、桔醬、辣椒醬、豆瓣醬、沙茶醬、芝麻醬……等排列的樣貌，卻不言而喻地透露出味覺傳承的線索。

向來崇尚簡便的鍋具，食材選擇也從時令，烹飪手法亦沒打算採取過於繁複的功夫，卻還貪嘴期望吃到風情萬種的日常料理，享受味道組合變化的趣味，這樣的我，除了仰賴各式各樣新鮮食材作爲烹飪的主配角之外，突顯風味的調味料，便是不可或缺的了！我那「有餘」的冰箱風景，放眼望去，不只冰箱門上的收納空間，放置了高高低低不同類型的醬料，甚至，明明是作爲自由來去的冷藏空間，其中卻有三分之一以上，屬於醬料的長租區。

嚮往西式料理氣息時，三種果醬、番茄醬、黃芥末醬、芥末子芥末醬、酸黃瓜、法式沙拉醬……，有它們在即能端出陽光撒落般的早午餐或排餐；大阪燒醬、美乃滋、柴魚片，成就大阪燒的心願，搭配味噌湯，多令人滿足的日式風味哪！要是想來一份鹽麴醃漬再乾煎的燒肉，也不成問題。韓式烤肉醬、辣醬、辣椒粉、泡菜，即可變化出好幾道韓式料理呢！更別提蒸魚、蒸肉時的心頭好，醃瓜、破布子、豆豉、醃鳳梨、豆腐乳、剝皮辣椒和豬油蔥酥……；一個個矮胖的玻璃罐，偶有層疊著的，非規格化的樣貌，好似可挪移的積木；然即使受寵，總不能無限擴張佔領所有位置，有時得讓出點空間給急需住宿的鮮奶、豆漿或優格，或週末的啤酒哪！

「有餘旅舍」是食材成爲盤中飧之前的歇息站，不僅保鮮了食材的最後一哩路，更延展了旅舍經營者看待日常微物的熱情和想像。旅行的精髓不就是切換現實，重新賦予前進的動力嗎？人生行旅無處不是風景，打開我的冰箱也是如此。

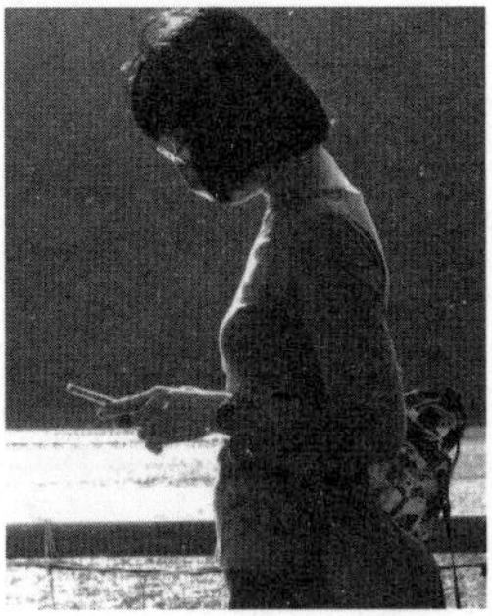

周憶璇，學建築的畫畫的人，喜歡聚焦平凡的日常風景。
是愛吃的人，也喜歡煮東西。
是小孩的母親，喜歡和孩子一起探索生活。
畫了一些臺灣小吃與家常料理。

食在四方：建蓁華文飲食文選

編　　者｜古碧玲
合作企畫｜財團法人建蓁環境教育基金會

一卷文化
社　　長｜馮季眉
書系客座總編輯｜古碧玲
編　　輯｜黃于珊
封面設計｜日央設計工作室
內頁設計｜黃維君
內頁插畫｜周憶璇
照片攝影｜古碧玲、劉振祥、連慧玲、王如禾

讀書共和國出版集團
社長｜郭重興　發行人兼出版總監｜曾大福
業務平臺總經理｜李雪麗　業務平臺副總經理｜李復民
實體通路協理｜林詩富　網路暨海外通路協理｜張鑫峰　特販通路協理｜陳綺瑩
印務協理｜江域平　印務主任｜李孟儒

出　　版｜遠足文化事業股份有限公司 一卷文化
發　　行｜遠足文化事業股份有限公司
地　　址｜231 新北市新店區民權路 108-2 號 9 樓
電　　話｜(02)2218-1417
傳　　眞｜(02)8667-1065
電子信箱｜service@bookrep.com.tw
網　　址｜www.bookrep.com.tw

法律顧問｜華洋法律事務所　蘇文生律師
印　　製｜中原造像股份有限公司

2022 年 11 月 初版一刷
定價｜500 元　書號｜2TCC0002
ISBN 978-626-95712-5-3

一卷文化　財團法人 CHENG CHEN foundation 建蓁環境教育基金會　合作出版

國家圖書館出版品預行編目 (CIP) 資料

食在四方：建蓁華文飲食文選 / 古碧玲編 . -- 初版 . -- 新北市：遠足文化事業股份有限公司一卷文化出版：遠足文化事業股份有限公司發行，2022.11
面； 公分
ISBN 978-626-95712-5-3(平裝)

863.55 111015827